본문에 나오는 혈자리

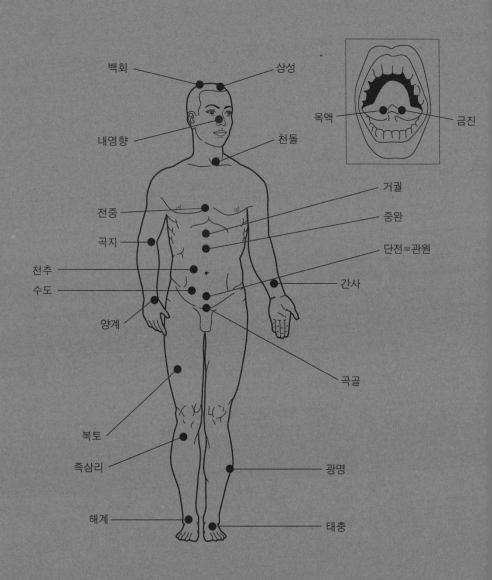

백회   상성

옥액   금진

내영향   천돌

전중   거궐

곡지   중완

천추   단전＝관원

수도   간사

양계

복토   곡골

족삼리

해계   광명

태충

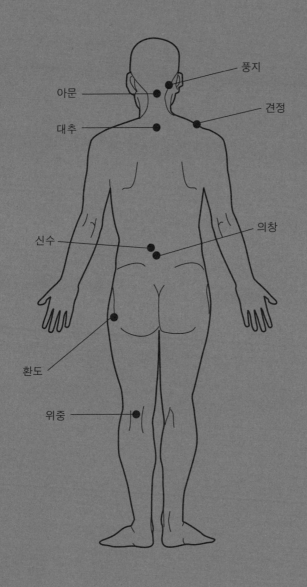

풍지

아문

견정

대추

의창

신수

환도

위중

조선 최고의 외과의사
백광현뎐

조선 최고의 외과의사
백광현뎐 ❷

지은이 ❘ 방성혜
펴낸이 ❘ 김성실
기획편집 ❘ 이소영 · 김성은 · 김선미
책임교정 ❘ 김태현
마케팅 ❘ 곽흥규 · 김남숙
일러스트 ❘ 김민주
인쇄 · 제작 ❘ 한영문화사

초판 1쇄 ❘ 2012년 10월 18일 펴냄
초판 2쇄 ❘ 2013년 2월 20일 펴냄

펴낸곳 ❘ 시대의창
출판등록 ❘ 제10-1756호(1999. 5. 11)
주소 ❘ 121-816 서울시 마포구 동교동 연희로 19-1 (4층)
전화 ❘ 편집부 (02) 335-6125, 영업부 (02) 335-6121
팩스 ❘ (02) 325-5607
이메일 ❘ sidaebooks@daum.net

ISBN 978-89-5940-244-1 04810
ISBN 978-89-5940-242-7 (전2권)

조선 최고의
외과의사

방성혜 역사소설

백광현
뎐 ②

시대의창

차례

1권 차례

등장인물

● 주인공과 그 가족 ●

백광현(白光玹, 1625~1697)
가난한 무관의 집에서 태어났다. 무술을 익혀 왕실 호위병이 되었다. 그런데 말에서 떨어져 다리에 큰 부상을 입는다. 제대로 치료도 받지 못해 부상이 악화되어 생사를 오가던 중 한 의원 덕에 극적으로 살아난다. 썩은 다리를 찢고 피고름을 뽑아내던 침술에 매료되어 의사의 길을 걷기로 마음먹는다. 칼과 활 대신 침과 침통을 들고 조선의 수많은 민초를 살려내던 중 왕실의 부름을 받아 내의원에 들어간다. 이후 조선 역사에 길이 남을 활약을 펼치며 신의(神醫)로 불리게 된다.

백광린(白光璘, 1647~1721)
백광현의 동생. 9남 3녀 중 8남으로 백광현의 뒤를 이어 의관이 된다.

백흥령(白興岭, 1648~1702)
백광현의 본처에서 난 첫째 아들. 아버지의 의술을 이어받는다.

백흥성(白興聲, 1668~1751)
백광현의 첩에서 난 둘째 아들. 아버지의 의술을 이어받는다.

● 의관 ●

김우(金遇, 생몰년 미상)
종기를 잘 치료하기로 이름난 의원으로, 말에서 떨어져 다 죽어가던 백광현을 치료해준다.

박순(朴洵, 생몰년 미상)
백광현의 제자. 백광현의 의술을 이어받아 종기를 잘 치료하는 의원이 된다.

유상(柳瑺, 생몰년 미상)
천연두를 전문적으로 치료하는 의사로 인경왕후와 숙종의 천연두 발병 시 궁으로 불려온다.

윤후익(尹後益, 생몰년 미상)
침을 잘 쓰기로 유명하여 침의(鍼醫 ㅣ 침을 전문적으로 쓰는 의사)로 특채되어 내의원에 입성했다. 백광현을 아끼고 지지해준다.

최유태(崔有泰, 생몰년 미상)
대대로 의업을 전수해온 청주 최씨 가문의 후손으로, 선조와 광해군 시절 침술로 이름을 날린 허임(許任)의 수제자이기도 하다. 특채로 내의원에 들어왔지만 특채 출신이라는 눈총이 싫어 의과 시험을 치러 합격한 매우 자존심 강한 인물이다.

김유현(金有鉉), **이동형**(李東馨), **정시제**(丁時梯), **정후계**(鄭後啓), **최성임**(崔聖任)
내의원 의관들.

● 신료 ●

김만기(金萬基, 1633~1687)
서인의 주요 인물로, 숙종의 첫째 비(妃)인 인경왕후의 아버지이자 서포 김만중
의 형. 남인과의 권력다툼에서는 승리하지만 딸이 천연두로 갑자기 사망하자
마음의 병을 얻는다.

김석주(金錫冑, 1634~1684)
서인의 책략가로 김좌명의 아들. 현종의 비인 명성왕후의 사촌오빠이기도 하
다. 머리가 비상하여 반대편 남인을 숙청하는 계략을 성공시키나 자신은 병에
걸린다.

김수항(金壽恒, 1629~1689)
좌의정. 조카딸의 괴이한 질병을 백광현에게 보여 진찰하게끔 한다.

김좌명(金佐明, 1616~1671)
서인의 주요 인물이자 현종의 비인 명성왕후의 큰아버지. 백광현을 전의감의
치종교수(治腫敎授)로 천거한다.

민희(閔熙, 1614~1687)
남인의 주요 인물로, 우의정으로 있을 때 심한 눈병을 앓아 백광현의 치료를
받는다.

윤지완(尹趾完, 1635~1718)
우의정. 사직하기 위해 숙종에게 일흔아홉 번의 사직 상소를 올린다.

이경석(李景奭, 1595~1671)
병자호란의 참혹한 패배 이후 청나라의 핍박에 시달리는 나라를 구하고자 자
신을 희생한 충신 중의 충신으로, 백광현의 의술을 알아보고 그를 내의원에 천
거한다.

허적(許積, 1610~1680)
남인의 수장. 현종이 승하할 때 나이 어린 아들을 잘 보필해 달라는 유지를 받
고 숙종에게 충성을 다한다. 본인은 청렴결백하나 첩실 소생 아들의 방탕함 때
문에 정적의 공격을 받는다.

명성왕후(明聖王后, 1642~1683)
현종의 비이자 숙종의 어머니. 숙종에게 천연두가 생겼을 때 찬물로 목욕하며
회복을 간절히 기원한다.

숙종(肅宗, 1661~1720)
적통의 임금이란 자부심으로 신하들을 휘어잡는 강한 군주. 세 번의 환국을 일
으켰기에 정국은 피바람의 연속이었다. 백광현을 믿어주고 인정해주며 결정적
일 때 항상 백광현의 손을 들어줘 그가 온전히 의술을 펼 수 있도록 해준다.

인경왕후(仁敬王后, 1661~1680)
숙종의 첫째 비. 천연두에 걸려 일찍 사망한다.

인선왕후(仁宣王后, 1618~1674)
효종의 비이자 현종의 어머니. 맹렬한 종기가 생긴 것을 백광현이 치료해준다.

인현왕후(仁顯王后, 1667~1701)
숙종의 둘째 비. 폐서인이 되어 궁 밖으로 쫓겨났다가 복위되어 돌아온다.

장렬왕후(莊烈王后, 1624~1688)
인조의 둘째 비. 젊은 나이에 왕비가 되었으나 임금의 사랑을 받지 못했고 혈
육이 없어 궁에서 홀로 외로운 세월을 보낸다.

장희빈(張禧嬪, 1659~1701)
숙종의 후궁. 천하의 절색으로 인현왕후를 내쫓고 왕비의 자리에 올랐다가 다시 희빈으로 강등된다.

현종(顯宗, 1641~1674)
항상 병치레가 잦아 신료들 없이는 살아도 의관들 없이는 살 수 없는 임금. 눈병과 종기가 지병인지라 매일같이 의관들이 곁에서 치료를 해야 한다. 특별히 백광현을 신임한다.

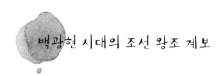

백광현 시대의 조선 왕조 계보

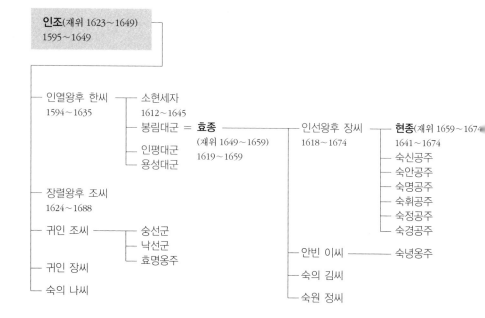

인조(재위 1623~1649)
1595~1649

— 인열왕후 한씨 —— 소현세자
　1594~1635　　　　1612~1645
　　　　　　　　— 봉림대군 = **효종** ——————— 인선왕후 장씨 —— **현종**(재위 1659~1674)
　　　　　　　　　　　　　　（재위 1649~1659)　　1618~1674　　　1641~1674
　　　　　　　　— 인평대군　 1619~1659　　　　　　　　　　　　 — 숙신공주
　　　　　　　　— 용성대군　　　　　　　　　　　　　　　　　　 — 숙안공주
　　　　　　　　　　　　　　　　　　　　　　　　　　　　　　　 — 숙명공주
— 장렬왕후 조씨　　　　　　　　　　　　　　　　　　　　　　　 — 숙휘공주
　1624~1688　　　　　　　　　　　　　　　　　　　　　　　　　 — 숙정공주
— 귀인 조씨 —— 숭선군　　　　　　　　　　　　　　　　　　　 — 숙경공주
　　　　　　 — 낙선군
　　　　　　 — 효명옹주　　　　　　　 — 안빈 이씨 ——————— 숙녕옹주
— 귀인 장씨
　　　　　　　　　　　　　　　　　　 — 숙의 김씨
— 숙의 나씨
　　　　　　　　　　　　　　　　　　 — 숙원 정씨

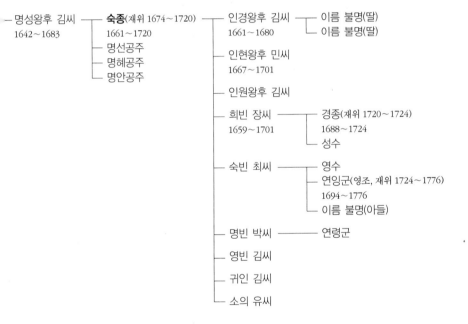

명성왕후 김씨 ── **숙종**(재위 1674~1720) ── 인경왕후 김씨 ── 이름 불명(딸)
1642~1683   1661~1720   1661~1680   └ 이름 불명(딸)
              ├ 명선공주
              ├ 명혜공주   인현왕후 민씨
              └ 명안공주   1667~1701

                           인원왕후 김씨

                           희빈 장씨 ── 경종(재위 1720~1724)
                           1659~1701   1688~1724
                                   └ 성수

                           숙빈 최씨 ── 영수
                                   ├ 연잉군(영조, 재위 1724~1776)
                                   │ 1694~1776
                                   └ 이름 불명(아들)

                           명빈 박씨 ──── 연령군

                           영빈 김씨

                           귀인 김씨

                           소의 유씨

1. 동일한 사건이나 문헌마다 연도가 다른 경우가 있습니다. 예를 들어 세자의 종기를 치료한 것은 《승정원일기》에 따르면 숙종 19년이나 다른 문헌에는 숙종 20년으로 되어 있습니다. 이렇게 연도가 다를 경우에는 그날그날의 일을 기록한 일기인 《승정원일기》의 기록을 따랐습니다.

2. 동일한 인물이나 한자가 다른 경우가 있습니다. 백광현의 경우 족보에는 白光玹으로 기재되어 있으나 《승정원일기》나 문집에는 白光玹, 白光炫 또는 白光鉉으로 혼재되어 기록돼 있고 심지어는 白光賢이나 白光顯으로 기록돼 있기도 합니다. 또 백광현의 아들인 백흥령은 족보에는 白興岭으로, 《승정원일기》에는 白興齡으로 기재돼 있습니다. 마찬가지로 백광현의 후손 중 백시창은 족보에는 白始昌으로, 《승정원일기》에는 白時昌으로 기재돼 있습니다. 이런 경우에는 족보에 기록된 한자가 옳다고 보았습니다. 단, 백광현의 제자인 박순은 문집에는 朴淳으로, 《승정원일기》에는 朴洵으로 기재돼 있는데, 이 경우에는 《승정원일기》에 기록된 한자가 옳다고 보았습니다.

3. 소설에 등장하는 모든 한의학 용어에 대해서 책 뒤편에 간략한 설명을 실어두었습니다.

4. 이 책에 실린 사진은 모두 출처를 밝히고 저작권자의 허락을 얻고자 애썼으나, 저작권자를 알 수 없거나 연락이 닿지 않은 경우가 있습니다. 연락이 닿는 대로 합당한 절차를 밟겠습니다.

3

권력을 가진 자들

안종 眼腫 뜻으로 살려라

상기 上氣 욕심으로 끓는 심장

흉통 胸痛 돌처럼 굳은 심장

각통 脚痛 마음이 몸을 병들게 하다

두창 痘瘡 한 사람을 살리기 위해

현감 縣監 백성을 틈에서

흉통 胸痛

돌처럼

굳은 심장

경신대출척의 피비린내가 궁궐을 휩쓴 지 얼마 지나지 않았다. 그런데 잔혹한 형틀 위에서 대역 죄인들이 흘린 핏자국이 채 지워지기도 전에 환국의 피비린내보다 더욱 무서운 독기(毒氣)가 궁궐 담을 서서히 넘어오고 있었다.

한번 싹트면 독버섯처럼 걷잡을 수 없이 퍼져버리는 것, 사람 눈에는 보이지 않기에 쉽게 잡을 수도 없는 것, 홍수보다 화재보다 지진보다 더 많은 목숨을 빼앗아가는 것, 바로 전염병이 궁궐을 침범해오고 있었다.

이미 선왕 때부터 전염병 때문에 골머리를 앓아왔다. 특히 숙종 임금 시절에는 천연두가 창궐해 수천이 죽어나갔다. 두창(痘

瘡)이라고 부르는 천연두는 한번 걸리면 죽을 확률이 절반이었다. 아이를 열 명 낳아도 천연두를 앓고 나면 그중 다섯은 죽고 다섯만 건진다고 했다. 천연두를 앓더라도 다행히 살아나면 이 병에 대해 저항력이 생긴다. 그래서 한번 천연두를 앓았던 사람은 다음에 천연두가 유행하더라도 전염되지 않는다. 그러니 처음 천연두에 걸렸을 때 죽느냐 사느냐가 관건이었다.

천연두를 앓게 되면 온몸에 수포가 생기다가 이것이 딱지로 변하는데 이때 가려움을 이기지 못하고 벅벅 얼굴을 긁어대면 나중에 죽지 않고 살아난다 할지라도 긁었던 자국이 모두 움푹움푹 우물처럼 패여 얼굴이 곰보가 되어버린다.

숙종 1년에는 궁녀 한 명에게서 천연두 증상이 나타났다. 숙종 3년과 4년에는 도성에 천연두가 창궐하여 왕실과 조정이 노심초사했다. 천연두가 도성에 퍼지고 있다는 소식만 들리면 유독 왕실에서 가슴 철렁해하는 이가 있었으니 바로 숙종의 어머니인 대비 명성왕후였다. 숙종이 아직 천연두를 앓지 않았기 때문이었다.

걸리면 반은 죽고 반만 살아나는 이 무시무시한 병이 아직까지 숙종 임금에게는 찾아오지 않았다. 천연두에 걸린 자와 가까이 있으면 전염된다는 것을 알기에 궁녀가 천연두에 걸렸다는 소식을 듣자마자 명성왕후는 궁녀를 궐 밖으로 내보내고 숙종의 거처를 다른 궁궐로 옮기게 했다. 그런데도 임금에게 발열과 반점이

천연두의 후유증 고위 관료들의 초상을 모은 화첩인 《진신화상첩
(搢紳畵像帖)》 중 영조~순조 때의 문신 오재소(吳載紹, 1729~1811)
의 초상화에서 천연두의 후유증인 곰보 자국을 발견할 수 있다. 규
장각한국학연구원 제공.

나타나자 혹시라도 천연두에 걸린 것은 아닌지 염려되어 수포가 빨리 나오게 하는 주사(朱砂)를 복용하게 했으나 다행히 천연두가 아닌 것으로 판명되어 가슴을 쓸어내리기도 했다. 이후 도성에 천연두가 유행할 때는 경연을 중지시키고 궁궐 안팎을 출입하는 자들을 단속했으며 임금의 거처를 바로 옮겼다.

이 보이지 않는 적과의 싸움이 조마조마하게 이어지던 숙종 6년에 잠시 멈춘 듯 보였던 천연두가 다시 도성에 퍼지고 있다는 장계가 올라왔다. 또다시 싸움이 시작된 것이다. 그런데 청천벽력 같은 소식이 들려왔다. 바로 숙종의 비인 인경왕후에게서 천연두의 조짐이 보인다는 내의원의 보고였다. 그렇게 피하려고 했건만 지척에서 천연두가 발생하고 만 것이다. 명성왕후는 내의원의 보고가 올라오기가 무섭게 다음 날 자신과 숙종의 거처를 창경궁으로 옮겼다. 또한 대왕대비인 장렬왕후의 거처를 어의궁으로 옮기도록 했다.

며느리인 인경왕후도 살려야 할 터이니 내의원 의관 몇을 경덕궁에 남아 계속 숙직하게 했고, 왕실에 위중한 병이 생겼을 때 설치하는 비상의약기구인 시약청(侍藥廳)을 설치하게 했다. 그리고 천연두와 같은 전염병을 전문적으로 치료하는 의사인 두의(痘醫) 유상을 급히 불러들였다.

의사들은 자신의 전공 분야에 따라 불리는 명칭이 있었다. 약을 전문으로 하는 의사는 약의라 불렸고, 침을 전공으로 하는 의사는 침의라 불렸다. 그리고 천연두를 전문으로 하는 의사는 두의라 불렸다. 두의 유상을 비롯하여 내의원 의관 몇 명은 경덕궁에 남아 인경왕후의 치료를 위해 사력을 다했다. 조마조마하게 하루하루를 보내다가 안타깝게도 인경왕후는 그만 승하하고 말았다.

열 살에 세자빈으로 간택되어 궁으로 들어왔고 숙종과의 금슬도 좋아 슬하에 자손을 둘 보았다. 이제 갓 스무 살인데 천연두에 걸려 그만 여드레 만에 저세상으로 떠나고 만 것이다. 비록 두 명의 후사를 봤으나 모두 공주였기에 어서 빨리 왕자를 낳아 보위를 잇기를 고대하고 있었으나 결국 숙종 6년 10월 26일, 병마로 허망하게 세상을 떠나버렸다.

ᑕ

중전 인경왕후가 승하한 후 내의원 분위기는 무척이나 침울했다. 그런 와중에 어의궁으로 거처를 옮긴 대왕대비 장렬왕후에게서 환후가 보인다는 전갈이 도착했다. 이동형, 정후계, 김유현, 최유태, 백광현은 내의원에 모여 장렬왕후의 환후에 쓸 처방을 의논하고 있었다. 장렬왕후에게 생긴 환후는 다름 아닌 가슴의 통증, 즉 흉통(胸痛)이었다. 대왕대비전의 의녀가 수시로 내의원에 와서 장렬왕후의 상태를 보고했다.

"대왕대비마마께오서 가슴 부위에서 송곳으로 찌르는 듯한 통증을 심하게 느끼시옵니다. 또한 입이 마르고 속이 토할 듯이 메스껍다 하시옵니다."

"대왕대비마마께오서 가슴 부위에서 계속 통증을 느끼시는데 물이 차 있는 듯한 소리가 나기도 하고 때로는 잡아당기는 듯한 통증도 느껴진다 하시옵니다."

"대왕대비마마의 입과 혀가 바짝 말라 있사옵니다. 또한 목구멍이 심하게 건조하고 기침 증세가 있으며 오한과 발열 증세도 함께 있사옵니다."

시시각각 올라오는 의녀의 보고로 보건대 장렬왕후의 상태는 절대 가벼운 것이 아니었다.

"중전마마의 승하로 인해 내의원 안팎의 분위기가 무겁기 그지없소이다. 하지만 왕실의 강녕을 지켜야 하는 우리의 소임을 게을리 할 수는 없으니 대왕대비마마의 처방을 얼른 결정하도록 하시지요."

어의 이동형은 무거운 분위기에서도 입을 열었다.

"참으로 불쌍한 분이 아니십니까? 대왕대비마마 말씀이옵니다."

"그렇지요. 평생을 외롭게 사신 분이시지요. 혈육 한 점도 없이 이 궁궐에서 살아온 세월이 얼마나 혹독했겠습니까? 흉통이 생기신 것도 다 그런 연유 때문이지요."

김유현과 최유태는 번갈아가며 측은한 마음을 내비쳤다.

장렬왕후만큼 외로운 삶을 산 왕비도 없을 것이다. 인조, 효종, 현종 그리고 지금의 숙종 임금에 이르기까지 왕실에 몸을 담아왔으나 혈육 하나 없었다. 장렬왕후가 왕비로 간택된 이후부터 인조 임금이 승하할 때까지 그녀를 괴롭혔던 요망한 귀인 조 씨 때문이었다.

소현세자와 효종의 생모인 인열왕후가 산후병으로 사망하자 장렬왕후는 그 뒤를 이어 인조 임금의 두 번째 왕비로 책봉되었다. 이때 장렬왕후의 나이가 열다섯이었고 인조 임금의 나이는 마흔넷이었다. 비록 왕비로 책봉되기는 했으나 당시 인조 임금의 사랑을 차지하고 있던 이는 귀인 조 씨였다. 조 씨는 임금의 마음을 새 왕비에게 빼앗길까 봐 온갖 수작을 부려 장렬왕후를 모함했고, 결국 장렬왕후는 궁궐을 나와 별궁인 어의궁에서 지내야 했다. 인조 임금이 승하하고 효종에 의해 귀인 조 씨가 사사된 후에야 다시 궁궐로 돌아올 수 있었다. 그러니 어떻게 혈육을 얻을 수 있었겠는가. 인조 임금이 쉰다섯의 나이로 승하했을 때 장렬왕후는 꽃다운 스물여섯에 대비가 되었던 것이다.

효종과 인선왕후가 사망하면서 불거졌던 상복 착용 기간 문제만 해도 그렇다. 서인과 남인으로 나뉘어 중신들이 정작 당사자인 그녀의 뜻과는 아무 상관 없이 정쟁을 벌였으니 그때 장렬왕후는 연일 가시방석에 앉아 있는 심정이었을 것이다. 혈육이 하나도 없었기에 왕위 계승과 관련한 권력 싸움에 휘말릴 일도 없었지만, 한편으로는 혈육이 없었기에 구중궁궐 속에서 그녀는 늘 혼자였다.

열다섯에 왕비가 된 후 이런 세월을 42년이나 견뎌 이제 장렬왕후도 쉰일곱이 되었다. 이런 장렬왕후에게 생긴 환후는 다름 아닌 가슴의 통증이었다. 지난 세월을 돌이켜본다면 어찌 가슴속에 병이 생기지 않을 수 있으랴.

"토할 듯이 메스꺼우며 물소리가 난다고 하는 것으로 보아 이는 담음(痰飮)의 병이 아니겠습니까? 그러니 담음의 병으로 인해 가슴에 통증이 생길 때 쓰는 처방인 산치자산(山梔子散)을 쓰는 것이 어떨까 합니다."

정후계가 의견을 말했다.

"가슴의 통증이 심하고 구토기가 있으며 목구멍이 건조한 것으로 보아 이는 위(胃)의 열기로 인한 구토이니 귤치죽여탕(橘梔竹茹湯)도 생각해볼 수 있을 듯하오."

김유현 또한 자신의 의견을 말했다.

"메스꺼우며 물소리가 난다는 것으로 보아 담음의 병임은 분명한데 오한과 발열 증세도 함께 있다고 하니 이는 담학(痰瘧 | 담음으로 인한 학질 증세)으로 보입니다. 담학을 치료하는 시진탕(柴陳湯)을 쓰는 것이 어떻겠소?"

이동형도 의견을 보탰다.

"물소리가 나는 부위가 가슴 부위인 것으로 보아 이는 가슴 속에 있는 담음인 유음(留飮)의 병이라고 봅니다. 유음의 병이 생기면 기침이 생기고 갈증이 납니다. 또한 담음이란 병 자체가 오한 발열과 구토를 동반하는 것이지요. 하여 유음의 병에 쓰는 궁하탕(芎夏湯)이 좋겠습니다. 그리고 전중(膻中) 혈과 거궐(巨闕) 혈은 가슴 속의 병을 치료하는 특효 혈이니 이 두 혈에 뜸을 뜨는 것도 좋겠소이다."

백광현 또한 의견을 밝혔다. 이런저런 논의 끝에 백광현의 주장이 타당하다 받아들여져 탕약은 궁하탕으로, 뜸은 전중 혈과 거궐 혈에 뜨는 것으로 결정되었다.

❛

백광현은 대왕대비인 장렬왕후의 지난 삶을 생각하면 왠지 모르게 가슴 한쪽이 저려오는 것 같았다.

'얼마나 외로우실까? 남편의 사랑도 받아본 적 없고 혈육의 끈 끈한 정도 나눠본 적 없는 분. 세상 사람들이 다 가진 것을 갖지 못한 채 이곳 궁궐의 법도에 갇혀 홀로 살아오신 분. 이 궁궐이란 곳은 한 여인에게 어찌 그리도 모진 세월을 강요했단 말인가?'

42년 세월을 홀로 견뎌냈을 장렬왕후를 생각하니 백광현은 못 내 마음이 아팠다. 실은 자신도 장렬왕후의 존재를 거의 잊고 있 었으니 말이다.

'아무도 기억해주지 않는 분, 수십 년 세월을 홀로 숨죽여 살아 오신 분, 그 세월의 갈퀴에 무수히 가슴에 상처를 입으신 분, 참 으로 불쌍한 분이시다.'

이 궁궐이 참으로 잔인한 곳이라는 생각에 몸서리가 쳐졌다. 권력을 놓지 않고자 피비린내 풍기는 아귀다툼을 하고, 승자와 패자가 자리를 맞바꾸면서 무고한 목숨을 앗아가는 모습을 본 백 광현은 병든 장렬왕후가 더욱 안쓰러워졌다.

'그 오랜 세월 동안 얼마나 고통을 속으로 삭였으면 가슴에 병 이 다 들었을까? 열다섯에 입궁했던 그 여린 소녀의 가슴은 이제 돌덩이처럼 굳어버렸을 것이다.'

멀쩡한 사람도 반역 죄인으로 몰아 죽이고, 멀쩡한 사람도 병 들게 만드는 이 궁궐! 이 처참한 곳에 살며 허덕이는 사람들을 보 고 나니 과연 그 누가 이 궁궐에서 병들지 않고 버틸 수 있을까 싶었다.

'부디 우리가 올린 탕약이 대왕대비마마의 외로운 마음을 달래드리지는 못할지언정 그 육신만이라도 편하게 해드렸으면…….'

백광현은 대왕대비의 차도를 마음으로 빌었다.

                    ☽

다행히 장렬왕후는 나흘 정도 후부터 차도를 보이기 시작해 보름 정도가 지나자 완전히 쾌차했다. 이제 인경왕후의 사망에 대한 처벌과 장렬왕후의 회복에 대한 포상이 내려질 때가 되었다.

두의 유상은 인경왕후의 천연두를 치료하지 못한 책임을 물어 본래 맡고 있던 장흥고(長興庫 | 궁중에서 쓰는 돗자리, 종이, 유지 등을 관리하던 관청) 종6품 주부(主簿)에서 파직되었다. 그리고 장렬왕후의 환후 시에 의약 회의에 참여한 의관들은 그 공의 정도에 따라 포상을 내리라는 명이 내려졌다. 백광현에게 내려진 포상은 품계 상승이었다.

"백광현을 종2품 가의대부(嘉義大夫)에 봉하라."

이때가 숙종 6년 12월 21일이었다. 그런데 그것이 끝이 아니었다.

"백광현의 아비 되는 백철명에게 종2품 가선대부(嘉善大夫)의 품계와 종2품 한성부 우윤 겸 오위도총부 부총관의 관직을 추증(追贈)하도록 하라."

추증이란 이미 죽은 사람에게 벼슬을 내려주는 것으로, 공을 세운 관리에게 내리는 포상이 한도에 도달하면 그 조상에게 관직을 내려줌으로써 그 가문을 빛나게 해주는 방법이다.

"성은이 망극하옵니다."

백광현은 생각지도 못한 임금의 은혜에 고개를 숙였다.

각통 脚痛

마음이

몸을

병들게 하다

남인의 영수였던 허적이 사약을 받은 이후로 이제 세상은 서인 천하가 되었다. 그 중심에는 허적을 몰아내는 책략을 세우고 이를 전광석화와 같이 실행에 옮긴 김석주와 임금의 장인인 김만기가 있었다. 김석주와 김만기는 계획대로 허적과 남인 세력을 몰아내었고 나라의 요직이란 요직엔 차곡차곡 서인 세력을 앉혔다. 이제 그토록 원하던 권력을 손에 쥐게 된 것이다.

그런데 생각지도 못했던 천연두가 궁궐을 할퀴고 지나갔고 그 와중에 딸인 인경왕후가 승하하자 김만기는 칼로 심장을 찌르는 것 같은 고통을 느꼈다. 세자빈으로 간택된 것은 딸이 겨우 열 살이 되던 때였다. 이제 겨우 아이 티를 벗은 나이에 일국의 세자빈

이 된 것이다. 간택이 결정된 날 김만기는 딸에게 절을 올리고 존칭을 했다. 그리고 별궁으로 보내어 책봉식 전까지 세자빈 수업을 받도록 했고 이듬해에 책봉식을 지켜봤다.

그렇게 슬하의 어린 딸을 보낸 후 십 년의 세월이 지났다. 이제 겨우 스무 살인데 천연두의 병마가 덮친 지 겨우 여드레 만에 승하했다니 갑작스런 비보를 들은 김만기는 믿을 수가 없었다. 딸의 죽음을 생각할수록 가련하고 애가 닳아 심장이 조여드는 것만 같았다.

남인에게서 권력은 빼앗아 왔고 이제 중전이 왕자만 낳으면 되었다. 그 왕자가 왕세자가 될 것이고, 그 왕세자가 보위에 오른다면 자신은 이제 임금의 장인뿐만 아니라 임금의 외조부가 되는 것이니 만세에 누릴 수 있는 권력이 눈앞에 다가오고 있었다. 그런데 갑작스런 천연두가 딸의 목숨을 앗아 갔고 동시에 임금의 외조부 자리까지 앗아 가버렸다.

인경왕후가 승하한 몇 달 후부터 김만기는 다리에 통증과 마비 증세를 느끼기 시작했다. 증상은 점점 심해져 이제는 지팡이 없이는 일어서거나 걷는 것조차 불가능해졌다. 머리도 어지럽고 열기가 차올라 마치 신들린 사람처럼 정신이 몽롱한 증세를 느끼기도 했다.

걸을 수가 없어 등청하지 못하는 일이 잦아졌고 결국 김만기는 사직 상소를 올렸다. 하지만 숙종은 이를 허락할 수 없었다. 사직을 청하는 이유가 일신의 병이었기에 바로 어의를 보내어 간병하도록 했다. 임금의 지목을 받은 어의는 백광현이었다.

白

백광현은 임금의 명을 받들어 정1품 영돈령부사 김만기의 집을 찾았다. 김만기의 증세는 예상보다 심각했다. 밤마다 누가 이빨로 물어뜯는 듯한 혹은 칼로 찌르고 긁어대는 듯한 통증이 다리의 모든 관절에 찾아왔다. 또한 감각이 없어지는 마비가 오고 근육이 뒤틀리면서 경련이 생기곤 했다. 지팡이나 부축 없이는 일어서지도 걷지도 못했다. 다리의 증세가 전부가 아니었다. 가슴 속에서는 열감이 수시로 올라왔다. 어지럽고 답답하고 마치 안개 낀 늪 속에 빠져 허우적대는 사람처럼 눈앞이 몽롱했다.

"고칠 수나 있는 병이오?"

이미 몇 달을 병마에 허덕인 김만기는 체념한 듯 물었다. 증세를 살피고 진맥을 한 후에 백광현도 이 병의 뿌리가 깊음을 느끼고 있었다.

"세상에 고칠 수 있는 병도 없고 고칠 수 없는 병도 없습니다."

"백 태의가 그리 말하는 것을 보니 고칠 수 없는 병인가 보오."

"그럴 리가 있겠습니까? 병이란 어떤 의사를 만나는가도 중요하지만 환자가 어떤 마음으로 병에 임하는가도 중요하기에 그리 말씀드린 것이지요. 대감께서는 다리 관절마다 느껴지는 통증이 근래에 처음 생긴 것인지요?"

백광현은 병을 더 소상히 알고자 질문을 시작했다.

"그렇지 않소. 본디 내게는 다리가 아픈 이 각통(脚痛) 증세가 오래전부터 있었으나 견딜 만하여 그냥 참고 지내왔소."

"그렇다면 혹여 지난해 망극한 일을 당한 후로 더욱 심해진 것인지요?"

인경왕후의 사망 이후로 증세가 더 심해졌냐는 물음에 김만기는 금세 표정이 어두워졌다.

"그렇소. 이렇게까지 통증이 심하지는 않았는데 지난해 중전마마께서 승하하신 후로는 하루가 다르게 병세가 악화되고 있소."

'불쌍한 사람이로다. 자식을 잃은 슬픔을 무엇으로 위로받을 수 있으리.'

백광현은 김만기가 애처로워 보였다. 그의 눈빛에 서린 깊은 슬픔을 읽을 수 있었다.

"혹시 근래 들어 소변을 볼 때에 시원치 않거나 횟수는 늘면서 양은 줄어든 느낌이 있었는지요?"

백광현은 다시 질문을 이어나갔다.

"그렇소. 그리고 보니 병세가 심해지면서 소변을 시원하게 본 적이 거의 없구려."

"그러셨군요. 대감의 이 각통은 기혈이 잘 돌지 못하는데다가 한기와 습기가 침범하여 관절에서 막히고 쌓여 생기는 것이지요. 한기와 습기가 관절에 엉켜 있으니 그곳에서 심한 통증이 생기는 것입니다. 대감께서는 본디 이 병이 가볍게 있었는데 지난해의 망극한 일 이후로 더욱 심해졌습니다. 이는 슬픔이 극에 달하고 심장에서 끓어오르는 열기가 넘치게 되니 더욱 기혈이 잘 돌지 못하기 때문입니다. 분노하고 슬퍼하고 걱정하고 놀라는 모든 감정은 기혈의 흐름을 막아 울체(鬱滯 | 막히거나 가득 참)를 일으키는 법이지요. 더군다나 심장의 열은 소장으로 전해지고 소장의 열은 소변 길을 막는 법인데, 소변 길이 막히니 한기와 습기가 더욱 막히고 쌓이게 되어 관절의 통증이 극심해진 것입니다."

"그렇소? 그런데 이렇게 통증이 심하고 혼자서는 걷지도 못하는데 고칠 수는 있겠소?"

"대감의 슬픔은 덜어드릴 수 없겠지요. 하지만 통증은 덜어드릴 수 있을 듯합니다."

백광현은 큰 목욕통을 준비했다.

"대감의 병은 막히고 쌓여서 생긴 것입니다. 막히고 쌓인 것을 풀어주기에 목욕만 한 것이 없지요. 부디 목욕통에 몸을 담그고 있는 동안은 모든 생각을 떨쳐버리십시오."

그리고 목욕탕에서 나온 후 대나무 부항으로 무릎 위아래의 여러 혈 자리에 부항을 했다.

"본디 관절 부위가 가장 소통이 안 되고 울체가 잘 생기는 곳입니다. 이 관절 주위에 부항을 함으로써 울체가 풀어지도록 하는 것이지요."

부항을 끝낸 후 김만기를 엎드리게 하고 무릎 뒤의 위중 혈을 찾아 검푸른 색의 낙맥이 있는지 살폈다. 그리고 삼릉침으로 그 낙맥을 찔러 사혈했다.

"각통의 병에는 이 위중 혈에서 청근(靑筋)이라고 하는 검푸른 색의 낙맥이 잘 생깁니다. 이곳을 사혈하여 악혈을 빼내 관절의 소통을 도와야 하지요."

준비해온 약재인 강활(羌活)과 독활(獨活) 그리고 소금을 한 데 섞어 불 위에서 뜨겁게 볶았다. 뜨거운 김이 활활 솟아나는 약재를 헝겊 주머니에 넣고 이것으로 다리 관절을 찜질했다.

"이 방법은 관절을 직접 찜질하여 울체를 풀기 위함입니다."

시술을 다 마쳤다. 백광현은 각통을 잘 풀어줄 수 있는 약인 활락단(活絡丹)을 내어주었다.

"이게 무슨 약이오?"

동글동글하게 생긴 알약을 보고서 김만기가 물었다.

"활락단이라는 약이옵니다. 천오(川烏), 초오(草烏), 남성(南星), 지룡(地龍), 유향(乳香), 몰약(沒藥)이라는 약재로 만든 것입니다. 모든 관절 통증에 특효가 있는 약이지요."

"그렇소?"

"대감의 병은 소변 길이 잘 열리면 반드시 좋아질 것입니다. 그 물어뜯는 듯한 통증도 가라앉을 것이고 차츰 지팡이 없이도 일어서서 걸어 다닐 수 있으실 것입니다. 하오나 말씀드린 것처럼 병이란 의사도 중요하지만 환자의 마음 또한 중요한 법입니다. 힘드시겠지만 부디 슬펐던 일은 대감의 마음에서 비워내시옵소서."

"슬펐던 일을 마음에서 비우라니, 잘될는지 모르겠구려. 오늘 치료해준 것은 참으로 고마웠소. 챙겨준 약도 내 빠뜨리지 않고 잘 먹으리다."

☾

하늘은 참 맑았다. 파릇하고 촉촉한 잎사귀와 화려한 빛깔의 꽃이 산과 들에 넘쳐났다. 계곡엔 물이 넘치고 논에 심은 모는 빽빽하게 잘 자라 풍년을 예감케 했다. 아이들은 뭐 그리 신이 나는지 이리저리 뛰어다니느라 거리마다 웃음소리가 넘쳤다. 세상 모두가 행복해 보였다. 자식을 잃은 광성부원군 김만기만 빼고서.

'나는 이리 슬픈데 세상은 어찌 저리 행복한 것인가?'

김만기는 가족과의 영원한 이별이 어떤 것인지, 그것이 얼마나 뼈에 사무치도록 아픈 것인지 어려서 이미 경험했다. 그의 아버지인 김익겸은 병자호란이 일어났을 때 청나라 군대에 결사항전했다. 하지만 인조가 남한산성에서 결국 굴욕적인 항복을 하자 비분강개하여 자결했다. 그때 김만기는 다섯 살이었고 어머니의 뱃속에서는 동생이 자라고 있었다.

그렇게 유복자로 태어난 동생이 바로 서포 김만중이다. 김만기는 어렴풋하게나마 아버지의 얼굴이 기억나지만 나이 어린 동생은 아버지의 얼굴조차 몰랐다. 홀로 남은 어머니는 찢어지게 가난한 살림을 도맡아 하면서도 자신과 동생의 글공부를 위해 그 힘든 베 짜는 일도 마다하지 않았다.

홀로 자식들 잘 가르치고자 온갖 궂은일을 마다 않는 어머니를 보면서 김만기는 가족을 남겨둔 채 자결한 아버지를 원망하기도 했다. 하지만 그럴수록 더욱 마음을 다잡아 학문에 정진했고 어머니를 기쁘게 해드리려 애썼다.

마침내 김만기는 스물한 살에 문과에 급제하여 벼슬길을 시작했고, 동생 김만중은 열여섯에 진사에 일등으로 합격하고 스물아홉에 문과에 급제하여 벼슬길에 나섰다. 자신과 동생이 문과에 급제하던 날 식구들은 기뻤지만 슬펐다. 아무도 말로 표현하지는 않았지만 돌아가신 아버지가 계셨더라면 얼마나 기뻐하셨을까 생각했다. 그렇게 기쁜 날일수록 다시는 만날 수 없는 가족에 대한 그리움이 더욱 간절하게 치밀어 올라왔다.

이승에서 다시 만나지 못한다는 그 슬픔을 어떻게 덜어낼 수 있단 말인가? 김만기는 하늘을 올려다보았다. 하얀 구름이 모양을 바꾸며 흘러가고 있었다. 세자빈으로 간택된 어린 딸의 모습이 보였다. 김만기의 얼굴에 미소가 그려졌다. 왕비로 등극할 때의 모습도 보였다. 김만기의 표정에 감격이 서렸다. 천연두에 걸려 홀로 떨고 있었을 그때의 모습도 보였다. 김만기의 얼굴에 슬픔이 솟아났다. 어느 순간 구름이 흩어져 모두 사라져버렸다.

자식을 잃은 슬픔을 감당해야 하는 김만기는 그렇게 무심한 세상을 처연하게 바라보며 천 갈래 만 갈래 찢어지는 아픔을 쉽게 삭이지 못하고 있었다.

❛

김만기를 치료하고 돌아오는 백광현의 마음 또한 무겁기 그지없었다.

'슬픔 또한 전염되는 것인가? 어찌 내 마음도 이리 무거운가?'

다친 것도 넘어진 것도 아니고 높은 곳에서 떨어진 것도 썩은 음식을 먹은 것도 아닌데 자식을 잃은 슬픔이 그의 육신을 병들게 하고 있었던 것이다. 권력의 정점에서 만난 가족과의 이별이 김만기를 병들게 했던 것이다.

문득 백광현은 자신의 가족을 생각했다.

'다행히 내 곁에는 건강한 가족이 있구나.'

그 생각에 무거웠던 마음이 조금은 가벼워졌다.

두창 痘瘡

한 사람을

살리기 위해

"태의 영감, 아무래도 전하의 증세가 심상치 않습니다."

대전에 다녀온 김유현이 걱정스러운 목소리로 이동형에게 말했다.

"왜 그러십니까? 전하께서 어디 미령하시기라도 합니까?"

"얼마 전부터 도성에 또다시 천연두가 돌고 있다는 얘기는 들으셨지요?"

"예, 들었지요. 그것 때문에 대비께서 경연을 중지시키고 도성 내에 아직 천연두를 앓지 않은 자들을 골라내어 도성 밖으로 내보내라 하지 않으셨소? 아니, 그럼 혹시?"

"예, 전하께 신열과 두통이 있는 것이 아무래도 천연두에 걸리신 듯합니다."

"뭐라고요? 전하께서요? 그게 사실이오?"

"부디 아니길 바라지만 아무래도 천연두가 맞는 듯합니다. 용안에 반점이 나타나고 있습니다."

"신열과 두통에다 얼굴에 피는 반점이라……."

"대비마마께 얼른 고해야 할 듯합니다."

"그래야지요. 결국 이렇게 되는군요. 대비께서 그리도 천연두를 피하고자 하셨건만."

숙종이 천연두에 걸렸다는 사실에 조정과 내의원에는 비상이 걸렸다. 대비인 명성왕후는 소식을 듣자마자 사촌 오라버니인 김석주를 바로 불러들였다. 또한 두의 유상을 다시 불렀다. 저번에 인경왕후가 천연두에 걸렸을 때는 비록 실패했지만 그래도 이만한 의사가 없다고 판단했기 때문이다.

임금의 나이 이제 겨우 스물셋이다. 아직 후사를 이을 왕자는 한 명도 없다. 일단 걸리면 반은 죽고 반은 사는 무서운 병이 바로 천연두다. 행여 임금이 살아나지 못한다면 이는 나라의 기반을 흔드는 크나큰 변고가 아닐 수 없다. 사직의 존망이 지금 이 순간에 달려 있는 것이다.

내의원 의관들은 비상 숙직 상태로 들어갔다. 임금의 목숨이 백척간두에 걸려 있는 사태이므로 비상의약기구인 시약청도 설치되었다. 임금을 살려내느냐 못 살려내느냐가 이제 자신들의 손에 달린 것이다.

☾

"전하의 상태는 어떠하신가?"

대비의 명을 받자마자 곧바로 달려와 대전에서 임금의 상태를 살피고 나온 유상에게 김석주가 물었다.

"신열과 두통이 심하고 용안의 반점이 늘고 있습니다. 메스꺼운 기 또한 함께 있습니다."

"이보게 유상! 자네가 꼭 전하를 살려야 하네. 사직의 운명이 지금 자네에게 달려 있다네."

"예, 대감. 대비마마의 명을 받는 순간 하늘이 무너져 내리는 줄로만 알았습니다. 무슨 일이 있더라도 전하를 살려낼 것입니다. 살려내고야 말 것입니다."

유상의 목소리에는 비장함이 넘쳤다.

"그래, 그래야지. 그래야 하고말고."

"앞으로 보름이 고비입니다. 천연두는 몸에서 물러나기까지 보름이 걸리는데, 그 사이 전하께서 잘 버텨주셔야 할 터인데……"

"그런가? 어찌하여 보름이란 시간이 걸린단 말인가?"

"천연두는 병이 진행되는 과정을 다섯 단계로 구분하는데, 단계마다 사흘이 소요됩니다. 그래서 총 보름의 시간이 걸리는 것입니다."

"그 다섯 단계라는 것이 무엇인가?"

"첫 번째 단계는 발열(發熱)로, 사흘간 발열 증세가 한창 나타나게 됩니다. 두 번째 단계는 출두(出痘)로, 반점이 볼록한 구슬로 바뀌게 됩니다. 세 번째 단계는 기창(起脹)이라 하는데, 볼록한 구슬에 물이 차면서 수포로 바뀌게 됩니다. 네 번째 단계는 관농(貫膿)으로, 수포가 노란 고름으로 바뀌게 됩니다. 마지막 다섯 번째 단계는 수엽(收靨)이라 하는데, 이때는 고름이 딱지로 바뀌게 됩니다. 이 다섯 번째 단계까지 무사히 잘 오면 딱지가 떨어지는데 그럼 살아나게 되는 것입니다."

"그 보름 동안 단 하루도 방심해서는 안 될 것이네. 내의원 의관들은 모두 교대로 숙직할 준비를 하시오."

"저는 전하께서 딱지가 떨어지는 수엽의 단계를 무사히 치를 때까지 매일같이 궁에서 숙직하겠습니다."

유상이 결의에 찬 목소리로 말했다.

"그럴 수 있겠는가?"

"그래야지요. 전하를 반드시 살려야 합지요."

"그럼 나 또한 매일같이 숙직하겠네. 나머지 의관들은 숙직할 조를 짜도록 하고 한순간도 전하의 곁을 비우는 일이 없도록 하시오."

시약청을 맡은 김석주의 지휘 아래 내의원 의관들은 임금의 곁에서 하루하루 마음을 졸이며 부디 임금께서 무사히 천연두를 이겨내시기만을 빌었다. 처음 발열이 보였을 때에는 천연두의 독이 피부 바깥으로 뿜어져 나오도록 승마갈근탕(升麻葛根湯)을 달여 올렸고, 천연두의 구슬이 나타나는 출두의 단계가 되자 유상의 처방에 따라 구슬이 잘 돋도록 해주는 화독탕(化毒湯)으로 바꿔 올렸다. 두 번째 단계로 넘어갔지만 발열은 여전히 사그라지지 않았다.

화독탕을 투여한 지 사흘째, 구슬이 수포로 바뀌면서 세 번째 단계인 기창으로 넘어갔다. 아직까지는 순조로웠다. 하지만 단 한시도 방심해서는 안 된다.

❝

"이보게, 유 의관. 괜찮은가? 궁에서 숙직한 지 벌써 열흘째일 세. 그동안 하루도 제대로 눈 붙이고 잔 적이 없다고 들었네. 자네 괜찮겠는가?"

궁에 불려온 후 지금까지 하루도 집에 가지 않고 숙직하면서 임금의 환후를 돌보고 있는 유상에게 백광현이 물었다. 의관들은 조를 짜서 번갈아가며 숙직을 했는데 오늘은 백광현이 당번이었다.

"저는 괜찮습니다."

"너무 무리한 듯하네. 자네가 쓰러지면 아니 되기에 하는 말일세."

"저는 이미 나라에 큰 죄를 지은 몸입니다. 그 죄를 씻을 수만 있다면 이 정도 무리하는 것이야 무에 대수이겠습니까?"

"자네가 무슨 죄를 지었다고 그러는가?"

"지난 경신년에 인경왕후께서 승하하신 것은 모두 제가 부족했기 때문이 아니었겠습니까?"

"인명이야 재천이거늘, 그것이 어찌 자네의 잘못인가?"

환자를 고치지 못했을 때의 자책감을 너무도 잘 아는 백광현이 다독이듯 말했다.

"그렇지 않습니다. 제가 흑함(黑陷)에 대한 대비책만 가지고 있었어도 인경왕후께서 그리 허망하게 가시지는 않았을 것입니다."

"흑함?"

"예, 흑함이요. 천연두를 앓는 동안 언제든 나타날 수 있는 위급한 증상입니다. 구슬이 수포나 고름이 되지 못하고 검은색으로 바뀌면서 푹 꺼져 들어가는 것이 바로 흑함이지요."

"그래?"

"흑함의 징조가 보이면 숨을 헐떡이거나 정신이 혼미해지고 헛소리를 하며 설사를 하는데 일순간에 바로 사망할 수 있습니다."

"흑함이라는 것이 그렇게 무서운 것인가?"

"아주 무서운 것이지요. 많은 백성이 천연두에 걸려 죽는 이유가 바로 이 흑함 때문입니다. 흑함의 징후가 나타나면 한시 바삐 구급약을 투여해야 합니다. 하지만 돈 없고 힘없는 백성들이 어떻게 약을 제대로 쓸 수 있겠습니까?"

"그럼 흑함에 약만 제대로 쓴다면 다 살아날 수 있단 말인가?"

"저는 처음에는 이 흑함이 얼마나 무서운 것인지 몰랐습니다. 천연두가 창궐할 때마다 여염집을 돌면서 약을 썼는데 유독 이 흑함 증세만 나타나면 반만 겨우 살려냈지요. 그런데 승하하신 인경왕후께 바로 이 흑함 증세가 나타났는데 제가 그만 살리지 못했던 것입니다."

"그런 일이 있었구먼. 난 전혀 몰랐네 그려."

"제가 흑함에 대한 대비책이 충분히 없었기 때문이었지요. 그때 신료들이 모두 들고 일어나 저를 감옥에 가두고 엄히 문초하여 큰 벌을 내리라 연일 상소를 올려댔지만 주상전하께서는 그저 제가 맡고 있던 관직을 삭탈하는 것으로 마무리 지으셨고 빗발치던 모든 상소를 다 물리치셨지요."

"맞네, 그때 그러셨네. 나도 생각이 나네."

"왕후마마를 살리지 못한 큰 죄를 지었는데도 전하의 아량으로 궁궐을 나오면서 저는 마음속으로 뜨거운 눈물을 흘렸습니다. 그리고 그 후로 칼을 갈고 뼈를 깎는 심정으로 더욱 천연두 연구에 매진했습니다."

"그래서 새로이 찾아낸 치료법이 있었나?"

"예, 그렇게 천연두 연구에 매진하던 중 아주 놀라운 처방을 찾아냈습니다."

처방 얘기가 나오자 유상의 눈빛이 달라졌다.

"바로 이 흑함에 쓸 수 있는 처방이지요. 백 태의께서는 선조 임금 시절에 활동한 전유형이라고 들어본 적이 있으십니까?"

"전유형?"

"본래 문신이었지만 의학에도 조예가 깊었고 임진왜란 때는 왜적을 격파하기도 했던 인물이지요. 전해오는 얘기로는 임진왜란 때 길거리에 나뒹구는 왜적의 시체를 해부하여 《오장도(五臟圖)》라는 책을 남겼다고도 하더군요."

"해부?"

사람을 해부했다는 말에 백광현은 귀가 번쩍 열렸다.

"예, 그렇습니다. 하지만 그 《오장도》라는 책은 전해지지 않고 있지요. 어쨌든 그 전유형이 만든 처방 중에 흑함에 쓰는 처방이 있더군요. 그걸 알게 된 후 천연두가 돌 때마다 여염집을 돌며 흑함 증세를 보이는 환자들에게 그 처방을 써보았습니다."

"그래서 어떻게 되었나? 그 흑함이란 것이 잘 잡히던가?"

"예, 백발백중이었습니다."

유상의 표정에 자신감이 번졌다.

"그래? 그것 참 대단한 처방을 찾아냈구면."

백광현은 놀라움을 금치 못했다.

"제가 조금만 더 일찍 알았더라면 왕후마마를 그리 허망하게 보내지는 않았을 것인데……. 저를 너그러이 방면해주신 전하의 은혜를 갚기 위해서라도 천연두가 창궐했다는 소식만 들리면 그곳을 찾아 한 사람이라도 더 살리고자 필사의 노력을 해왔습니다. 그런데 이렇게 전하께서 천연두에 걸리셔서 누워 계시니 그저 몸 둘 바를 모르겠습니다. 하여 저는 꼭 전하를 살려야만 합니다. 다시 궁으로 돌아올 때 저는 제 목숨을 걸 각오로 왔습니다."

"그래, 꼭 살려야 하고말고."

유상의 얘기를 듣다 보니 백광현은 인경왕후를 잃은 슬픔에 병을 얻은 김만기가 생각났다. 그리고 자신을 방면해준 임금을 위해 조선 땅의 백성을 한 명이라도 더 살리고자 지난 세월 고군분투했을 이 유상이란 자가 몹시 갸륵해 보였다.

'임금의 은혜를 갚기 위해 이 땅의 백성을 치료했다니, 이 자의 마음이 바로 충심이 아닌가. 그때 가장 노여워했어야 할 사람은 신료들이 아니라 아내를 잃은 전하였다. 그런데도 전하께서는 오히려 은혜를 베푸셨고 그 은혜가 이 자로 하여금 이런 충심을 품게 만들었구나. 충심을 품은 자는 그 이름이 만대에 이어질 것이라 했는데 이 자의 이름이 만대에 기억되겠구나.'

백광현은 임금에게서 한시도 눈을 떼지 않는 유상이 기어이 전하를 살려낼 것이라는 확신이 들었다.

❝

세 번째 기창의 단계에서 이제 네 번째 관농의 단계로 넘어왔다. 숙종의 용안을 온통 뒤덮고 있는 수포는 이제 고름으로 바뀌고 있었다. 처방은 고름이 잘 배출되도록 해주는 보원탕(保元湯)으로 바꿔 올렸다.

'전하! 조금만 더 견디시옵소서. 조금만 더.'

하루하루 유상은 애가 탔고 매순간 피가 바짝바짝 말랐다. 임금의 목숨이 자신의 손에 달려 있다고 생각하니 밤에도 눈을 제대로 붙일 수가 없었다.

'이제 고름이 보이기 시작했으니 이 고름이 딱지로 바뀌기만

하면 된다.'

그렇게 관농의 단계로 넘어가고 이틀이 지났다. 순조롭게 진행되는 듯 보이던 임금의 환후가 갑자기 악화되었다.

"전하, 신의 말씀이 들리시옵니까?"

"전하, 들리시면 부디 말씀을 해주시옵소서."

"전하, 신의 말씀이 들리시면 부디 고개라도 끄덕여주시옵소서."

유상과 백광현, 김석주가 임금 곁에서 애타게 불러보았으나 갑작스럽게 혼수상태에 빠진 숙종은 겨우 보일 듯 말 듯 턱만 끄덕이고 있었다. 천연두와 사투를 벌이고 있는 숙종의 모습이 백광현은 무척 안쓰러웠다. 마치 둥지에서 홀로 떨어져 쏟아지는 폭우속에서 여린 날개를 파르르 떨고 있는 아기 새처럼 느껴졌다.

'전하, 약해지시면 아니 되옵니다. 이겨내셔야 합니다.'

그렇게 혼수상태에 빠지고 나서 얼마 후 숙종의 용안을 뒤덮고 있던 천연두의 고름이 검게 변하면서 푹 꺼져 들어가고 있었다.

'큰일이다. 이건 흑함이다!'

유상은 가슴이 철렁했다. 부디 보름을 무사히 넘기기를 바랐건만 결국 흑함이 나타나고 만 것이다. 이렇게 임금을 천연두에 빼앗길 수는 없다. 유상은 전유형이 남기고 간 그 처방을 이제 꺼내들어야겠다고 판단했다.

"사성회천탕(四聖回天湯)을 올려주시오."

곧바로 시약청으로 뛰어간 유상이 의관들 앞에서 말했다.

"지금 전하의 목숨이 백척간두의 끝에 있소이다. 사성회천탕이 필요하니 당장 달여서 올려주시오."

시약청에 모인 이동형, 정후계, 김유현, 최유태, 백광현 외 여러 의관과 시약청을 지휘하고 있는 김석주는 생전 처음 들어보는 처방의 이름에 놀랐다. 백광현은 사성회천탕이라는 처방이 유상이 말한 그 처방이라는 것을 바로 알아차렸다.

"사성회천탕이라고 했소? 금시초문의 처방이오. 어느 의서에 나오는 처방이오? 어떤 약재로 되어 있소?"

이동형이 의아한 듯 물었다.

"의서에는 없는 처방이오. 선조 임금 시절의 유의였던 전유형이 몸소 천연두 환자에게 시험하여 매번 효과를 보았던 처방이오. 약재는 인삼, 황기, 당귀(當歸), 석웅황(石雄黃 | 천연 비소 화합물)이고 각각 두 돈을 쓰면 되오. 그리고 반드시 백출(白朮) 두 돈을 추가로 넣어야 하오."

"석웅황이라 하셨소? 석웅황은 독약이오. 지금 전하의 환후가 이렇게 위중한데 어찌 그렇게 강한 독약을 쓴단 말이오? 그것도 두 돈이라니! 절대로 불가하오."

탕약에 석웅황이 들어간다는 말에 의관들이 반대하고 나섰다. 왕실에서 독약을 쓴다는 것은 목숨을 내어놓아야 하는 일이다.

"지금 이 약을 써야 합니다. 한시라도 늦어서는 아니 됩니다. 일이 잘못되면 제 손목을 잘라가도 좋습니다. 제 눈알을 파내어 가도 좋습니다. 제 목을 베어가도 좋습니다. 그러니 제발 이 처방을 쓰게 해주십시오."

유상의 목소리는 절규에 가까웠다.

"일개 의관의 손목이나 눈알 따위는 아무 필요 없소. 도대체 그 사성회천탕이라는 듣도 보도 못한 처방이 무슨 작용을 한다는 것이오?"

김석주가 물었다. 후손도 없는 젊은 임금이 승하한다는 것은 조정의 대혼란을 의미했다. 상상하고 싶지도 않은 일이었다.

"이 처방은 내가 여염집의 수많은 천연두 환자들에게 이미 시험해본 처방이오. 인삼과 황기는 기를 보하고 당귀는 혈을 보하며 석웅황은 천연두의 독을 풀어줄 것이고 백출은 흑함을 되돌려 놓을 것이오. 내 자신 있소이다. 전유형 또한 이 처방을 써보니 백발백중이라 했소. 천연두의 독을 풀기 위해서는 똑같이 독성이 있는 약재를 써야 하는 법이오. 그러니 더 늦기 전에 지금 바로 이 약을 올려야 하오. 천연두에 흑함이 나타나면 저승길로 가는 건 순식간이오. 지체할 시간이 없소이다."

"다른 의관들 생각은 어떻소?"

유상의 애달픈 호소에 김석주가 서늘한 목소리로 물었다. 아무도 선뜻 찬성할 수도 반대할 수도 없는 상황이었다. 짧지만 긴 침묵을 깨고 백광현이 입을 열었다.

"저는 유상의 말에 일리가 있다고 봅니다."

"백 태의는 한 번이라도 저 처방을 써보셨소?"

김석주가 날카롭게 물었다.

"아닙니다. 사성회천탕이라는 처방을 써본 적은 없습니다. 하지만 종기의 독이 퍼져 다 죽어가는 환자에게 석웅황이란 약재는 많이 써보았지요. 무릇 생명을 파먹고 있는 독기를 잡으려면 그만한 독기를 가진 약을 써야 하는 법입니다. 그리고 여기 있는 사람 중에서 유상보다 천연두 환자를 더 많이 본 이가 누가 있습니까?"

백광현의 말에 다시 또 침묵이 흘렀다. 혼수상태에 빠진 임금, 천연두 환자를 수도 없이 경험한 두의가 내린 처방, 그리고 그 처방 속의 독약!

결정은 이제 대비의 명을 받고 달려와 매일같이 숙직하면서 시약청 일을 감독하고 있는 김석주의 몫이었다. 김석주는 순간 평도는 강한 어지럼증을 느꼈다.

'정신을 차려야 한다. 종묘사직이 지금 이 순간에 달려 있다.'

잠시의 침묵 끝에 그는 답을 내렸다.

"두의 유상이 처방한 대로 탕약을 달여 올리도록 하시오."

유상이 주장한 사성회천탕이 임금에게 올려졌다. 탕약을 올린 후 임금 곁에서 검게 꺼져 들어가는 고름을 보며 하루 종일 애를 태우자 마침내 임금에게 딱지가 생기기 시작했다. 이제 마지막 수엽의 단계로 넘어온 것이다.

검은색으로 변하던 임금의 고름 부위가 딱지로 변하자 유상은 심장이 터질 것만 같았다.

'이제 위험한 고비는 넘겼다!'

아슬아슬했던 순간이 지나가자 하나둘씩 고름 부위가 딱지로 변해가고 있었다. 다시 하루가 지나고 아침이 되자 딱지가 순조롭게 떨어지고 있었다.

'이제 됐다! 이제 전하께서는 사실 수 있다!'

유상은 미칠 듯이 기뻤고 가슴속에는 또다시 뜨거운 눈물이 흘렀다. 이번에 흘리는 눈물은 좌절의 눈물이 아니었다. 큰 과오를 저질렀음에도 자신을 너그러이 용서해준 임금에 대한 고마움, 이제야 그 보답을 할 수 있다는 데 대한 기쁨, 그리고 그 역시 조선의 한 백성으로서 임금을 잃는 망극함을 당하지 않아도 된다는 안도가 뒤섞인 눈물이었다.

사성회천탕을 올린 지 사흘째 되는 날 임금의 환후는 크게 회복되었다. 하루하루 조마조마하게 보내던 왕실과 조정은 크게 기뻐했다. 이제 남은 미열만 사라지면 된다.

숙종은 고열이 내리고 미열만 남은 상태니 그런대로 견딜 만했다. 그런데 목이 너무 아팠다. 목 안이 마르고 건조했으며 목구멍에 통증이 느껴졌고 목이 부어서 물도 삼킬 수가 없었다. 죽이라도 겨우 삼키려고 하면 마치 톱을 쓰는 듯한 소리가 목구멍에서 올라와 괴로워했고 결국 다 토해버렸다.

김석주는 백광현을 불렀다.

"백 태의께서 전하의 후두의 통증을 치료해주시게."

김석주의 당부를 받은 백광현은 침반을 준비하여 입진했다. 우선 임금의 목구멍 상태를 자세히 관찰했다.

임금의 현옹(懸雍), 즉 목젖은 퉁퉁 부어 있었다. 또한 인후(咽喉 | 목구멍) 부위까지 고름이 생겼다. 한창 수포와 고름이 뒤덮고 있을 때의 피부만큼이나 지금 임금의 입 안도 참담했다. 임금은 지금 목구멍이 심하게 부어 있는 후종(喉腫)의 상태였다.

미열도 치료해야 하므로 탕약을 반드시 삼킬 수 있어야 한다. 또한 스무 날 가까이 고열에 시달렸기에 극도로 체력이 허약해진 상태라 수라도 반드시 드셔야 한다. 그렇다면 지금 현옹의 부기를 먼저 가라앉혀서 식관으로 연결되는 길이 열리게 한 후에 인두와 후두의 부기 역시 가라앉혀야 한다.

백광현은 길이가 다섯 치 정도 되는 인후침을 꺼내 들었다. 그리고 퉁퉁 부어 있는 현옹을 찔렀다. 임금의 입 안에 피가 가득 고였다. 현옹에서 쏟아지는 피를 계속 뱉어내게 했다. 현옹의 부기가 어느 정도 가라앉자 그제야 인후의 시작 부분이 보였다. 그곳 역시 고름이 남아 있었고 또 부어 있었다. 이곳도 인후침으로 찔렀다.

백광현의 치료 덕에 물도 삼키지 못하던 상태가 나아지자 의관들이 약을 준비했다. 입 안과 인후가 헌 것을 치료하는 호박서각고(琥珀犀角膏)가 올려졌고, 남아 있던 인후통과 미열은 말끔히 사라졌다.

❛

숙종 9년 10월 18일에 발병하여 11월 17일 종묘와 사직에 회복을 고하기까지 모두가 마음 졸였던 한 달이 지나갔다. 천연두에 걸린 왕을 극진히 간병한 유상을 비롯해 여러 의관에게 포상이 내려졌다.

"과인이 이번에 미령했을 때에 의관 유상은 처음부터 끝까지 노고를 아끼지 않았도다. 그에게 종2품 가선대부의 품계를 내리고 수령직을 제수할 것이며 또한 표범 가죽 한 벌, 말 한 필, 은자

오십 냥, 전답 오십 결, 노비 열 명을 하사하도록 하라!"

또한 후종을 침으로 치료한 백광현에게도 포상이 내려졌다.

"백광현에게는 수령직을 제수하도록 하라."

임금의 회복을 모두가 기뻐하고 있을 때 그만 왕실로 비보가 날아들었다. 숙종이 천연두와 사투를 벌이는 내내 노심초사했던 대비 명성왕후는 아들의 회복을 기원하고자 매일 얼음장처럼 차가운 물로 목욕하며 기도를 올렸다. 10월과 11월의 찬바람 속에서 찬물로 매일 목욕하다가 결국 명성왕후는 병에 걸리고 말았다. 어머니가 자신을 위해 기도를 올리다 병에 걸린 것을 안 숙종은 아직 쾌차하지 않은 몸을 이끌고 문안을 드리며 간병을 명했지만 그만 대비는 승하하고 말았다.

그리고 얼마 후 또 다른 부음이 들려왔다. 임금을 살리고자 불철주야 뛰어다니던 김석주는 지병이 급격히 악화되었다. 어지럼증은 더욱 심해졌고 툭하면 열기가 오르면서 가슴이 답답해지고 숨 쉬기가 힘들어졌다. 그러던 어느 날 심장이 터질 듯한 통증이 찾아오고 또다시 코피가 터지면서 쓰러지고 말았다. 콸콸 쏟아지는 코피는 지혈이 되지 않았다. 백광현이 임금의 명을 받고 달려갔지만 김석주는 이미 저승길로 떠난 후였다.

백광현은 김석주의 갑작스런 사망에 놀라지 않을 수 없었다.

'이렇게 가다니, 김석주 대감이 이렇게 가다니……'

예전에 백광현은 김석주에게 세 가지 마음을 버리라고 했다. 입을 기름진 것으로 채우려는 마음, 육신을 편안하게 하려는 게으른 마음, 그리고 두 손을 권력으로 채우고자 분노하고 조바심 치는 마음을 버리라고 했다. 조바심치는 마음이 대감의 심장에 불을 지르게 되면 언제 또 코피가 터지고 심장을 조일지 모른다고 경고했다.

그런 그가 갑자기 사망했다. 임금을 살리기 위해 뛰어다닌 후에 그렇게 된 것이다. 임금이 승하할까 봐 노심초사하고 조바심 친 것이 그의 심장에 불을 지른 것이다. 차라리 권력을 잡기 위해 발버둥 치다가 그런 것이면 왜 내 말을 듣지 않았느냐고 미워하고 원망이라도 하련만 임금을 살리고자 하다 그리된 것이니 원망할 수도 없었다.

'어떻게 노심초사하지 않을 수 있었겠는가?'

백광현은 그저 김석주의 명복을 빌어주었다.

현감 縣監

백성들

틈

에서

숙종 임금이 천연두의 후유증으로 앓았던 후종을 침으로 치료한 백광현에게 내린 포상은 수령직이었다. 이 교지를 받았을 때 백광현은 영광이라 여겼지만 한편으로는 쓸쓸한 기분도 들었다. 왜냐하면 윤후익도 똑같이 수령직을 포상으로 제수받은 적이 있었는데 그때 신료들이 벌떼같이 들고 일어나 의관에게 수령직은 절대 불가하다고 극력 반대했기 때문이었다. 신료들은 임금이 포기할 때까지 수십 차례 상소를 올렸고, 만약 임금이 포기하지 않으면 의관이 수령직에 있는 동안 무슨 꼬투리든 잡아 파직 상소를 올렸다. 윤후익만 해도 여러 차례 수령직을 제수받았다 파직되었기에 자신에게 수령직이 제수되었을 때에도 신료들이 가만

있지 않을 것이라는 예감이 들었다.

그에게 주어진 수령직은 포천 현감이었다. 아니나 다를까 백광현의 포천 현감 발령교지가 내려지자마자 신료들이 반대하고 나섰다.

"포천 현감을 제수받은 백광현은 그 출신이 미천한데 단지 어의로 일한 공로 때문에 목민의 직책을 맡긴다는 것은 국가의 관인의 도리가 아니옵니다. 부디 청컨대 포천 현감에 명해진 백광현을 파직하시옵소서."

상소란 것은 한번 불붙으면 계속해서 올라오는 법이다. 마치 신료들과 임금의 기싸움과도 같다. 자신의 이름이 거론되며 계속해서 파직 상소가 올라오자 백광현에겐 가시방석도 이런 가시방석이 없었다.

그리하여 임금에게 입진했을 때 아뢰었다. 교지를 내려준 것만으로도 영광이고 감읍할 따름이니 부디 자신에게 내린 현감의 직책을 거두어 달라 청했다. 그러자 숙종은 용안에 미소를 지으며 대답했다.

"백 태의! 내가 왜 그대에게 현감의 직을 내렸다고 생각하시오?"

"그것은 지난번 천연두로 인해 전하께서 후종을 잃으셨을 때 신이 침술로 치료한 것에 대한 포상인 줄 아옵니다."

"그렇지요. 하지만 그건 하나만 아는 것이오. 과인이 백 태의에게 현감의 직을 내린 것은 바로 과인을 대신하여 내 백성을 어루만져 달라는 뜻이오."

"전하를 대신해서요?"

"그렇소이다. 이곳 내의원이야 조선 팔도에서 의술이 최고로 뛰어나다는 의원들이 모여 있질 않소? 하지만 궁벽한 곳에 사는 백성들은 병이 들어도 돈이 없어서 의원에게 보일 수가 없소. 그러니 아파도 그저 참고 또 참다가 제대로 된 치료 한번 받지 못하고 죽어나가는 이가 수천수만일 것이오. 허니 백 태의 그대가 현감으로 가서 그곳에서 그대의 의술을 펼쳐 달란 말이오. 신료들은 본디 자기네 문관들 차지인 목민관 자리를 의관에게 뺏긴다고 여겨 저리들 반대하는 것이오. 신료들의 반대 상소는 내가 알아서 물리칠 것이니 전혀 신경 쓸 것 없소. 백 태의는 그저 내 명을 받들어 제세구민 하는 일에 온 힘을 다해주시오. 부탁하오."

"전하, 신은 그런 깊은 뜻이 있는 줄은 모르고 그저 신 때문에 전하께서 상소에 시달리시는 것이 황송하기 그지없었사옵니다. 전하의 명을 받들어 백성들의 병을 살피는 일에 신의 모든 힘을 다하겠사옵니다."

백광현은 젊은 임금의 깊은 뜻에 큰 감명을 받았다. 어린 나이에 보위에 올라 신하들에게 휘둘릴 법도 하건만 오히려 지금까지 백발이 성성한 노정승들을 당차게 휘두르며 적장자 출신의 정통

군주로서의 지도력을 여지없이 보여주고 있었다.

☾

　포천으로 떠날 준비를 해야 했다. 식구들이 모두 모여 이사를 어떻게 해야 할지 의논했다.

　"아버님, 어찌하는 것이 좋을는지요? 식구들이 모두 이사를 하려니 짐을 옮기는 것이 보통 일이 아닐 듯합니다."

　큰아들 홍령이 걱정스러운 듯 말했다.

　"현감이란 자리는 임기가 있는 자리다. 그 임기가 끝나면 다시 한양으로 돌아와야 하거늘 모든 식구가 한꺼번에 이사하는 것은 고단함이 너무 클 것이다. 나 혼자 부임지로 가고 나머지 식구들은 한양 집을 지키는 편이 좋을 듯하구나."

　"아버님 혼자서요? 아버님 홀로 어찌 그곳에서 지내신단 말씀이십니까?"

　"관청에서 기거하면 되니 어차피 따로 집은 필요 없지 않느냐? 식구들을 모두 끌고 가는 것 또한 나라에 부담을 끼치는 일이다."

　"하지만 그곳에 가시면 환자들도 돌보셔야 할 텐데 그러려면 옆에서 도와줄 사람이 필요할 것입니다. 허드렛일 할 사람도 필요하고요. 약재를 다듬고 약을 만드는 일을 아무한테나 맡길 수는 없지 않겠습니까?"

"그곳의 노비를 쓰면 되지 않겠느냐?"

"아무것도 모르는 노비한테 어느 세월에 약재에 관한 일을 가르치시겠습니까? 아버님 혼자 가시는 것은 저희가 마음이 편치 않습니다. 정 그러시면 제가 아버님을 모시고 가겠습니다."

"너는 여기서 너희 어머니와 아이를 돌봐야지. 집으로 찾아오는 환자들도 치료해야 하고."

"하지만 어떻게 아버님 홀로 그곳에서 지내십니까?"

"나는 괜찮대도."

"서방님, 저도 서방님 혼자 가시는 것은 마음이 편치 않습니다."

아내도 걱정을 내비쳤다.

"부인까지 걱정이시오?"

"어찌 걱정이 되지 않겠습니까? 환자를 치료하는 일은 혼자서 할 수 있는 일이 아니질 않습니까?"

이렇게 식구들이 의논하는 것을 방 한구석에서 조용히 듣고만 있던 한 여인이 입을 열었다.

"괜찮으시다면 제가 나리를 따라가고 싶습니다. 가서 조석으로 수발드는 것이며 환자들의 피 묻은 옷 빨래하는 것이며 모두 제가 손발이 되어 정성껏 돕고 싶습니다. 허락해주실는지요?"

포천까지 따라가겠다고 나선 여인은 바로 백광현의 첩인 희연이었다.

결국 의논 끝에 백광현의 첩인 희연 그리고 그 사이에서 태어난 열일곱 살 아들 백홍성이 백광현을 따라 부임지로 떠나기로 결정됐다.

᠎

백광현이 희연을 처음 만난 것은 18년 전의 일이었다. 백광현이 내의원에 처음 들어온 지 얼마 안 되어 아버지의 초상을 치르고 삼년상을 지낸 후 내의원으로 복귀했을 때였다.

현종 임금의 막내 여동생인 숙경공주의 남편 홍평위 원몽린(元夢鱗)에게 등창이 생겼다. 부마에게 종기가 생겼으니 자칫 치료가 안 되어 사망하기라도 한다면 큰일이다. 그래서 내의원 의관 중에서 종기를 제일 잘 치료하는 이를 보내라는 어명이 떨어졌고 백광현이 뽑혀 숙경공주의 집을 방문하게 되었다.

원몽린에게 난 등창의 기세는 자못 심했다. 백광현은 성심을 다해 며칠 밤을 새우면서 치료했다. 침으로 째고 피고름을 힘들게 뽑아내고 침 자리가 잘 아무는지 지극정성으로 살폈다.

그렇게 부마의 등창 치료가 거의 끝나가던 무렵이었다. 고름도 잘 빠지고 침 자리도 잘 아물어 이제 이삼 일 정도만 더 살피면 치료가 끝나는 시점이었다.

한 노비가 원몽린의 방에서 나오는 백광현을 찾아왔다. 그러고
는 땅바닥에 엎드려 백광현의 바짓가랑이를 붙잡고 부디 자신의
딸을 살려 달라 간청했다.

"나리, 제발 불쌍한 제 딸년을 살려주십시오. 부디 한 번이라도
살펴주십시오."

"무슨 일인가? 자네 딸이 어디가 아픈 것인가?"

"제 딸년이 지금 다 죽어가고 있습니다요. 부디 살려주십시오."

그렇게 노비의 간청에 의해 그의 딸이 있는 방으로 향하게 되
었다.

딸의 얼굴은 무척이나 희었다. 선이 얇은 눈썹과 고운 눈매를 지
니고 있었다. 동그랗게 솟은 이마에선 통증을 참느라 방울방울 땀
이 맺혀 있었다. 마치 연지를 바른 듯 붉은 입술은 하얀 얼굴과 대
비되었다. 노비였지만 여느 양반집 규수 못지않은 고운 외모였다.

딸은 이미 여러 날 심한 복통을 앓아왔고 열이 펄펄 끓었다. 이
대로 뒀다간 황천길 가기 일보 직전이었다.

백광현은 딸을 자세히 살펴보았다. 환부는 배꼽 아래, 치골(恥
骨) 바로 위의 아랫배였다. 아랫배는 빵빵하게 부어 있었고 손도
대지 못할 정도로 통증이 심했다. 그리고 부어오른 아랫배의 왼
편에서 살갗을 뚫고 나오려는 고름의 조짐이 보였다.

'이는 필시 뱃속의 장부 중 하나가 곪은 것이다.'

한눈에 봐도 심상치 않은 상태였다.

'이렇게까지 심한 복통과 살갗을 뚫고 나오려는 고름이 생기는 경우라면 장옹(腸癰ㅣ급성충수염)을 먼저 생각해볼 수 있다. 하지만 장옹은 주로 고름이 오른쪽 배에서 잡힌다. 지금 이 처자는 치골의 왼쪽에서 고름이 잡히고 있다. 그렇다면 혹시?'

백광현은 일단 상황이 몹시 다급하므로 피부 아래에 쌓여 있는 고름부터 뽑아내는 시술을 했다. 고름을 뽑아내자 통증은 어느 정도 가라앉았다. 하지만 열은 아직 식지 않았고 치료가 더 필요한 상태였다. 백광현은 겨우 정신을 붙잡고 있는 딸에게 혹시 최근 하혈은 없었는지 물어보았다. 만약 장옹이 아니라면 위치로 보았을 때 여인의 포(胞ㅣ자궁과 난관)의 한쪽 끝이 곪아서 생기는 병인 장담(腸覃)이 아닐까 의심스러웠던 것이다.

딸은 최근 조금씩 하혈이 있었다고 했다. 또한 자궁 맥에서 넘실대고 빠른 맥인 홍삭(洪數)한 맥을 잡아내었는데 이는 필시 포의 한쪽이 곪았기 때문이었다.

"지금 하도 상태가 다급하여 일단 뱃속에 쌓인 고름을 뽑아내는 처치만 서둘러 했네. 당분간 시술이 더 필요한데 워낙 상태가 좋지 않아 내 자네 딸을 낫게 해줄 수 있을는지 확언은 못 해주겠구려."

"아이고, 나리. 불쌍한 제 딸년을 좀 살려주십시오."

"내 며칠은 더 홍평위의 집에 드나들 터이니 그때 짬을 내어 자네 딸도 함께 치료해보겠네."

"살려주십시오, 나리. 그저 살려만 주십시오."

"지금 뱃속의 고름을 뽑아낸 것은 저승길 가는 시각을 잠시 늦춘 것에 불과하네. 몇 군데 더 시침을 해야 하는데 그것이……."

백광현이 말끝을 흐렸다.

"무슨 말씀이든지 분부만 하십시오. 제 딸년을 살리는 일이라면 제가 뭐든 하겠습니다."

"지금 피부로 이 정도 고름이 터질 정도면 자네 딸의 포에는 더 많은 고름이 쌓여 있다는 얘기일세. 그 고름을 없애려면 결국 소변 길과 대변 길 사이에 있는 포의 통로로 나오게 하는 수밖에 없네. 그러기 위해서는 꼭 시침해야 할 혈 자리가 있는데 그곳을 자네 딸이 허락해줄지 모르겠구먼."

"그 부위가 어디입니까요?"

자신이 허락해야 한다는 소리에 딸은 어렴풋이 눈을 떴다.

"바로 여인의 음문(陰門) 좌우에 위치한 회음(會陰) 혈일세."

여인의 가장 은밀한 부위를 보여야 한다는 소리에 딸은 바로 고개를 돌려버렸다. 아비 되는 자도 선뜻 대답을 하지 못하고 있었다.

백광현은 말을 이어갔다.

"자네 딸은 지금 포 한쪽 끝이 곪았는데 시간이 지나면서 이제 뱃속까지 함께 곪아버린 상태라네. 좀 전에 피부로 고름을 뽑아낸 것은 뱃속의 고름을 뽑은 것이지 포 속의 고름을 뽑은 것은 아닐세. 포의 고름을 뽑아낼 길은 단 한군데, 바로 여인의 음문일세. 그러기 위해서는 음문 옆의 혈 자리인 회음 혈을 꼭 취해야 하네. 회음 혈을 취하여 음문으로 포 속의 고름을 깨끗이 쏟아내야 이 병이 온전히 낫고 이후로도 재발하지 않을 것이네. 그렇지 않으면 또다시 뱃속이 곪고 살갗으로 고름이 터져 나올 것이네. 그때가 되면 자네 딸은 다시 저승 문턱에 가 있는 것이야."

딸은 붉은 입술을 꽉 깨물고, 얇은 눈썹을 더욱 찡그렸다. 허락할 수 없다는 뜻으로 보였다.

아비 또한 아무 말도 하지 못하고 있었다. 시집도 안 간 어린 딸이 따라줄 것 같지 않았다. 아무리 천한 노비라도 여인의 부끄러움은 아는 법이다. 하지만 이렇게 죽는 것을 지켜보고만 있을 수도 없는 노릇이었다.

고개를 돌리고 있던 딸이 마침내 입을 열었다.

"아버지, 저는 그냥 이대로 죽겠습니다. 어차피 노비로 사는 것이 인간답게 사는 것도 아니잖아요. 이분에게 침을 맞고 살아나봤자 또다시 벌레보다 못한 노비의 인생인걸요. 저는 그냥 이대로 죽고 말겠습니다."

아비는 이러지도 저러지도 못하고 그저 굵은 눈물과 소리 없는 울음만 토해냈다.

그 후 몇 차례 더 딸을 설득하러 갔으나 딸의 고집은 완고했다. 그저 몇 군데 침을 놓아주고, 병의 진행을 늦출 수 있는 몇 가지 약재를 챙겨준 것이 전부였다.

그런데 그렇게 오가며 노비와 대화를 나누다가 백광현은 이 노비가 어떻게 하여 천한 신분으로 떨어지게 되었는지 알게 되었다. 노비의 이름은 정숙으로 그의 선조는 본래 양반이었으나 예종 임금 때 유자광이 남이 장군을 역모죄로 고변하여 일으킨 무오년 옥사에서 그만 억울하게 대역죄로 몰려 처형을 받았다. 그로 인해 식솔들 모두 관노로 전락했고, 자손인 그 역시 관노로 살다가 숙경공주가 홍평위 원몽린과 혼인할 때 이곳으로 오게 되었다. 다행히 딸 또한 홍평위의 집으로 와 부녀가 같은 집에서 지낼 수 있었다.

본디 양반이었던 집안이기에 다시 신원을 회복할 길이 없을지 노력해봤으나 할 수 있는 건 아무것도 없었다. 아비야 이렇게 노비로 살다 죽는다 하더라도 딸만이라도 노비 신분에서 벗어나게 해주고 싶었다. 유일하게 면천(免賤)할 수 있는 길이 의녀가 되어 내의원에 들어가서 왕실의 질병을 치료해 공을 세우는 것이라 들었다. 그렇게 해서라도 딸을 노비 신분에서 벗어나게 해보려던 차에 이런 병에 걸리게 된 것이다.

백광현은 이 부녀가 참으로 측은했다. 억울한 모함으로 인해 본디 양반이었던 집안이 관노로 추락했으니 그 세월이 얼마나 억울했으랴. 부녀의 사정을 알게 될수록 측은한 마음이 더욱 깊어갔다.

결국 딸을 설득하지는 못했으나 다행히 병이 더 악화되지는 않았다. 하지만 남아 있던 미열은 떨어지지 않았고 언제 재발할지 모르는 불안한 상태였다. 홍평위의 치료가 완전히 끝나던 날 백광현은 마지막으로 이들 부녀를 찾았다.

"자네 딸 이름이 무엇인가?"

딸의 얼굴을 바라보던 백광현이 조용히 물었다.

"조금 있으면 저승길로 갈 미천한 딸년의 이름은 알아서 무엇하시려고요?"

정숙은 체념한 듯 반쯤 정신이 나간 채로 말했다.

"희연이라고 하옵니다요. 정희연."

"고운 이름이구먼."

"노비처럼 살지 말라고 제가 그리 지었습니다요."

어쩌면 마지막으로 보는 것일지도 모른다고 생각하면서 희연의 하얀 얼굴을 바라보았다. 아픈 환자 같지 않게 그녀의 입술은 여전히 붉었다. 당분간 먹을 수 있는 약재를 더 챙겨주고 그렇게 기적을 바라면서 이들 부녀를 떠났다.

　그런데 바로 다음 날 놀라운 일이 생겼다. 병에서 회복된 원몽린이 문안차 현종 임금을 뵈러 숙경공주와 함께 입궐한 것이다. 임금을 뵌 자리에서 숙경공주와 원몽린은 의관 백광현에 대해 칭찬을 아끼지 않았다. 등창의 기세가 자못 심하여 자칫 큰일이라도 나면 어쩌나 싶었는데 전하께서 보내신 의관이 며칠 밤을 세워가며 지극정성으로 치료했다는 것이다. 덕분에 지아비가 이렇게 다시 건강해졌노라며 이렇게 뛰어난 의술과 진실한 마음을 가진 의관을 곁에 둔 것은 전하의 홍복이시라 숙경공주는 입에 침이 마르도록 칭찬했다. 또한 숙경공주는 그간 애써준 것이 고마워 따로 상을 내리고자 했으나 백광현이 자신은 나라에서 녹봉을 받는 관원이니 사사로이 상을 받을 수 없다며 끝까지 사양하는 통에 상을 주지 못했으니 전하께서 부디 포상을 내려 달라고 청했다.

　이 이야기에 현종은 몹시 기뻐하며 곧바로 백광현을 불렀다.

　"내 이번에 백 의관이 누이의 집을 방문하여 무척이나 애써준 것을 참으로 고맙게 생각하고 있소. 따로 포상을 내리고자 하니 사양하지 말고 받으시오."

　"전하, 신은 그저 어명을 받들어 행한 것뿐인데 무엇이 따로 상을 받을 일이겠습니까? 명을 거두어주시옵소서."

"사양하지 마시오. 숙경공주는 내가 지극히 사랑하는 막내 여동생이오. 어려서 함께 자랐으나 혼인한 후에는 자주 만나지 못하여 항상 그리워하는 정이 마음속에 가득했소. 그런데 이번에 홍평위가 등창에 걸렸다는 얘기를 듣고 내 가슴이 철렁했는데 백 의관이 지극정성으로 치료해주었으니 이 어찌 아무 일이 아니겠소? 그러니 백 의관은 포상을 받을 충분한 자격이 있소. 내 명을 따로 내려 상을 내리리다."

"그러시오, 백 의관. 내가 내리지 못한 포상을 전하께서 대신 내려주시는 것이니 내 마음이라 생각하고 사양치 말고 받아주시오."

함께 자리한 숙경공주도 거들었다. 백광현은 짧은 순간 고민하다가 답을 올렸다.

"전하, 전하의 뜻이 그러하시다면 포상 대신 신의 작은 청 하나를 들어주시옵소서."

"그래요? 청이 있다면 얼른 말해보시오. 내 누이동생을 살려준 것이나 똑같은데 무슨 청인들 못 들어주겠소."

"지극히 외람된 청이오나 공주마마 시가의 노비 중에 정숙이라는 자가 있사온데 그에게는 딸이 하나 있사옵니다. 그 딸 또한 노비의 몸인데 그 딸을 저에게 첩으로 내려주소서. 노비의 몸값은 제가 다 치르겠사옵니다."

전혀 생각지도 못한 얘기에 현종은 깜짝 놀라 백광현을 쳐다보았다. 숙경공주 또한 이게 무슨 얘기인가 싶어 놀란 표정을 거둘 수가 없었다.

"왜 하필 그 노비를 첩으로 달라는 것이오? 그럴 만한 사정이라도 있소?"

숙경공주가 물었다. 백광현은 왜 자신이 공주의 시댁에 있는 노비를 첩으로 달라는 무례한 청을 올리는지 그 사정을 설명하기 시작했다. 당장 치료하지 않으면 그 노비는 저승행이 목전인데 침술을 행해야 하는 곳이 하필 여인의 은밀한 곳이라 부부의 연을 맺어서라도 꼭 살려주고 싶다며 그 사정을 아뢰었다.

"내 백 의관의 뜻을 잘 알겠소이다. 하지만 그 딸은 백 의관 말대로라면 병자가 아니오? 병자를 첩으로 달라는 말인데, 그럼 겨우 노비 하나를 살리고자 굳이 첩으로까지 삼겠다는 말이오?"

숙경공주는 죽을지도 모르는 병자를 첩으로 달라는 소리에 백광현에게 물었다.

"예, 공주마마. 그 딸은 죽을 수도 있는 병자이옵니다. 그대로 두면 죽을 것이 거의 확실하옵니다. 그 딸을 살리는 길은 치료를 하는 것인데 그러기 위해서는 첩으로라도 데려와 부부의 연을 맺는 길뿐이라 생각되어 그러옵니다. 저는 말을 치료하는 것에서부터 제 의술을 시작했습니다. 비록 말은 짐승이라 어디가 아픈지 말할 수는 없지만 병들었을 때에는 자신을 치료해 달라 간절하기 그지없는 눈길을 보내지요. 그러다가 치료를 해주면 저를 마치 아비처럼 잘 따릅니다. 짐승조차도 질병의 고통을 사람과 똑같이 느끼고, 아픈 곳이 낫고 죽다가 살아나면 인간과 똑같이 기뻐합니다. 비록 노비라고는 하나 어찌 살고 싶은 마음이 없겠습니까? 그대로 두면 죽을 노비이니 저에게 첩으로 내려주신다면 제가 치료하여 꼭 살려내겠습니다. 부디 은혜를 내려주시옵소서.”

백광현의 말에서 느껴지는 의사로서의 자비로움에 현종과 숙경공주는 허락하지 않을 수 없었다.

“전하, 노비 정숙의 딸은 관노의 신분이니 전하의 명만 있으면 백 의관의 첩으로 내릴 수 있습니다. 부디 허락해주시옵소서.”

숙경공주가 청했다.

“알겠네. 노비라는 신분과는 상관없이 환자를 아끼는 백 의관의 마음이 참으로 애틋하고 갸륵하오. 내 바로 명을 내려 정숙의 딸을 백 의관의 첩으로 내리도록 하겠소. 노비의 몸값은 치를 필요 없으니 잘 치료해주도록 하시오.”

“성은이 망극하옵니다.”

현종 임금의 명이 떨어지자마자 백광현은 홍평위의 집으로 달려갔다. 희연을 치료했고 그녀는 잘 회복되었다. 희연을 데리고 자신의 집으로 오는 길에 그녀는 자꾸만 뒤를 돌아봤다. 혼자 남은 아버지 생각에서였다. 백광현의 집에 왔을 때에도 그저 부엌에서만 지내며 좀처럼 식구들 눈도 제대로 쳐다보지 못했다.

백광현과 희연의 신방을 차려준 이는 다름 아닌 백광현의 아내였다.

"임금께서 내리신 첩입니다. 부엌데기로만 둘 수는 없지요."

그렇게 하여 희연을 첩으로 들인 이듬해에 둘째 아들인 백홍성이 태어나게 되었다.

❛

백광현 일행이 포천에 도착했을 때 그곳 백성들은 궁궐의 어의가 현감으로 온다는 소식에 벌써부터 들썩이고 있었다. 백광현은 백성들을 치료할 수 있도록 관청 집무실 하나를 비워 진료실로 만들었다. 돈이 없어 의원 근처에도 가보지 못한 무지렁이 백성들은 아무런 대가 없이 치료해주겠다는 신임 현감의 말에 너도나도 관청으로 모여들었다. 양반네들은 의관이 현감 자리를 꿰차는 것이 아니꼽고 마땅치 않았지만 백성들은 의관 출신 현감이 부임하는 걸 쌍수 들고 환영했다.

현감의 업무가 끝나고 남는 시간은 관청에 모여든 환자들을 치료하는 일에 소진했다. 다리가 곪아서 제대로 걷지도 못하는 자,

뒷머리에 종기가 생겨 피고름을 줄줄 흘리고 있는 자, 주린 배를 채우려다 상한 음식을 먹고 토사곽란에 걸려 배를 붙잡고 관청 뜰을 구르고 있는 자 등 치료의 손길이 필요한 백성들이 너무도 많았다.

현감으로서의 일은 내의원에 있을 때보다 훨씬 고단했다. 궁궐에서는 가장 높고 귀한 자들을 치료했는데 이곳에서는 가장 낮고 천한 자들을 치료했다. 그런데 이상한 것은 몸은 더 고단하지만 마음은 더 가볍다는 것이었다. 가난한 자들, 힘없는 자들, 무지렁이 백성들을 보고 있으면 왕실에서 보던 사람들과는 달라도 너무 달랐다.

궁궐에서는 차고 넘치게 가졌어도 더 가지지 못해 그것이 병을 만들었다. 그런데 이곳에서는 그렇지 않았다. 백성들은 조금만 가져도 마냥 행복해했다. 백광현은 그 점이 제일 좋았다. 순박한 자들의 틈에서 지내는 것이 자신을 더욱 순박하게 만들어주는 것만 같았다. 궁궐에서는 도저히 볼 수 없었던 저들의 순박함이 내의원 생활에 지친 백광현의 마음을 위로해주었다.

◟

열일곱 살이 된 아들 홍성이는 참으로 똑똑했다. 어려서부터 아버지가 환자를 치료하는 것을 어깨너머로 보아왔기에 백광현이 환자를 치료할 때마다 그 다음에 필요한 침이 무엇이고 필요한 물건이 무엇인지 말하지 않아도 척척 대령했다.

"홍성아."

"예, 나리."

백광현은 나리라는 호칭이 낯설었다. 본디 백광현은 자신을 아버지라 부르게 했다. 하지만 어미인 희연이 절대 그래선 안 된다며 매번 야단을 친 것이다. 둘만 있을 때에는 아버지라 부르라 했으나 그걸 또 어미에게 들켜버렸다. 그 때문에 크게 치도곤을 당한 후로는 둘만 있어도 절대 아버지라 부르지 않았다.

"너는 커서 무엇이 되고 싶으냐?"

"저는 나리처럼 훌륭한 의원이 되고 싶습니다."

나리라는 말이 송곳처럼 백광현의 가슴을 콕콕 찔러댔다.

"어째서 그러느냐?"

"아픈 사람이 나리의 치료를 받고 낫는 걸 보고 있노라면 정말 신기합니다. 그래서 저도 나리처럼 의술을 익혀 아픈 사람을 고쳐주는 훌륭한 의원이 되고 싶습니다."

의원이 되고 싶다는 말은 더욱 날카로운 송곳이 되어 백광현의 가슴을 깊이 후벼 팠다.

"그래? 그럼 훌륭한 의원이 되려면 어찌해야 하누?"

목구멍까지 치밀어 오르는 슬픔을 겨우 억누르며 대화를 이어 갔다.

"음, 의서를 많이 읽고, 환자를 많이 보고, 또한 나리께서 환자를 고치시는 것을 많이 도와드려야 합니다."

"그래? 그렇지, 그래야지. 홍성아, 너는 꼭 좋은 의원이 되어라."

"예, 나리. 꼭 그리하겠습니다."

아들과 이런 대화를 나눌 때면 초롱초롱한 아들의 눈을 바라보는 것이 참으로 행복했지만 한편으로는 몹시도 가슴이 쓰리고 아팠다. 홍성의 어미는 천한 관노의 신분이었고 그래서 천첩이었다. 천첩에게서 난 소생은 어미의 신분을 따라 천인이 되는 것이 조선의 신분법이다. 그러니 홍성이 아무리 의술을 익힌들 천인이 무슨 의원이 될 수 있단 말인가?

백광현은 의원이 되고 싶다는 아들의 소원을 꼭 들어주고 싶었다. 의원이 되려면 면천을 받아야 한다. 홍성의 어미인 희연이 그렇게도 원했던 면천. 하지만 희연이 면천을 받을 수 있는 길은 없다. 어미는 면천을 받지 못한다 하더라도 아들만이라도 꼭 면천을 받아 천인의 신분을 벗게 해주고 싶었다. 그러지 못할 경우에 저 아이가 천인으로 살아야 할 그 모진 세월이 눈앞에 보여 아들의 얼굴을 볼 때마다 종기가 난 곳의 상처가 발로 짓이겨지는 것마냥 쓰리고 아파왔다.

'어떻게 하면 저 아이가 면천을 받도록 해줄 수 있을까?'

아비의 마음을 아는지 모르는지 홍성은 방에서 의서를 읽으며 의원이 될 날을 꿈꾸고 있었다.

❛

"불이야! 불이야!"

불이 났다는 외침에 모두들 놀라 관청 마당으로 뛰어 나왔다. 진료실로 쓰던 방에서 불길이 솟아오르고 있었다.

"얼른 물을 떠와라! 얼른 불을 꺼라!"

"방 안에 사람은 없었느냐? 사람이 다쳐서는 안 된다!"

여기저기서 고함이 터졌다. 다행히 불길은 더 번지기 전에 잡혔고 다친 사람도 없었다.

"어쩌다가 불이 난 것이냐?"

놀란 백광현이 이방에게 물었다.

"노비 한 놈이 불심지가 꺼지지 않게 해야 한다며 방으로 들어가 심지를 살피다가 그만 불꽃이 옆으로 퍼진 듯합니다."

"아무도 다친 사람은 없는 것이지?"

"노비 놈이 화상을 조금 입었을 뿐 다친 사람은 없습니다요."

"그래, 다행이다. 불길이 확실히 꺼진 것인지 다시 한 번 확인하고 불에 탄 방은 깨끗이 치우도록 하여라."

"예, 현감 나리."

크게 다친 이가 없어 천만다행이었다. 하지만 이 화재 소식은 감찰을 나온 도사의 귀에 들어갔고 도사는 이를 곧바로 궁에 보고했다.

"현감 백광현이 관청 관리를 소홀히 하여 화재가 발생하는 불미스러운 일이 생겼고 이로 인해 나라의 기물이 훼손되었으므로 그 죄를 엄히 물어야 할 것입니다. 하여 백광현의 파직을 청하옵니다."

결국 궁에서 교지가 내려왔다.

"백광현에게 내려진 현감의 직을 파한다."

파직당하는 것이야 아무 상관 없었지만 이곳에서 정을 쌓았던 백성들과 헤어지는 것이 못내 섭섭했다.

"현감 나리! 떠나지 마십시오. 나리가 가시고 나면 저희같이 가난한 백성은 어디 가서 치료를 받습니까요? 부디 떠나지 마십시오."

"나리! 저희 어머님도 치료해주시고 제 아들놈도 치료해주셨는데 그 은혜를 갚기도 전에 이리 가시다니요. 부디 가지 마십시오."

현감이 파직의 명을 받았다는 소식을 들은 백성들은 관청 마당으로 달려와 부디 가지 마시라 읍소했다.

"이보게들, 나는 나라의 명을 받고 이곳에 왔네. 이제 다시 나라의 명을 받았으니 어찌 내 마음대로 가고 아니 가고 할 수가 있겠는가? 그러니 부디 이러지들 말게."

마음 같아서는 떠나고 싶지 않았지만 자신의 마음대로 할 수 있는 일이 아니다. 그렇게 백광현은 희연, 홍성과 함께 한양에 있는 집으로 돌아왔다. 뜻하지 않았던 화재가 백광현을 다시 궁으로 부른 것이다.

4. 충심(忠心)

면천 免賤

충심을
품다

아버지가 돌아온다는 소식에 백광현의 집은 분주해졌다. 백광현이 집을 비운 사이 찾아온 환자들은 큰아들인 백홍령이 치료해주었다. 백광현이 돌아온다는 소문에 도성의 환자들은 백광현의 집으로 더욱 몰려들었다.

이제 그는 아무 관직 없는 몸이 되었다. 그저 한 명의 의원이 된 것이다. 자신을 찾아오는 환자를 제자들과 함께 성심껏 살폈다. 이 환자는 무슨 병이고 어떻게 치료하면 살 수 있으며 온전히 낫는 데에 며칠이 걸릴 것이라 진료하고 가르치며 민간의 의원으로서 시간을 보내고 있었다.

그렇게 한양으로 돌아온 지 얼마 되지 않았을 때 궁에서 다시 교지가 내려왔다. 숙종은 그를 그저 민간의 의원으로만 둘 수는 없었던 것이다.

"백광현을 오위(五衛)의 무관인 호군(護軍)에 임명한다."

숙종 임금이 그에게 무관의 벼슬을 내린 것이다. 이것이 전부가 아니었다.

"백광현을 내의원 어의로 다시 복귀시키며 또한 의약동참청(議藥同參聽)에 참여할 의약동참의(議藥同參醫)로도 임명한다."

조선 후기로 접어들면서 내의원은 본청, 침의청 그리고 의약동참청이라는 세 개의 산하기구로 분화되었다. 그중 본청은 의과 시험에 정식으로 합격한 내의(內醫)로 구성되었고, 침의청은 침술이 뛰어난 자가 천거에 의해 들어온 침의(鍼醫)로 구성되었으며, 의약동참청은 사대부에서 중인까지 의술이 뛰어나기로 명망이 높은 자들로 구성되었다. 조선 팔도에서 의술로 인정받은 사람들이 모인 일종의 자문기구가 바로 이 의약동참청이었다.

각 청에 속한 의관들 중에서 우두머리가 되는 의관을 수의(首醫)라고 불렀다. 세 명의 수의 중 본청의 수의가 가장 으뜸이었다. 내의 중에서 품계가 오르거나 혹은 의술이 뛰어나 임금의 지명을 받으면 어의(御醫)가 될 수 있었다. 내의는 여러 잡무를 맡아 분주한 자리였던 반면 어의는 내의처럼 본청 소속이긴 하나 오직 임금의 환후를 진찰하고 약을 의논하는 일만 하면 되는 자리였다.

이제 백광현은 침의를 거쳐 어의가 되었다가 다시 의약동참의가 되었다. 생각지도 못한 임금의 부름을 받자 가족들은 무척 기뻐했다. 백광현 또한 자신을 내의원으로 다시 불러준 숙종 임금의 마음이 느껴져 황송할 따름이었다.

❦

"전하, 내의원 의관 김유현, 최유태, 최성임, 백광현 입시이옵니다."

"들라 하라."

내의원으로 다시 불러간 후 처음으로 임금을 입시하는 자리였다.

"과인이 최근 복통과 구역질이 심하여 도저히 수라를 들 수가 없소이다. 듣기에 오늘이 뜸을 뜨는 날이라 하던데 의관들은 모두 준비들 했소?"

"예, 전하. 뜸뜰 채비를 했사옵니다."

"그럼 이제 시작하시오."

내시들이 병풍을 쳤다. 숙종은 뜸을 뜨기 위해 곤룡포를 벗었다.

"오늘 뜸을 뜰 혈 자리는 어디인가?"

"복통과 구역이 심하시고 수라를 들지 못하실 뿐더러 최근 들

어 침수도 불편하시다 하여 오늘은 전중 혈과 중완 혈에 뜸을 뜨
고자 합니다."

"뜸은 몇 장이나 뜰 것이오?"

"전중 혈에 스물한 장, 그리고 중완 혈에 일곱 장을 뜨겠습니다."

"시행하시오."

오늘 옥체에 뜸을 올릴 의관으로 지목된 김유현은 쑥뜸을 뭉쳐
임금의 전중 혈부터 뜸을 올리기 시작했다. 총 스물여덟 장의 뜸
을 떠야 하므로 시간이 꽤 걸린다. 뜸이 한 장 두 장 탈수록 숙종
은 쑥뜸의 뜨거움과 쾌감을 동시에 느꼈다.

"이보시게."

숙종은 옆에서 뜸을 올리고 있는 김유현에게 말을 걸었다.

"예, 전하."

"이렇게 뜸을 뜨고 있으니 선왕의 모습이 생각나는구려."

"어떤 모습 말씀이시옵니까?"

"그대도 잘 알다시피 선왕께서 얼마나 환후가 잦으셨나? 그래
서 의관들 신세를 참 많이 지셨지."

"망극하옵니다, 전하."

"과인은 선왕께 환후가 잦은 것이 과히 싫었네. 아바마마의 고
통스러워하시던 모습이 몹시 싫었다네."

"모든 것이 저희 의관들이 불미한 탓이옵니다. 용서해주시옵

소서."

"아바마마께서 힘들어하실 때마다 그대들이 항상 옆을 지키고 치료해줬지. 아바마마께서는 뜸도 정말 많이 뜨셨지. 그래서 나는 이 쑥뜸 냄새가 좋아졌다네. 그리고 그대들 의관들도 항상 고마웠네."

"망극하옵니다."

"내가 왜 자꾸 의관을 현감으로 임명하는지 아는가? 그건 내가 어려서부터 아바마마를 통해 질병의 고통을 알았기 때문이네. 나야 임금 자리에 있으니 콧물만 찔끔 흘러도 조선 팔도 최고의 의원들이 모인 내의원에서 득달같이 달려와 치료해주지. 하지만 돈 없고 힘없는 내 백성들은 병에 걸려도 의원 구경 한 번 못 하고 죽어나가는 자들이 얼마나 많겠나. 그래서 내가 신료들의 불같은 반대를 뚫고서 그리도 의관을 현감으로 만드는 것일세."

"전하의 은혜가 하해와 같사옵니다."

"참, 그리고 보니 현감에서 돌아온 백 태의가 오늘 입시하지 않았는가?"

백광현이 생각난 숙종은 그를 찾았다. 여러 의관들과 함께 뜸 뜨는 것을 지켜보고 있던 백광현이 임금에게 인사를 올렸다.

"신 백광현 전하를 뵈옵니다."

"백 태의, 내 저번에 백 태의를 현감에서 파직시킨 것에 혹시

서운하셨소?"

숙종은 백광현에게 파직의 교지를 내린 것이 못내 마음에 걸렸다.

"전하, 서운하다니요, 천부당만부당하신 말씀이십니다."

"내 그 일은 어쩔 수 없었소이다. 백 태의께서 이해해주시구려."

"나라에 죄를 지었는데도 이리 신을 다시 불러주시니 그저 감읍할 따름이옵니다."

"그리 말해주니 고맙소. 그런데 저 양반네들은 자기네 자리가 뺏긴다고 얼마나 상소를 올려대는지. 말단 수령직 하나도 절대 양보하지 못하겠다는 것이지. 같은 양반들도 문관이네 무관이네 나눠서 차별하고. 어디 그뿐인가? 같은 문관들도 남인이네 서인이네 나뉘어 저리 자리싸움을 하고 있질 않은가?"

"망극한 일이옵니다, 전하."

숙종과 김유현은 뜸을 올리고 또 뜸을 느끼면서 대화를 계속 이어나갔다.

"그런데 말이오, 나는 자식의 마음은 어떤 것인지 잘 알겠는데 도대체 아비의 마음은 어떤 것인지 그건 아직 모르겠소. 그대들도 알다시피 내가 아직 뒤를 이을 후손이 없질 않소?"

"전하, 모두 신들의 불찰이옵니다."

"참, 아니지. 내가 아비지 않은가? 만백성의 어버이가 바로 나 임금 아니오? 그러니 내가 아비는 아비인 게지?"

"망극하옵니다."

"과인이 이제 스물여섯인데 만백성의 어버이라오. 과인이 말이오. 아직 자기 후사도 없는데 만백성의 어버이라니. 그대들은이 자리가 어떤 자리인지 아무도 모를 것이오. 얼마나 고통스러운 자리인지 앉아보지 않고서는 모를 것이오. 난 아바마마를 통해서 그 고통을 봤소. 결정해야 하는 그 고통 말이오. 내 결정 하나에 만인이 살 수도 있고 만인이 죽을 수도 있는 그 결정의 고통말이오."

"전하, 성심을 굳건히 하시옵소서."

"그런데 살리는 결정을 할 때는 기쁘기가 그지없소. 하지만 죽이는 결정은 나에게 더없는 고통을 준다오. 게다가 과인의 성정이 워낙 다혈질이라 화가 날 때는 물불을 가리지 않소. 하지만 시간이 지나고 나면 그것이 뼈를 할퀴어대는 것처럼 후회스럽기 짝이 없소. 가장 마음 아픈 것이 무엇인지 아시오?"

숙종은 회한이 서린 표정으로 물었다.

"바로 경신년에 있었던 사건이오. 아바마마의 유지를 받든 영의정 허적을 사사했던 것 말이오."

숙종은 자신의 손으로 직접 사약을 내린 허적을 잊지 않고 있었다.

"그때 영상이 내 허락도 없이 유악을 가져갔다는 말에 몹시 화가 났소. 그리고 그의 아들이 모반을 꾸미려 했다는 고변을 듣자 머리끝까지 화가 났소. 그래서 그도 죽이고 그 아들도 죽였소. 하지만 시간이 지나자 내가 잘못했다는 생각이 들더이다. 그까짓 유악이 뭐 그리 대수라고. 그때 내가 조금만 참았더라면 일국의 영상을 그리 허망하게 죽이진 않았을 터인데, 내 불같은 성정을 억누르지 못하고…… 조금만 참았어야 했는데……."

숙종의 목소리에는 회한이 잔뜩 묻어 있었다.

"전하, 지나간 일은 잊으시옵소서. 마음에 담아두시면 그 또한 옥체를 상하게 할 수 있사옵니다."

"매번 화가 날 때마다 내 불같은 성정을 누르지 못해 큰일이오. 내가 제일 걱정되고 두려운 것이 무엇인지 아시오?"

"무엇을 그리 걱정하시는지요?"

"바로 내가 이 성정 때문에 왕실 사람을 해하면 어쩌나 하는 것이라오. 분노를 참지 못하여 내 가족에게 그리면 어쩌나 하는 것이라오. 혹여 내가 성정을 이기지 못하고 왕실 사람을 죽이려 들거든 꼭 나를 말려주시오. 부디!"

"전하, 그럴 리가 있겠사옵니까. 혹여 그런 일이 생긴다 할지라도 저희 의관들이 반드시 충언을 드리겠나이다."

"혹시 말이오, 이 불같은 성정을 고치는 탕약은 없소이까?"

"망극하옵니다, 전하"

뜸은 한 장 두 장 타들어가서 마침내 마지막 장까지 다 채웠다. 방 안에는 쑥뜸 연기와 냄새가 진동했다. 백광현은 숙종 임금과의 대화를 찬찬히 들으면서 젊은 임금의 마음속에 깊은 고뇌가 자리 잡고 있음을 느꼈다. 뜸을 뜰수록 뿌옇게 되는 이 방처럼 임금의 마음에 회한이 쌓일수록 그 속은 뿌연 고뇌와 외로움으로 가득 차리라.

☾

백광현은 퇴청하여 집으로 돌아왔다. 이미 밤이 되어 사위는 깜깜했고 간혹 멀리서 들리는 부엉이 소리 외에는 세상이 고요했다. 그는 자신의 방에 홀로 앉아 있었다. 방 안을 밝혀주는 촛불이 조용히 타고 있었다. 낮에 본 임금의 모습이 계속 머릿속에 남았다.

'혹시 임금께서 허락해주실지 모른다.'

숙종 임금이 허적을 사사한 것을 후회하고 있다는 말에 못내 가슴이 아팠다. 사람을 죽여버리고 나면 나중에 후회해도 돌이킬 길이 없는 법이다. 임금은 그것을 마음 아파하고 있었다.

"살리는 결정을 할 때는 기쁘기가 그지없소. 하지만 죽이는 결정은 나에게 더없는 고통을 준다오."

임금이 내뱉은 이 말이 계속해서 귓가에 울렸다.

'살리는 결정을 할 때는 기쁘기가 그지없소. 살리는 결정을 할 때는 기쁘기가 그지없소.'

백광현은 하얀 종이를 꺼내어 펼쳤다. 먹을 갈고 붓에 먹물을 묻혔다.

'어쩌면 임금께서 허락해주실지 모른다.'

조심스럽게 붓을 종이 위로 옮겼다. 그리고 천천히 편지를 써 내려갔다.

신 백광현 전하께 아뢰옵니다.

잠시 붓을 멈췄다.

'전하께서는 아직 후손이 없어 아비의 마음이 무엇인지 모른다고 하셨던가? 하지만 제 자식을 기르는 아비의 마음은 모른다 할지라도 만백성을 보살피는 어버이의 마음은 이미 충분하신 분이시다. 그러니 내 소원을 들어주실지도 모른다.'

다시 글을 써 내려갔다.

이 불충하고 미흡한 신하가 감히 전하께 간청할 일이 있어 아뢰옵니다. 신에게는 본처 소생의 아들인 백홍령과 천첩 소생의 백홍성이 있사옵니다.

아들 홍성의 이름을 적자 백광현은 또다시 마음이 쓰라려왔다. 어린 아들만 보면 항상 그랬다. 어린 아들이 환하게 웃을수록 더욱 그랬다.

신의 이 천첩은 돌아가신 숙경공주께오서 지난 정미년에 지아비이신 홍평위의 회복을 선왕 폐하께 고하고자 입궐하셨을 시에 신에게 내리신 첩이옵니다. 신은 한시도 공주마마의 지극하신 은혜를 잊지 않았사옵니다. 다만 아비 된 저의 폐부를 찌르듯이 마음이 아픈 것은 천첩 소생의 아들이 앞으로 천인으로 살아갈 모진 세월 때문이옵니다.

숙경공주께서 제게 내리신 천첩은 본디 양반가의 자손이었습니다. 역모의 모함을 받은 선조로 인하여 그 후손들이 관노의 신분을 면치 못하고 있었습니다. 그러던 중 숙경공주께오서 홍평위의 집안으로 출가하셨을 때 신의 천첩이 그 집안에 관노로 내려졌사옵니다. 홍평위와 숙경공주의 하해와 같은 은혜를 입어 그 관노를 신이 천첩으로 얻게 되었으나 그 소생 또한 천인의 신분을 면할 수 없기에 이에 전하께 엎드려 고하옵니다. 부디 신의

천첩 소생 자녀를 면천시켜 새로운 목숨으로 살게 해주시옵소
서. 그리해주신다면 이 늙은 의관은 남은 인생을 전하와 왕실의
강녕을 위하여 몸 바쳐 섬기겠나이다.

　임금에게 올리는 편지를 쓰긴 했지만 과연 이걸 올릴 수 있을
지, 혹여 사헌부나 사간원에서 일개 의관의 천첩 소생 따위에게
공연히 면천을 허락하시느냐며 상소라도 올라오는 것은 아닐지
마음이 걱정으로 그득했다.
　'하지만 전하라면 허락해주실지도 모른다. 살리는 결정을 하
실 때에는 기쁘기가 그지없다고 하셨다. 내 비록 중신들에게 지
탄받는 한이 있더라도 전하를 믿고 올려보리라.'
　아들 홍성을 위해 이 정도도 못하랴 싶었다. 그리고 다음번 입
시할 때 품에 넣어둔 편지를 숙종에게 올렸다. 그리고 며칠이 지
났다.

☾

　"전하, 내의원의 백광현 입시이옵니다."
　"들라 하라."
　숙종은 백광현이 올린 편지를 여러 번 읽어보았다. 천첩을 들

인 것에 대해 소상히 묻고자 그를 따로 부른 것이다.

"백 태의, 내 백 태의가 올린 글은 읽어보았소. 숙경공주마마는 내게는 고모가 되는 분이시오. 그대가 어찌하여 숙경공주마마의 관노를 첩으로 하사받은 것이오? 과인은 그것이 궁금하오."

임금의 하문에 백광현은 그가 선왕의 재위 시에 숙경공주의 남편인 홍평위 원몽린의 등창을 치료해준 것이며, 그 집안 노비의 딸이 병으로 죽을 고비에 있을 때 만난 것이며, 그 딸을 살리고자 자신의 첩으로 내려주기를 선왕께 고한 일을 소상히 아뢰었다. 그리고 자신의 자녀가 천인으로 살게 될 것을 생각하면 아비 된 자신의 마음이 애달프기 이를 데가 없기에 감히 임금께 고하게 되었노라며 자신의 무례를 용서하시고 부디 인정을 베풀어주시기를 편전 바닥에 엎드려 빌었다.

"내 백 태의에게 그런 사연이 있는 줄은 몰랐소이다. 백 태의의 정이 참으로 두텁고 또 자녀의 사정이 참으로 딱하게 되었구려. 내 바로 내사에 명하여 백 태의의 천첩 소생 자녀를 면천시키도록 하겠소. 부디 백 태의에 버금가는 훌륭한 의관으로 잘 키워주시오."

"전하! 성은이 망극하옵니다, 전하!"

퇴청하는 길에 백광현은 내사에 들러 아들 백홍성의 면천 교지를 받아왔다. 그 어느 날보다 귀가하는 발걸음을 더 빨리 재촉했다. 그런데도 그 어느 날보다 집으로 가는 길이 멀게만 느껴졌다.

"홍성아! 홍성아!"

마침내 집 앞에 당도해 이름을 부르자 아들이 뛰어 나왔다. 여느 때와 다른 아버지의 들뜬 목소리에 온 식구가 마당으로 뛰어 나왔다.

"홍성아! 이것을 보아라."

백광현은 아들의 손에 면천 교지를 펼쳐 보여주었다. 자신의 이름 옆에 '면천'이란 두 글자가 또렷이 적힌 교지를 받아들고 홍성은 그저 아버지의 얼굴만 쳐다보고 있었다. 아버지 백광현의 눈에는 기쁨이 넘쳤다. 그런 아비를 바라보고 있는 홍성의 눈에는 놀라움이 넘쳤다. 그리고 구석에서 바라보던 홍성의 어미 희연은 그저 조용히 눈물만 흘렸다.

"홍성아, 너는 이제 양인의 신분이 되었다. 내 너의 이름을 족보에도 당당히 올릴 것이다. 모두 전하께서 허락하셨다. 이제 나를, 아버지라 불러보아라!"

아비를 바라보는 홍성의 두 눈에서 굵은 눈물이 흘러내렸다.

"어서!"

"아버지!"

백광현은 가슴이 으스러지도록 홍성을 세차게 안아주었다.

"이제 마음껏 아비라 불러도 된다. 마음껏!"

달빛 아래 온 식구들이 흘리는 감격의 눈물은 그칠 줄을 몰랐다.

임금께서 허락해주실 것이라는 일말의 희망을 품고 아뢰었다. 임금에게는 아주 작은 호의일지 모르나 자신의 아들에게는 인생이 오롯이 걸린 일이었다. 감읍했다. 이 은혜를 어떻게 갚아야 할지 모를 지경이었다.

'전하! 전하께서 제 아들에게 새로운 삶을 주셨나이다. 전하께서 19년 동안 제 마음에 품었던 한을 풀어주셨나이다. 제 가슴을 짓누르던 무거운 바윗덩어리를 치워주셨나이다. 전하께서 제 자식과 가족을 살려주셨으니 이 늙은 목숨, 남은 인생을 전하와 전하의 가족을 위하여 온전히 바치겠사옵니다.'

백광현은 궁궐이 있는 쪽의 하늘을 바라보며 다짐했다.

칙사 勅使

마침내 왕실에 큰 경사가 생겼다. 그렇게도 기다리던 왕자가 태어난 것이다. 하지만 왕자의 탄생을 신료들 모두가 기뻐한 것은 아니었다. 크게 기뻐하는 쪽과 크게 불안해하는 쪽으로 나뉘어 있었다. 인경왕후가 천연두로 승하한 후 새로 왕비로 책봉된 인현왕후는 서인 세력인 민유중의 여식이었다. 경신대출척으로 권력을 쥐게 된 서인 쪽에서는 인현왕후의 몸에서 왕자가 생산되질 않자 계속 불안한 상태였다. 그런 와중에 남인과 결탁한 후궁 장 씨가 덜컥 왕자를 낳은 것이다. 권력을 잃은 남인 쪽에서는 장 씨의 몸에서 태어난 왕자가 잃어버린 권력을 되찾아줄 유일한 동아줄이었다.

누구보다 가장 기쁜 사람은 숙종이었다. 보위에 오른 지 14년이 되어서야 그리고 임금의 나이 스물여덟이 되어서야 겨우 얻은 귀하디귀한 왕자였다. 그것도 총애하던 후궁 장 씨의 몸에서 낳았기에 더욱 기뻤다.

이처럼 새로 태어난 왕자를 바라보는 시선이 극과 극으로 갈린 채 시간이 흐르고 있을 무렵 궁궐에는 청나라에서 칙사(勅使)가 당도한다는 소식이 도착했다. 가장 반갑지 않은 소식이었다.

병자호란 당시 청나라에 항복했을 때 열한 가지의 항복 조건이 있었다. 그중 하나가 매년 정기적으로 청나라에 사신을 파견해야 한다는 것이었다. 이 조항에 의해 조선에서는 매해 청나라로 사신단을 파견했다. 사신단을 보낼 때에는 그냥 빈손으로 보낼 수 없었다. 청나라의 황제, 황후, 황태자, 황태후에게 보낼 모시, 명주, 화석 등의 선물을 함께 준비해 보내야 했다. 사신단으로 떠나는 인원은 보통 삼사십 명 정도였는데, 여기에는 오고 가는 길에 병자가 생길 경우 바로 치료할 수 있도록 의관도 포함되었다.

반대로 청나라에서 조선으로 사신단이 오기도 했다. 이렇게 청나라 황제의 칙서를 들고 조선으로 오는 사신을 칙사라고 불렀다. 그런데 이 칙사가 조선 땅으로 온다는 소식이 들리면 온 나라가 분주해졌다. 먼저 조정에서는 신하를 신의주까지 보내 그곳에서 칙사를 맞이해야 했다. 그런 뒤 신의주에서 한양 땅에 도착하

영은문 중국의 사신을 맞아들이던 문으로, 대한제국 초기에 독립협회가 주축이
되어 이 문을 부수고 그 자리에 독립문을 세웠다.

기까지 다섯 곳의 고을에서 연회를 열어주었다. 연회가 열리는 고을에서는 수령뿐만 아니라 백성들까지 칙사를 대접할 연회 물품을 장만하고 준비하느라 한바탕 난리를 치러야 했다.

또한 칙사가 영은문을 통과해 한양에 입성하면 또다시 연회를 열어 한양에 도착한 것을 축하했다. 그 다음 날에는 왕세자와 의정부 육조의 고관들이 차례로 연회를 열어 칙사에게 인사를 했다. 임금이 주재하는 연회도 따로 열어줘야 했다. 한양에 도착한 다음 날부터 다시 청나라로 돌아가기 전까지 궁궐은 연회의 연속이었다.

또 돌아갈 때에는 빈손으로 보내선 안 되었다. 은, 인삼, 호피, 비단, 종이 등 온갖 값비싼 특산물을 준비하여 수백 마리의 말에 실어 보냈다. 그러니 칙사가 한번 왔다 가면 국고가 휘청댔다. 그렇다고 칙사 대접을 소홀히 할 수는 없으니 청나라에서 칙사가 출발했다는 소식만큼이나 불편한 소식은 없었던 것이다.

칙사가 한양에 당도해 궐에서는 연일 칙사를 위한 연회가 열리고 있었다. 그런데 이번에 도착한 칙사는 영접도감(迎接都監 ㅣ 중국 사신의 접대를 위해 설치하는 임시 관청)의 관리에게 한 가지 요구사항을 전했다. 조선 내의원 의관 중에 백광현이란 자가 있다고 하던데 자신이 몸이 아파 그자를 만나고 싶으니 따로 불러달라는 것이었다. 칙사가 아프다고 하면 의관을 보내 치료를 해줘야 하겠지만 이렇게 특정인을 지목해 불러 달라고 하는 경우는 거의 처음이었다. 의아한 요구였지만 들어주지 못할 일도 아니었으니 숙종은 바로 허락했다.

❛

백광현은 임금의 명을 받들어 칙사가 머물고 있는 태평관(太平館)을 찾았다.

'참으로 이상한 일이로다. 칙사가 나를 어찌 안다고 왜 꼭 나를 만나자고 했을까? 혹 무슨 대단한 고약이라도 떨려고 하는 것인가?'

군이 자신을 지목한 이유를 궁금해 하며 백광현은 태평관에 들어가 그를 기다리고 있던 칙사와 마주했다. 거만한 품새를 하고 있으리라 예상했던 것과 달리 칙사는 백광현을 아주 공손히 맞이했다.

"어서 오십시오. 제가 태의를 뵙고자 특별히 청을 넣었습니다."

"칙사께서는 어디가 불편하시기에 이리도 저를 찾으셨습니까?"

백광현의 물음에 칙사는 큰 소리로 웃으며 대답했다.

"하하하, 실은 아무 데도 병든 곳이 없소이다."

"예? 병든 곳이 없는데 어찌 저를 찾으셨는지요?"

"내 아는 이의 심부름차 이리 태의를 따로 불렀소이다."

그러고는 칙사는 상자를 하나 꺼내 백광현 앞에 내밀었다. 상자 속에는 값비싼 비단과 예물이 가득 차 있었다.

"아니, 이게 대체 무엇입니까? 왜 이런 값나가는 물건들을 제게 주시는 것입니까?"

"이것은 제가 드리는 것이 아닙니다. 몇 년 전 태의께서 사신단으로 연경(燕京 | 중국 수도 베이징의 옛 이름)에 오셨을 때 만난 달관(達官 | 직위가 높은 관리)을 기억하십니까? 그 사람의 어머니를 치료해주셨다고 하던데요? 그 사람이 태의께 꼭 전해 달라고 부탁한 물건이올시다."

"연경의 달관이라…… 그 사람의 어머니를 제가 치료해줬다고요?"

"예, 기억이 안 나십니까?"

그제야 백광현은 생각났다. 사신 행렬을 따라 갔던 7년 전 일이 떠오르기 시작했다.

❦

그때가 숙종 8년 10월이었다. 김석주가 죽기 두 해 전이었다. 해마다 보내는 사신단이 김석주를 책임자로 하여 청나라로 떠나게 되었다.

숙종은 김석주가 전에 병을 앓았기에 먼 길을 다녀와야 할 그의 건강이 못내 걱정되었다. 게다가 10월에 출발하면 이듬해 3월에야 돌아올 터인데 오가는 길의 추위와 고단함이 만만치 않을 터였다. 그래서 백광현을 사신단에 동행할 의관으로 지명해 함께 가도록 했다. 전에 백광현이 김석주를 간병한 적이 있기 때문이었다.

김석주 일행은 연경에 도착하여 사신단의 임무를 별 탈 없이 수행했다. 이제 조선으로 돌아갈 때가 얼마 남지 않은 어느 날이었다. 청나라의 높은 관리가 사신단을 직접 찾아왔다. 그는 용무가 있으니 사신단의 총책임자를 만나고 싶다 했다. 갑작스러운 방문에 사신단 일행은 모두 의아해했다. 또 무슨 꼬투리를 잡을 일이 생겼나 염려되기도 했다. 그런데 그 관리는 아주 정중한 태도로 사신단의 총책임자인 김석주에게 요청했다.

"저희 어머니께 오래된 병이 있습니다. 전국의 유명한 의사들을 모두 불러 치료해봤으나 아무런 효과가 없었습니다. 그런데 조선 사신단의 한 관리에게 이런 말을 들었습니다. 이번 사신단에 어의가 함께 왔는데 침술이 매우 뛰어나 조선 땅에서 명성이 자자하다고요. 하여 그 어의가 저희 어머니를 좀 봐주십사 간절히 청합니다."

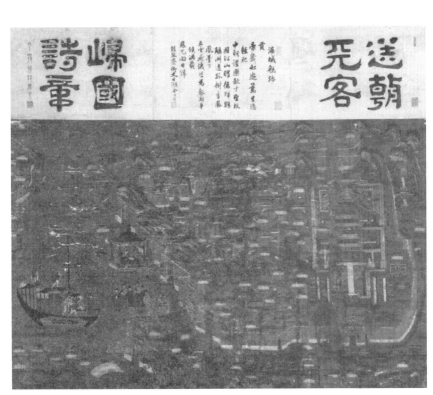

명나라를 떠나는 조선 사신단 명나라 관리 금유심(金唯深)이 돌아가는 조선 사신을 전송하며 지은 시와 이 광경을 묘사한 그림, 〈송조천객귀국시장(送朝天客歸國詩章)〉. 사신이 배로 오간 것으로 보아 후금(後金)이 강성하던 17세기 전반의 그림으로 추정된다. 국립중앙박물관 제공.

청나라 관리의 간청을 들은 김석주는 흔쾌히 승낙했다. 이에 백광현은 관리를 따라 그의 어머니를 진찰하러 가게 되었다.

관리의 어머니는 복부에 병이 있었다. 환자를 눕히고 찬찬히 환부를 살피며 촉진해보았다. 배꼽 옆의 부위에서 어떤 덩어리가 느껴졌다. 그 덩어리는 너무 크지도 않고 그렇다고 너무 작지도 않았다. 피부를 집어보면 그 덩어리가 마치 구슬처럼 느껴지기도 했는데 전체 배는 물컹했으나 그 덩어리는 매우 딱딱했다.

관리의 어머니는 마치 학질처럼 추웠다 더웠다 했고 배가 얼음 장처럼 차가웠으며 복통과 설사가 잦았다. 이는 뱃속에서 어떤 덩어리가 잡히는 복괴(腹塊)의 병이었다. 관리의 말에 의하면 이 병은 생긴 지 오래되었고 그동안 이런저런 치료를 받았지만 호전과 악화를 반복하기만 했다.

진찰이 끝난 후 백광현은 그 관리에게 어머니의 병이 무엇인지 그리고 어떻게 치료할지 얘기해주었다.

"어머님께서는 복괴의 병을 앓고 계십니다. 오한발열이나 복통과 설사를 잠시 잦아들게 할 수는 있지만 뱃속의 덩어리를 없애지 않으면 언젠가는 반드시 재발할 것입니다. 제가 가진 침술로 어머님을 힘써 치료해보겠습니다."

힘써 치료해보겠다는 백광현의 말이 관리는 무척이나 고마웠다.

"예, 제발 부탁드립니다."

백광현은 자신이 조선에서 늘 써오던 여러 가지 종류의 침을 침통에서 꺼내어 펼쳤다. 청나라 관리는 난생처음 보는 갖가지 모양의 침을 신기한 듯 바라보았다. 백광현은 한 손으로 뱃가죽을 잡고 복괴의 위치를 잘 찾아 집어 들었다. 그리고 다른 손으로 침을 들고 복괴의 중심과 뿌리를 향해 찔렀다.

이런저런 침들이 교대로 어머니의 환부에 들어왔다 나갔다 하는 장면을 관리는 그저 놀란 눈으로 쳐다보고 있었다. 침술을 마치고 뜸까지 마친 후 백광현은 입을 열었다.

"본디 이 병은 달포 동안은 환자의 곁을 지키며 치료를 마무리해야 하는데 지금 사신단이 조선으로 돌아갈 날이 얼마 남지 않아 그것이 걱정입니다. 연경을 출발하기 전까지는 제가 매일같이 들러 치료를 마저 해드리겠습니다."

"정말 감사합니다. 그런데 치료가 다 마무리되시 못하면 병이 온전히 낫지 못할까요?"

관리는 자못 걱정되었다.

"다행히 이 병에 쓸 수 있는 좋은 약재를 제가 조선에서 가져왔습니다. 나으실 때까지 필요한 양을 충분히 드리고 가도록 하겠습니다."

백광현은 약통에서 어떤 환약을 꺼내어 관리에게 내밀었다. 그것은 묘한 색깔의 환약이었다. 흰색인 듯 노란색인 듯 갈색인 듯 여러 색깔이 묘하게 섞여 있었다. 그리고 표면이 매끌매끌한 것이 뭔가 특별한 약재가 들어간 듯 보였다.

"이 약은 무엇인지요?"

"이는 사유환(蛇油丸)이란 환약입니다."

"사유환이요? 처음 들어보는 이름입니다. 사유환이라면 뱀의 기름으로 만들었다는 뜻인가요?"

"그렇습니다. 뱀 중에서도 백화사(白花蛇)만을 취하여 그 기름으로 만든 환약이지요. 조선의 백화사는 약재로서의 효능이 아주 뛰어납니다. 특히나 이렇게 복부, 겨드랑이, 목 부위에 덩어리가 생겼을 때 터지기 전에는 잘 삭여주고 터지고 나면 잘 아물게 해주는 효과가 매우 뛰어납니다. 지금 어머님께서는 뱃속에 덩어리가 생겼는데 본디 체질이 차가워 곪지도 않고 터지지도 않는 상태에서 이리 오랜 시일을 끌어왔던 것입니다. 침을 놓아 이 덩어리의 뿌리를 뽑아내고 뜸을 떠서 온기를 넣었으니 곧 사그라질 것입니다. 허니 병이 온전히 나을 때까지 이 사유환을 빠뜨리지 말고 챙겨 드시도록 하십시오."

"예, 명심하겠습니다. 정말 감사합니다."

그렇게 사신단이 출발하기 바로 전날까지 백광현은 관리의 집에 매일같이 들러 그 어머니의 상태를 살펴주었고, 병자를 마지막으로 살피러 간 날에는 온전히 낫는 것을 보고서 떠나고 싶으나 나라의 사신단에 매인 몸이라 그럴 수 없다며 부디 쾌차하시기를 기원한다는 말을 남기고 조선으로 돌아왔다.

𝄐

7년 전 그때 그 관리가 백광현을 잊지 못하고 있었던 것이다. 그래서 이번에 관리의 동료가 칙사 자격으로 조선에 간다고 하기에 한양에 도착하거든'반드시 백광현이라는 이름의 어의를 찾아 이 예물을 꼭 감사의 표시로 전해 달라 신신당부했다는 것이다. 청나라 칙사는 그 관리가 꼭 이대로 전해 달라고 했다며 관리가 전한 감사의 말을 대신 읊었다.

"청나라 땅의 어느 의사도 고치지 못했던 저희 어머니의 병이 공의 신묘한 의술에 힘입어 씻은 듯이 나아 어머니께서는 이제 건강해지셨습니다. 이 은혜를 잊을 수 없어 이렇게 예물을 인편에 보내니 꼭 받아주십시오."

자신은 그 관리를 잊고 있었는데 그 관리는 자신을 기억하고 있다니 백광현은 무척이나 감격스러웠다. 칙사는 진수성찬을 떡 벌어지게 차려오게 하여 백광현을 대접했다.

칙사는 그 관리가 그동안 청나라 조정에서 만나는 사람마다 붙잡고 백광현 얘기를 들려줬다고 전해주었다. 자신의 어머니를 조선의 어의가 침을 써서 치료해주었노라, 그 침술은 자신이 듣도 보도 못한 신묘한 것이었노라 입이 닳도록 얘기하고 다닌다는 것이다. 그래서 대체 그 조선의 어의가 누구인지, 무슨 신묘한 의술을 어떻게 구사한 것인지 칙사 자신도 무척이나 궁금했다고 한다.

술잔이 돌고 이런저런 얘기가 오고 가다가 칙사는 궁금증을 풀기 위해 백광현에게 물었다.

"공께서는 어느 의서를 보시고 그런 침술을 익히신 것입니까? 그 의서를 저도 좀 얻어갈 수 있을는지요?"

"하하, 제 침술은 의서에 있는 것이 아닙니다."

"의서에 있지 않다니요? 의서에 있지 않은 침술도 있습니까?"

"의서를 안 본 것은 아니지만 제가 침을 쓰는 방법은 오랜 경험과 숙련으로 터득한 것이지요."

"아니, 경험과 숙련으로 그런 신묘한 침술이 터득되는 것입니까? 어떻게 그게 가능한지요?"

이에 백광현은 자신이 의사가 된 계기부터 시작하여 그동안 어떻게 침술을 습득했으며 어떤 환자를 어떻게 치료했는지 칙사에게 얘기해주었다. 연신 감탄하며 백광현의 이야기를 경청하던 칙사는 그럼 어의의 침을 한번 구경시켜 달라 청했다.

백광현은 항상 들고 다니는 침통에서 침을 꺼내어 펼쳐 보였다. 칙사는 이런저런 모양의 온갖 침들을 휘둥그레진 눈으로 보면서 이런 모양의 침은 전에 본 적이 있노라, 이런 모양의 침은 처음 보는 모양이노라 하며 연신 신기해했다.

"내 태의에게 청이 있소이다. 여기 침들 중에서 처음 보는 모양의 침 몇 가지만 얻어갈 수 있겠습니까? 동료에게도 보여주고 청나라 의사들에게도 보여주고 싶습니다."

"하하, 그러시지요."

칙사가 왜 백광현을 굳이 만나려 했는지 조정에도 그 이유가 알려졌다. 조선의 어의가 청나라 의사들이 고치지 못한 병을 훌륭히 고쳐준 데 대한 보답을 하기 위함임을 알게 된 것이다. 비록 청나라에 패하여 해마다 사신단을 보내야 하고 툭하면 찾아오는 칙사에게 이런저런 간섭을 받아야 하지만, 조선의 침술이 청나라 땅에서 이름을 드날리고 있다는 사실을 알게 되자 모두들 기뻐했다.

의술을 지녔다는 것이 얼마나 좋은 것인지, 그 의술로 사람을 살린다는 것이 얼마나 기쁜 일인지, 그 사람을 살린 것으로 인해 조선의 이름이 청나라에서 드높아진다는 것이 얼마나 영광스러운 일인지 백광현은 가슴 벅차게 느끼고 있었다.

'그때 내가 말에서 떨어지지 않았더라면 나는 지금 무엇을 하고 있었을까? 아마도 이름 없는 무관으로 살고 있었겠지.'

말에서 떨어져 다친 후 죽음의 공포에 떨고 있었던 그 시절이 떠올랐다.

'나를 떨어뜨려 다치게 한 그 말이 실은 내 인생의 은인이구나. 그때는 그 녀석이 무척이나 원망스러웠는데 이제 와서 보니 그 말이 나의 은인이었어.'

인생이란 때로는 넘어지고 때로는 구르고 때로는 다치면서도 그저 묵묵히 앞으로 나아가다 보면 어느덧 산등성이에 오르고 어느덧 산꼭대기에 오르게 되는 것이구나 싶었다. 그러다 보면 오늘같이 영광스러운 날도 오는 것이구나 싶었다.

칙사는 아무런 트집도 잡지 않고 그 어떤 까탈도 부리지 않고 청나라로 돌아갔다.

제종 臍腫

신의로

불리다

태어난 지 얼마 안 된 왕자는 쑥쑥 잘 자라주고 있었다. 하지만 예상했던 대로 정실 왕비의 몸에서 나지 않은 왕자는 피바람의 진원지였다. 왕자의 생모인 장 씨를 소의에서 희빈으로 격상한 것을 시작으로 물밑에서 진행되던 권력 싸움이 이제 수면 위로 떠올랐다.

숙종은 장 씨를 희빈으로 높이는 것에 그치지 않고 장 씨 소생의 아들을 원자(元子 | 아직 왕세자에 책봉되지 않은 임금의 맏아들)에 봉하려 했다. 그러자 서인 측에서 반대 상소가 들끓었다. 아직 임금과 중전의 나이가 젊은데 후궁의 몸에서 난 아들을 원자로 봉할 수는 없다는 것이었다. 이에 숙종은 머리끝까지 화가 나 서

인의 중심세력을 줄줄이 파직하고 유배 보냈으며 사약을 내리기도 했다.

결국 권력을 쥐고 있던 서인 세력은 조정에서 물러나게 되었고 희빈 장 씨를 등에 업은 남인 세력이 그 자리를 차지했다. 이것이 숙종 15년에 일어난 기사환국이다.

여기서 그친 것이 아니었다. 숙종은 조정의 대신들을 갈아치우는 것뿐 아니라 중전의 자리마저 갈아치우고 싶어 했다. 그리하여 인현왕후를 폐서인했다. 왕비의 폐서인 교지가 내려지자 남아 있던 서인 세력이 대거 반대 상소를 올렸다. 숙종은 이들마저 유배 보내버렸고 이제 조정은 완전히 남인 천하가 되었다.

숙종은 어린 나이에 보위에 올랐지만 국왕이 신하를 어떻게 다뤄야 하는지를 지난 경신대출척을 통해 알게 되었다. 저들이 자신이 어리다고 깔보지 않게 하는 방법, 신하들이 군주를 두려워하게 만드는 방법, 강력한 왕권을 구축하여 신권을 제압하는 방법, 그것은 바로 정국을 뒤엎어버리는 환국이라는 것을 깨달았다.

남인의 기세가 등등해질 즈음에 경신대출척을 통해 서인의 손을 들어주었던 숙종은 이제 다시 서인의 기세가 등등해지자 남인이 지지하는 왕자와 후궁을 무기로 서인 세력을 갈아엎어 버렸다. 이렇게 환국을 일으키지 않고서는 절대로 자신의 어린 아들이 원자가 될 수 없음을 잘 알고 있었다.

조정이 이렇게 뒤엎어지는 동안, 그래서 숙종의 마음에 불길이 꺼질 틈이 없었던 사이에 숙종의 옥체에도 크고 작은 환후가 들끓었다. 마음에서 그렇게 불길이 타오르는데 어떻게 육신이 편안할 수 있겠는가.

서인들의 반대 상소를 읽고 화가 나 집어던질 때마다 구토가 끓었다. 서인들이 편전에 몰려와 원자 책봉은 안 된다, 왕비의 폐서인은 안 된다 읍소할 때마다 복통과 흉통이 몰려왔다. 저들에게 당장 물러가라 소리를 지를 때마다 속이 메스껍고 손발이 마비되었다.

그렇게 조정이 들끓고 임금의 옥체가 들끓으면서 환국이 이뤄질 즈음 임금에게는 통풍(痛風 ㅣ 관절이 붓고 아픈 병)의 병도 생겼다. 먼저 오른쪽 다리에 종기가 생기는 것을 시작으로 왼쪽 다리에도 세 군데 종기가 생겼는데, 이것이 나아갈 즈음 양쪽 발목이 붓고 아프더니 무릎도 아파왔고 나중에는 손목과 팔꿈치까지 사지의 관절이란 관절은 다 붓고 시큰거리고 아파왔다.

이를 치료하기 위해 내의원에서는 분노로 인해 간에 열이 생겨서 여러 병세가 나타날 때 쓰는 소시호탕(小柴胡湯)을 달여 올렸고 관절에 위치한 여러 혈 자리에 뜸을 떴다. 임금의 환후가 치료되어갈 즈음에야 환국의 불길도 함께 꺼져가고 있었다.

"백광현을 정2품 자헌대부(資憲大夫)에 봉하라."

이것이 지난번 통풍을 치료한 공로로 숙종에게서 받은 포상이었다. 백광현은 품계가 올라 기쁜 것보다는 임금의 옥체에 크고 작은 환후가 계속 이어지는 것이 더 걱정이었다. 워낙 조정이 시끄러운 데다가 임금의 성정이 불같으니 어떻게 옥체가 편할 수 있을까 싶었다. 앞으로 더 큰 환후가 오지는 않을는지 그것이 늘 걱정이었다.

왕자는 원자에 봉해졌고 인현왕후는 폐서인되었다. 숙종은 이제 그 다음 수순을 밟으려고 했다. 바로 원자를 세자(世子 | 왕위를 계승할 왕자)에 책봉하고 그 생모인 희빈 장 씨를 중전의 자리에 올리는 것 말이다.

서인들은 조정에서 사라졌고 이제 남인들이 조정을 누볐다. 세자 책봉과 새로운 중전 책봉의 걸림돌은 모두 사라졌다. 오직 책봉식만이 남아 있었다.

환국은 끝이 났다. 소란하던 궁은 조용해졌다. 궁궐을 휘감은 따뜻한 봄바람은 환국이 끝났음을 궁궐의 전각마다 들러 알려주었다. 궁에서는 임금이 그리도 바라던 세자 책봉식 준비가 한창이었다.

대전에서 보낸 내시가 내의원에 당도했다. 임금의 옥체에 다시 병세의 조짐이 보이니 와서 살피라는 전갈이었다. 전갈을 받은 의관들은 급히 대전으로 향했다. 잠시 편안한가 싶었는데 또다시 옥체에 환후가 찾아온 것이다.

이번에는 환후 부위가 배꼽이었다. 전에 없던 증상이었다. 배꼽에 종기처럼 뭔가 볼록하게 솟아오르는 증상이 나타나기 시작한 것이다. 시일이 지나면서 배꼽은 점점 더 볼록하게 솟아올랐다. 색깔도 자흑색으로 변하고 있었다. 내의원 의관들은 매일같이 입진하여 임금의 환부를 살폈다. 점점 볼록해진 배꼽은 마치 잘 익은 홍시가 대롱대롱 매달린 것 같은 모양을 하고 있었다.

의관들은 내의원에 모여 의약 회의를 열었다. 선왕 대부터 내의원을 지켜왔던 최유태, 김유현, 최성임, 백광현과 의약동참청에 새로 들어온 정시제 외 여러 의관들이 함께했다. 환국 이후 좌의정에 올라 새로 내의원 도제조를 맡게 된 목내선이 회의를 이끌었다.

"전하께 배꼽이 부풀어 오르는 기이한 병세가 생겼소이다. 다들 어찌 보십니까?"

목내선이 여러 의관들의 의견을 물었다.

"배꼽이 부어오르니 제종(臍腫)으로 보아야지요. 좋지 않은 부위에 생긴 것이 걱정이오."

"배꼽에 생긴 종기가 아니겠습니까? 처음에는 말랑한 기가 없었는데 점점 배꼽이 부풀어 오르면서 말랑해지는 것으로 보아 이는 종기가 곪아서 속에 고름이 찬 것이 분명합니다."

"저도 그리 봅니다. 어느 한 곳이 이렇게 볼록해질 수 있는 것은 종기라고밖에 볼 수 없지요."

"저도 종기로 봅니다. 그런데 보통의 종기는 붉은색에서 시작하여 점점 무르익다가 노랗게 고름이 생기는데 지금 전하의 배꼽은 자흑색이라 종기 중에서도 악성 종기가 아닐까 싶습니다."

"이것이 종기라면 영 부위가 좋지 않습니다. 뱃속에는 오장육부가 들어 있는데 하필 배꼽에 종기가 생겼으니 혹시라도 종기의 독기가 장부를 둘러싼 막을 뚫고 장부 속으로 침입한다면 큰일이 아니겠습니까?"

"본디 종기란 것은 고름이 완전히 익으면 종기 부위가 말랑말랑해지게 됩니다. 이때 빨리 침으로 종기의 꼭대기를 째서 속에 차 있는 고름을 바깥으로 터뜨려줘야 합니다. 이 시기를 놓치게 되면 독기가 더 깊은 곳으로 들어가 병세가 악화되니 침을 써야 할 시기를 절대 놓쳐서는 아니 되지요."

"지금 전하의 배꼽이 저렇게 높이 솟아오르고 또 손으로 만져 보면 지극히 말랑말랑한데, 그럼 고름이 다 익었다고 봐야 하지 않겠소?"

"그렇다고 봅니다. 오늘이라도 침을 써서 째야 할 것으로 봅니다."

의관들은 임금의 배꼽이 붓는 것은 바로 종기의 고름 때문이고 이제 충분히 익었으니 오늘내일 중으로 침을 써 째야 한다고 의견을 모았다.

"그럼 오늘이나 내일 중 침으로 째는 것으로 정하면 되겠소?"

도제조 목내선이 여러 의관들의 의견을 정리하려고 했다.

"그건 절대 아니 됩니다. 전하의 배꼽에 생긴 것은 종기가 아니올시다."

처음으로 나온 반대 의견이었다. 도대체 누가 반대 의견을 낸 것인지 시선이 쏠렸다. 백광현이었다.

"전하의 배꼽에 생긴 것은 종기가 아닙니다."

백광현은 다시 한 번 종기가 아니라고 단언했다.

"아니, 백 태의. 이것이 종기가 아니면 무엇이란 말이오? 백 태의도 전하의 옥체를 함께 살펴보지 않으셨소? 종기가 아니고서야 어찌 그렇게 부풀어 오를 수 있겠소?"

최유태가 반박했다.

"전하의 배꼽에 생긴 것은 종기가 아닙니다. 그렇게 부풀어 솟아오른 것도 고름이 찼기 때문이 아닙니다. 전하의 배꼽을 저리 솟아오르게 한 것은 고름이 아니라 담수(痰水)이올시다."

백광현의 의견은 다른 의관들과 완전히 달랐다. 이에 최유태가 다시 물었다.

"담수라 함은 배꼽 아래에 더러운 물이 가득 차 있다는 말씀이오?"

"그렇소이다."

"백 태의, 모든 의관이 종기의 고름이라 하는데 어찌 백 태의 혼자 달리 보시는 게요? 종기가 익어서 높게 솟아오르고 말랑해지는 경우는 수도 없이 보았지만 담수가 차서 이렇게 높이 솟아오르는 경우는 한 번도 본 적이 없소이다."

"배꼽 주위에 담수가 차 있으니 배꼽이 부풀어 오르는 것이지요. 꼭 종기의 고름만 부풀어 오르는 법은 없소이다."

"그렇다면 백 태의는 어떻게 치료해야 한다고 보시오? 지금 여기 참석한 모든 의관들은 당장 침으로 째야 한다고 보는데 말이오."

"침으로 째는 것은 절대 안 됩니다. 고름이 아닌데 침으로 쨀 이유가 없습니다. 이는 배꼽 주위에 찬 담수이므로 반드시 의창(意創) 혈에 뜸을 떠야 합니다."

백광현은 단호한 어조로 말했다.

"의창 혈이라고요? 사람 몸에 있는 삼백육십오 개의 혈 자리 중에 의창 혈이라는 곳도 있소? 난생처음 들어보는 이름이오."

"의서에는 없습니다. 제가 지은 이름이니까요."

"뭐라고요? 백 태의가 혈 자리 이름을 지었다고요? 의서에도 없는 혈 자리란 말이오?"

최유태는 기가 막힌다는 표정이었다.

"그렇소이다. 이렇게 담수가 차 있을 때에 특효를 내는 혈 자리인데 의서에 없으니 제가 이름을 지을 수밖에요."

"도대체 그 의창 혈이라는 것이 어디에 있는 혈 자리요?"

최유태가 어이없다는 듯 웃음을 지으며 물었다.

"배꼽의 정확히 맞은편에 있습니다."

백광현은 당당한 목소리로 대답했다.

"그럼 지금 전하의 배꼽이 부어오르고 있는 이 상황에 의서에도 없는 혈 자리에 뜸을 뜨자는 소리요?"

"그렇소이다."

"이보시오, 백 태의. 참으로 답답하오. 무릇 종기가 처음 생겼을 때에는 뜸을 떠서 빨리 사그라지게 하고, 고름이 보이기 시작하면 충분히 무르익기를 기다렸다가 침으로 째야 하고, 침으로 째서 고름이 모두 나온 후에는 새살이 잘 생기는 약을 쓰는 것이의가의 상식임을 모르시오? 전하의 배꼽에 저렇게 고름이 무르익었는데 지금 침으로 째지 않으면 저 독기가 반드시 오장육부로 깊이 들어간단 말이오. 그런데 침을 써서는 안 되고 뜸을 떠야 한다니요? 지금 대체 무슨 말도 안 되는 소리를 하는 것이오?"

"예, 최 태의 말씀이 옳습니다. 하지만 그것은 병이 종기일 때라야 옳은 얘기지요. 지금 전하의 병은 종기가 아니니 최 태의의 말씀은 결국 틀린 말씀이외다."

두 사람은 한 치도 물러서지 않았다.

"만약 백 태의 말대로 했다가 고름이 나오지 못해 속에서 썩어버리면 어찌 되는지 아시오? 피부 바깥으로 저절로 고름 구멍이 생겨버리오. 이렇게 생긴 고름 구멍은 정말 오랫동안 아물지 않는 난치 중의 난치가 되오. 종기 환자를 수없이 보아온 백 태의도 이를 잘 알 것 아니오? 그러니 백 태의는 더 이상 이의를 제기하지 마시오."

최유태는 담수라는 말도, 의창 혈이란 곳에 뜸을 떠야 한다는 말도 받아들일 수 없었다. 다른 의관들도 마찬가지였다.

"제가 보기에도 이번엔 백 태의께서 잘못 보신 것 같소이다. 지금 전하의 상태는 누가 보더라도 종기의 고름이올시다."

"저도 백 태의께서 뜻을 굽히시는 것이 옳다고 봅니다. 무릇 종기에 침을 쓰는 것은 그 때를 놓치지 않는 것이 제일 중요하지요.

아무래도 백 태의께서 잘못 생각하신 듯합니다."

누구 하나 백광현과 의견을 같이하는 사람이 없었다. 보다 못해 도제조가 나섰다.

"의관들의 의견은 충분히 들었소이다. 여러 의견을 따라 전하의 종기 부위에 침을 쓰는 것으로 정하겠소이다."

도제조 목내선은 홀로 반대하고 나선 백광현의 의견을 뒤로할 수밖에 없었다.

"그것은 절대 아니 됩니다. 지금 침을 쓰는 것은 명백한 오치입니다. 반드시 의창 혈에 뜸을 떠야 이 담수가 사라지게 될 것이고, 그러면 굳이 침을 쓰지 않더라도 저절로 낫게 됩니다. 도제조께서는 제 의견을 묵살하지 말아주시옵소서."

백광현은 한 치도 물러서려 하지 않았다. 모든 의관들의 표정이 일그러졌다.

"내 백 태의의 뜻은 잘 알겠소. 하지만 이번은 백 태의가 한 발 물러서는 것이 어떻겠소? 침을 써보고 그래도 낫지 않거든 그때 뜸을 뜨면 되지 않겠소?"

도제조는 백광현에게 의견을 굽힐 것을 권했다.

"그때 뜸을 뜨면 이미 늦습니다. 아니, 지금 침을 쓴다는 것 자체가 병세를 심각하게 악화시키는 것이올시다. 그러니 지금은 침이 아니라 반드시 뜸을 떠야 합니다."

"백 태의!"

듣고 있던 최유태가 마침내 소리를 버럭 질렀다.

"우리 모두가 전하의 환후를 고치기 위해 모인 이들이 아니오? 모든 의관이 그렇다고 하는데 어찌 백 태의만 아니라며 고집을 피우는 것이오? 지금 여기 의술을 아는 자가 백 태의 한 명뿐이오?"

분위기는 더욱 험악해졌다.

"진정들 하시오. 이렇게 언성을 높인다고 될 일이 아니질 않소. 그렇다면 이렇게 합시다. 여기서 더 얘기해봤자 서로 얼굴만 붉힐 것이니 두 가지 의견 모두를 전하께 아뢰도록 하겠소이다. 전하와 함께 의논하여 결론을 내도록 합시다."

도제조 목내선은 결국 두 의견을 모두 올리는 것으로 합의점을 찾았다. 최종 결정권자는 임금이다. 결론을 내리지 못한 채로 도제조 이하 의관들은 다시 입진했다.

❛

"이제 곧 세자의 책봉식 날짜가 다가오고 있소. 과인의 환후가 지금보다 더 악화되어서는 아니 될 터이오. 내 증세를 어찌 치료할지 처방은 정했소?"

숙종이 물었다.

"전하, 의관들의 의약 회의 결과 두 가지 의견이 있었기에 이를 고하옵니다. 최유태를 비롯한 모든 의관들은 배꼽이 부풀어 오른 것을 종기의 고름으로 보아 당장 침으로 째야 한다는 의견이옵니다. 하지만 백광현은 홀로 반대 의견을 내어 이는 고름이 아니라 담수이니 침이 아니라 뜸을 떠야 한다고 합니다. 하여 이 자리에서 전하께 고하여 두 의견 중 하나를 취하고자 합니다."

도제조 목내선이 아뢰었다.

"그래요? 모두가 침을 써야 한다는데 백 태의 혼자 뜸을 떠야 한다 했다고요? 백 태의! 그대는 어찌 그리 생각하는 것이오?"

숙종이 백광현에게 물었다. 보통은 한 가지 처방에 대해 가부만 윤허하면 되는데 이번엔 두 가지 정반대되는 처방을 말하는 것이 예사롭지 않았다. 아마도 의약 회의에서 상당한 진통을 겪었으나 결론을 내지 못한 것으로 보였다.

"전하, 신이 진찰한 바로는 전하의 배꼽이 솟아오른 것은 담수로 인한 것이지 고름으로 인한 것이 아니옵니다. 담수를 침으로 쨀 수는 없으니 뜸을 떠서 담수가 풀어지도록 하는 것이 옳은 치법이라 보옵니다."

"그래요? 본디 종기란 것이 침을 놓아야 할 시기를 놓치면 크게 악화된다고 들었소이다. 허니 침을 놓을지 뜸을 뜰지 잘 결정해야 할 것이오. 만약 백 태의 말대로 뜸을 뜬다면 며칠 만에 효과가 나타나겠소?"

숙종은 평소 백광현을 무척이나 신뢰했지만 홀로 다른 의견을 냈다고 하니 신중할 수밖에 없었다.

"배꼽의 맞은편 혈 자리에 뜸을 뜨면 반드시 사흘 후에 배꼽의 오른쪽에 황색 선이 나타나게 될 것입니다. 그리 되면 전하의 환후는 필시 저절로 나을 것입니다."

"그래요? 사흘이라…… 사흘이면 뜸뜨는 것을 시험해볼 정도의 시간은 되지 않겠소? 뜸을 뜬다면 몇 장이나 떠야 하오?"

"전하의 지금 환후로 보건대 백 장은 떠야 할 것으로 사료됩니다."

"백 장이요? 뜸 백 장에 사흘이라…… 설사 백 태의의 의견이 틀렸다 할지라도 사흘 후에 침을 놓는다고 해서 크게 어긋나지는 않을 터이니 내 백 태의의 말을 믿고 따라보겠소이다."

백광현의 의견대로 뜸을 뜨겠다는 말에 최유태는 잔뜩 놀랐다.

"전하, 신 최유태 아뢰옵니다. 지금 전하의 환후가 다급한 지경인데 사흘이 아니라 단 하루라도 침을 쓰는 것이 지체되어서는 아니 될 것이옵니다. 그러니……"

"그만하시오! 보아하니 이미 의약 회의에서 한바탕 설전을 벌이고도 결론을 못 내려 여기까지 온 듯한데 내가 대신 결론을 내려야 하지 않겠소? 백 태의가 모든 의관들의 반대를 무릅쓰고 저리도 주장하는 것은 그만큼 자신이 있기 때문 아니겠소? 나는 백태의의 말을 믿어보겠소. 다른 의관들은 더 이상 아무 말 말고 백태의의 말대로 뜸뜰 준비를 하도록 하시오."

백광현은 자신을 믿고 지지해주는 임금이 그저 고마웠다. 한편 최유태는 임금이 잘못 선택한 것 같아 그저 안타까웠다.

🌙

어명이 떨어졌으니 의관들은 뜸뜰 준비를 하고 다시 입시했다. 뜸을 뜨기 위해서는 혈 자리를 정확히 찾는 점혈(點穴)부터 해야 한다. 다른 어느 누구도 이 점혈을 할 수가 없었다. 의서에도 없는 의창 혈은 백광현만 알고 있는 혈 자리였기 때문이다.

내시들이 병풍을 쳤다. 숙종은 곤룡포와 서고리까지 모두 벗고서 양손을 옆으로 벌린 채 똑바로 섰다. 뜸의 효과를 높이기 위해서는 정확한 점혈이 꼭 필요하다.

백광현은 정확히 배꼽의 맞은편 위치를 찾고자 길고 가느다랗게 자른 대나무 자를 준비하여 숙종의 배를 수평으로 빙 둘러 감았다. 그리고 배꼽의 맞은편 등 쪽의 자리를 찾아 붓으로 점을 찍었다. 그런 뒤 침상 위에 나무 판을 세워서 임금의 배꼽이 닿는 부위의 높이와 등에 찍은 점의 높이가 정확히 일치하는지 재차 확인했다.

뜸을 백 장 뜬다는 것은 보통 힘든 일이 아니다. 보통은 일곱 장, 아홉 장, 열다섯 장 등으로 홀수로 뜨거나 혹은 환자의 나이 수만큼 뜨는 경우가 많다. 그런데 이번 경우는 환후가 심상치 않았기에 백광현은 백 장은 떠야 한다고 판단한 것이다.

한 장, 두 장, 세 장, 백광현은 쑥뜸을 떼어서 뭉치고 의창 혈에 올려 뜸을 뜨기 시작했다. 뜸의 장수가 올라가면서 뜸을 뜨는 백광현의 얼굴에 땀이 흐르기 시작했고 뜸을 받는 숙종의 얼굴에도 땀이 흐르기 시작했다. 이렇게 뜸을 뜨기를 사흘을 해야 한다.

c

최유태는 홀로 내의원에 앉아 있었다. 좀 전에는 자신의 귀를 의심했다. 임금께서 이런 상황에서 뜸을 허락해주시리라고는 전혀 예상치 못했다.

'태의 백광현에 대한 임금의 신뢰가 무척이나 깊구나.'

모두가 같은 의견인 상황이라면 적당히 묻어갈 법도 하건만 홀로 뜸을 바득바득 주장하는 사람도 참 유별나 보였다. 그런데 홀로 뜸을 주장하는 그 사람을 믿어보겠다니 임금께서 백 태의를 깊이 신뢰하고 있음이 분명했다.

최유태는 백광현이 내의원에 들어오기 훨씬 전인 효종 때부터 내의원 의관으로서 임금의 옥체를 살펴온 사람이었다. 효종, 현종, 숙종 임금을 섬긴 의관으로 내의원 안팎에서 명망이 높았다. 또한 6대째 의업을 이어온 청주 최씨 집안의 후손이자 선조 대의 명의였던 허임의 수제자로도 이름이 높은 자다. 조선 최고의 의원 집안에서 태어나 조선 최고의 스승에게서 의술을 사사한 것이다.

그런 최유태가 가장 놀란 것은 그 의창 혈이라 하는 듣도 보도 못한 혈 자리였다. 의서에도 나오지 않는 혈에 뜸을 뜨겠다니, 그것도 여염집의 이름 없는 백성도 아니고 일국의 임금의 옥체에 의서에도 없는 혈 자리를 찾아 뜸을 뜨겠다니 도저히 이해가 되질 않았다. 최유태 자신은 천거에 의해 내의원 침의로 들어왔지만 아무도 시키지 않았던 의과 시험 공부를 따로 하여 그 어려운 의과 시험에도 붙었다. 최유태는 모르는 의서가 없었다. 최유태의 모든 의술은 의서에 근거한 것이었다. 의서의 내용에서 한 치라도 어긋나는 그 어떤 시술도 사람의 몸에 시행해서는 안 된다는 것이 그의 신념이었다.

그런데 백광현은 자신이 혈 자리를 만들었다고 한다. 그것만 해도 기가 찰 노릇인데 그 혈 자리를 임금의 환후에 이용하겠다는 것 아닌가? 처음 백광현이 내의원 침의로 천거되어 들어왔을 때에도 그의 침을 보고서 적잖이 놀라긴 했다. 그가 쓰는 침에는 의서에 없는 침도 있었다. 백광현 자신이 직접 만든 침이라고 했다. 그리고 그가 구사하는 침술에는 어느 의서에도 없는 과감하기 짝이 없는 방법도 있었다. 참으로 묘한 인물이었다. 하지만 그저 독특한 침술을 가진 한 의관으로만 봐왔다. 그저 독특한 침술을 구사하는 한 의관으로만.

ⵖ

뜸을 뜨고 하루가 지났다. 임금은 갑자기 배꼽 가운데가 당기는 듯한 증상을 느끼기 시작했다. 배꼽이 당기는 증세가 느껴진다는 임금의 말 한마디에 내의원은 그야말로 쑥대밭이 되었다.

"들으셨소, 백 태의! 전하께서 배꼽이 당기는 증세를 느낀다고 하시오. 이는 백 태의의 뜸법이 잘못되었기 때문이오. 지금 당장 그 뜸을 중단해야 할 것이오."

"그렇소이다. 만약 전하께 불미스런 일이라도 생긴다면 이는 백 태의 혼자 벌을 받고 끝날 일이 아니오. 내의원 전체에 폭풍이 몰아칠 일이오."

"여러 말 할 것 없소이다. 어차피 그 의창 혈인가 뭔가 하는 것부터가 어불성설이었소. 일이 더 커지기 전에 오늘이라도 침을 써야 할 것이오."

"이러지 말고 도제조 대감을 찾아갑시다. 당장 이 뜸을 멈추시라 전하께 아뢰도록 해야지요."

모두들 백광현의 그림자라도 보이면 붙잡아 앉히고는 당장 뜸을 멈추라 야단이었다.

"이보시게, 백 태의. 내 아무리 봐도 이번에는 자네가 틀린 듯하네. 부디 여기서 고집을 꺾으시게. 뒷일을 어찌 감당하려고 그러시는가?"

평소 백광현과 친밀하게 지내며 항상 지지해주던 김유현마저 그를 말리고 나섰다. 백광현은 도저히 안 되겠다 싶었다. 결국 모두의 앞에서 목소리를 높였다.

"다들 그만하시오! 전하께서 내게 허락하신 사흘이외다. 이 사흘 동안 나는 절대로 뜸을 멈추지 않을 것이오. 그러니 그 어떤 자도 나에게 그만두라는 말씀은 하지 마시오!"

그는 꿈쩍도 하지 않았다. 전혀 흔들림이 없이 굳건하게 밀고 나갔다. 심지어 배꼽이 당긴다는 말을 들은 도제조가 찾아와 아무래도 부작용이 난 것 같으니 당장 뜸을 그만두는 편이 좋겠다고 그를 설득했으나 백광현은 여전히 흔들림이 없었다.

이렇게 삼백 일보다 더 길게 느껴지는 삼 일이 지나는 동안 최유태의 머릿속에서는 계속해서 폭풍이 몰아치고 있었다. 도대체 백광현이 뭘 믿고 저렇게 쇠심줄인지 어이가 없다가도 행여 정말 그의 말이 옳은 건 아닌가 하는 의구심이 들기도 했다.

'아무리 봐도 종기의 고름이 틀림없다. 아무리 생각해도 침을 쓰는 것이 옳다. 그러니 이번엔 백 태의가 틀린 것이다. 그런데 백 태의가 종기 환자를 한두 명 본 것도 아닐 텐데 이것은 고름이 아니라 한다. 게다가 모두가 뜯어말리는 데도 저렇게 굳건히 뜸을 뜨고 있다. 만약 백 태의의 말이 틀리면 이는 정말 큰일 날 일이다. 하지만 천에 하나 만에 하나 백 태의의 말이 옳다면, 백 태의의 말대로 고름이 아니라 담수가 맞고 그래서 뜸을 떠서 전하의 환후가 낫는다면, 그렇다면 백 태의의 의술은 대체 어느 경지에 있는 것이란 말인가? 의서에 나타나지 않는 질병도 그의 눈에는 보인단 말인가? 도대체 저자의 의술은 어느 정도란 말인가?'

다른 무엇보다 이런 상황에서도 백광현의 눈빛에서 뿜어 나오는 저 흔들림 없는 당당함, 그것이 최유태를 가장 혼란스럽게 했다. 이제 최유태는 백광현을 말리고 설득할 게 아니라 그 사흘을 온전히 채우게 해서 결과를 지켜봐야겠다고 마음을 바꿔 먹었다.

❛

사흘 동안 뜸을 떴고 마침내 아침이 밝았다. 내의원으로 차곡차곡 의관들이 모여들었다. 모두의 관심사는 오직 하나에 쏠려 있었다. 바로 임금의 배꼽, 그 불룩 솟아오른 배꼽의 오른쪽에 과연 황색 선이 나타날 것인지에 관심이 집중되었다.

만약 실패한다면 어찌 될 것인가? 그동안 백광현이 쌓아올린 모든 명성은 일순간에 와르르 무너져버릴 것이다. 귀양을 가게 될지도 모른다. 임금의 옥체를 두고 단독으로 무단 행위를 한 죄를 물어 가혹한 장형을 받게 될지도 모른다. 중신들이 절대 가만있지 않을 것이다. 임금의 환후를 고치지 못한 죄, 임금의 옥체를 두고 의서에도 없는 망령된 혈 자리에 뜸을 뜬 죄, 홀로 고집을 부려 시일을 끌어 환후를 악화시킨 죄를 참혹하게 물을 것이다. 생각이 여기에 미치자 모여든 의관들은 모두 고개를 절레절레 흔들었다.

하지만 성공한다면 어찌 될 것인가? 성공할 리가 없다. 보도 듣도 못한 혈 자리에 사흘을 뜸을 떴다. 성공할 리가 없다. 혹시라도 성공한다면 이는 기적이다. 그렇다면 백광현은 신이 내린 의사임에 틀림없다. 인간의 눈으로는 분명 종기의 고름이다. 그런데 그 혼자서 담수라 했다. 만약 그 말이 맞다면 그는 신이 내린 의사임에 틀림없다.

마침내 대전으로 갈 시각이 되었다. 도제조를 비롯하여 백광현과 최유태, 김유현, 최성임, 정시제 등 여러 의관이 모두 대전으로 향했다.

"전하, 오늘이 백 태의가 약속한 사흘째 되는 날이옵니다. 이제 곤룡포를 벗고 배꼽을 보여주시옵소서."

편전 안은 살얼음판처럼 긴장감에 휩싸여 있었다. 잠시 후 무슨 일이 일어날지 가늠이 되지 않는 도제조의 가슴은 두방망이질 치고 있었다. 숙종은 의외로 담담한 표정으로 자리에서 일어나 곤룡포를 벗었다. 저고리까지 모두 벗자 임금의 상체가 드러났다. 편전 안 모든 사람들의 눈이 뚫어져라 임금의 배꼽을 바라봤다.

그리고 마침내 임금의 배꼽 오른쪽에 또렷한 황색 선이 보였다. 모두가 일제히 눈을 비비고 다시 쳐다봤다. 분명히 있었다. 확실히 황색 선이었다. 백광현의 말이 옳았던 것이다.

"전하! 있습니다! 여기 황색 선이 있습니다!"

자신도 모르게 소리를 지르는 의관도 있었다.

"과연 백 태의로다. 그대의 말대로 사흘간 뜸을 떴더니 이렇게 황색 선이 나타났구려. 과연 백 태의는 하늘이 내린 신의(神醫)로다!"

숙종은 자신의 믿음에 고스란히 보답해준 백광현에게 더욱 깊은 신뢰의 찬사를 보냈다.

"성은이 망극하옵니다."

백광현은 그저 자신을 온전히 믿어준 임금이 고마울 뿐이었다.

의관들은 편전에서 물러나 다시 내의원에 모였다. 또다시 이야기꽃이 만발했다. 하지만 편전에 들기 전과는 분위기가 완전히 달랐다.

"백 태의, 내 이번에 백 태의를 다시 봤소이다. 도대체 그 두둑한 배짱은 어디서 나오는 것이오?"

"나는 덩달아 귀양이라도 가게 될까 봐 얼마나 마음을 졸였는지 모릅니다. 정말 대단하십니다."

극도의 긴장감 뒤에 찾아오는 희열을 모두가 함께 나누고 있었다. 그때 갑자기 최유태가 벌떡 일어나 백광현 앞으로 다가왔다. 그러더니 백광현에게 절을 올리는 것이다. 갑작스런 최유태의 행동에 모두들 놀랐다.

"아니, 최 태의께서는 왜 이러시는 겁니까?"

역시 놀란 백광현이 최유태에게 물었다.

"그동안 백 태의께 결례했던 것을 사과드립니다. 그리고 오늘부터는 백 태의를 나의 스승으로 삼겠습니다."

"무슨 그런 말씀을 하십니까? 스승이라니요, 가당치도 않습니다."

"그렇지 않습니다. 백 태의께서는 제가 생각했던 것보다 훨씬 더 큰 의인이십니다. 백 태의 같은 분을 스승이라 하지 않으면 누구를 스승이라 하겠습니까?"

최유태는 백광현을 인정하기로 했다. 아니, 인정할 수밖에 없었다. 그의 의술의 경지가 높음에 놀랐고, 모두의 반대를 뚫는 그 담력에 놀랐고, 끝까지 밀고 나가는 그 꿋꿋함에도 놀랐다. 그의 의술이 그저 한 의관의 기이하고 특이한 의술이 아니라 일생에 걸쳐 노력하고 정진하여 이룬 신묘한 의술이라고 인정한 것이다.

"이런 경우는 의서에도 없는 것인데 도대체 백 태의께서는 사흘 후에 황색 선이 나타날 것을 어떻게 아셨습니까?"

한 의관이 질문을 던지자 순간 주위가 조용해졌다. 실은 모두가 궁금한 것이 바로 이것이었다. 백광현의 대답에 다들 귀를 세웠다. 백광현은 그저 머쓱하게 대답했다.

"이것이 어찌 나의 의술이겠습니까? 그저 하늘이 도와준 것일 뿐입니다."

백광현의 대답에 어찌 이리 대답까지 겸손하냐며 내의원은 한참 더 이야기꽃을 피웠다.

숙종의 배꼽 부기와 자흑색의 색깔은 황색 선이 나타난 이후로 현저히 줄어들기 시작했고 배꼽이 당기는 증세 또한 말끔히 없어졌다. 임금은 환후가 나은 후 포상을 내렸다.

"백광현은 짐이 이번에 미령했을 때에 공로가 많았으므로 그를 특별히 정2품 정헌대부(正憲大夫)에 봉하도록 하라."

숙종이 병에서 회복되자마자 바로 치른 일은 세자 책봉식이었다. 이 책봉식을 치르기 위해 서인 세력을 무수히 죽여야 했다. 그리고 몇 달 후 세자의 생모인 희빈 장 씨는 그토록 원하던 왕비의 자리에 올랐다. 정실 왕비를 기어이 쫓아내고 후궁을 그 자리에 앉히고야 마는 임금을 보면서 백광현은 자신에게는 이리도 관대하신 임금께서 정치에 있어서는 어찌 저리 잔인하실까 싶어 왠지 모를 처연함이 느껴졌다.

세자 世子

자식과

어미

결국 임금이 원하는 대로 모두 이루었다. 사랑하는 후궁을 중전의 자리에 올렸고 그 후궁의 몸에서 난 아들을 세자로 세웠다. 권력을 다시 잡은 자들은 득의만만했고 권력을 빼앗긴 자들은 권력을 되찾기 위해 또다시 쓰라린 세월을 견디며 기회를 기다려야만 했다.

어린 세자는 자신을 둘러싼 세상의 다툼은 알지 못한 채 그저 무럭무럭 자랐다. 권력의 주인이 누구로 바뀌었든 간에 세자가 귀한 몸이라는 사실에는 변함이 없었다. 임금의 유일한 왕자이고 오랫동안 후사가 없던 왕실에서 14년 만에 태어난 왕자다. 그리고 이제는 세자가 된 몸이니 그 귀함은 이루 말로 다 표현할 수가 없었다. 혹시라도 세자가 열이 조금이라도 나거나 콧물 한 방울이라도 흘리면 온 왕실과 내의원은 여지없이 분주해졌다. 다행히도 세자는 가벼운 감기나 식체 증세 외에는 큰 환후 없이 잘 자라주었다.

환후라고 할 수 있었던 적이 두어 차례 있기는 했다. 세자가 네 살이 되었을 때에 얼굴에서 태열(胎熱 | 태 안에서 열을 받은 어린아이가 태어난 뒤에도 그 열을 띠는 병증. 흔히 얼굴이 붉어지고 변비가 생기며 젖을 먹지 않는다) 기가 보여 붉은 오돌이가 살짝 생기면서 진물이 나려 했다. 세자궁에서 전갈을 받은 내의원 의관들은 득달같이 고약을 만들고 탕약을 달여 올렸다. 태열에 특효가 있는 고약인 자초고(紫草膏)를 정성스레 지어 올려 세자의 환부에 발라드렸다. 그리고 태열 기를 잠재우는 대연교음(大連翹飲)을 달여 유모에게 복용토록 했다. 세자의 나이가 아직 어리기에 탕약을 써야 할 때에는 젖을 주는 유모가 세자 대신 탕약을 먹게 한다. 수유를 통해 약의 기운이 젖을 먹는 아이에게 전달되도록 하는 방법인 유도(乳道)의 방법을 쓰는 것이다. 다행히 내의원의 빠른 처치와 지극한 정성으로 이 태열 기는 이삼 일이 지나자 바로 가라앉았다.

다섯 살이 되었을 때에는 얼굴과 발목에 두드러기가 생긴 적이 있었다. 이때에도 세자궁의 전갈이 도착하자마자 바로 두드러기의 처방인 승마갈근탕(升麻葛根湯)을 달여 유모에게 복용시켰다. 이 또한 이삼 일이 지나자 바로 가라앉았다.

이렇게 큰 환후 없이 세자는 잘 자라주었다. 임금의 한없는 기쁨이었고 새로 즉위한 중전의 더없는 희망이었다. 그리고 세자의 뜻과는 아무 상관 없이 새 중전과 결탁한 남인 세력의 든든한 뒷배경이기도 했다.

᷂

어느덧 세자는 여섯 살이 되었다. 세자궁에서 내의원으로 전갈이 도착했다. 세자의 얼굴에 종기가 생긴 듯하니 얼른 입진하여 살펴 달라는 내용이었다. 의관들은 지체 없이 세자궁으로 향했다. 종기 전문인 백광현과 최유태, 최성임, 정시제 등이 세자를 진찰하기 위해 나섰다.

환부는 세자의 왼쪽 뺨과 턱이 만나는 부위였다. 이곳이 퉁퉁 부어 있었고 붉은색이 감돌았으며 손으로 만지면 화끈화끈 뜨거웠고 누르면 아파했다.

"세자저하께서 종기의 징후를 보이신 것이 며칠 정도 되었소?"

백광현은 세자를 가장 가까이서 보살피는 유모에게 물었다.

"사나흘 전부터 왼쪽 뺨이 붓기 시작하셨습니다."

"세자저하께서 수라는 잘 드십니까?"

"웬걸요, 뺨이 편찮으시니 수라도 제대로 들지 못하시고 또 밤마다 침수도 제대로 들지 못하고 계십니다."

뺨이 퉁퉁 부어 있는 세자는 한눈에 봐도 무척이나 힘들어 보였다. 눈에는 그렁그렁 눈물이 고여 있었고 의관들이 진찰을 위해 뺨 위로 손을 스치기만 해도 너무 아파서 바로 울음을 터뜨렸다. 그럴 때마다 유모는 자신이 잘못 보살펴 세자에게 환후가 생긴 것마냥 몸 둘 바를 몰라 했다.

"중전마마의 근심이 크시니 부디 의관들께서 잘 살피셔서 치료해주십시오."

세자가 수라를 적게 들기만 해도 중전은 유모와 상궁을 치도곤했다. 세자에게서 칭얼대는 소리만 나와도 어찌 세자를 제대로 보살피지 않느냐며 중궁전의 언성이 높아졌다. 그런데 세자의 한쪽 뺨이 퉁퉁 부어 있으니 세자궁의 유모에서부터 상궁, 나인에 이르기까지 모두 발을 동동 구르고 있었던 것이다.

"잘 살펴드릴 것이네. 너무 걱정 마시게."

백광현은 유모를 안심시킨 후 다른 의관들과 함께 내의원으로 물러나왔다.

"세자께서는 뺨에 종기가 생기셨소이다. 크게 걱정할 병은 아닌 것으로 보이나 초기에 빠른 처치를 하는 것이 중요할 듯싶소. 여러 의관들의 의견은 어떠하오?"

곧이어 의약 회의가 열렸고 여러 의견들이 쏟아져 나왔다. 종기 초기이므로 탕약은 형방패독산(荊防敗毒散)으로 하여 피부에 맺힌 열기와 부기를 풀어주고, 바르는 고약은 소독고(消毒膏)로 하여 독기를 사그라뜨리게 하기로 결정했다. 그리고 종기가 성나지 않고 초기에 잘 사그라지게 하는 우황(牛黃)과 금은화차(金銀花茶)를 함께 올리고, 해열과 해독의 효능이 있는 녹두죽을 올려 식치(食治 ㅣ 음식으로 질병을 예방 및 치료하는 방법)로 사용하도록 의견을 모았다.

이에 따라 수라를 잘 들지 못하는 세자에게는 녹두죽을 올렸고 뺨에는 소독고를 발랐으며 유모에게는 형방패독산을 복용시키고 하루 중 수시로 금은화차와 우황을 먹도록 했다. 백광현은 매일같이 세자궁에 입진하여 세자의 환후를 살폈다. 어린 나이의 세자가 뺨이 퉁퉁 부어 말도 제대로 못 하고 칭얼대며 우는 모습이 몹시 안쓰러웠다. 더군다나 임금의 아들이기에 더욱 마음이 쓰였다.

'전하의 뒤를 이을 유일한 혈육이시다. 부디 독기가 빨리 사그라져야 할 터인데.'

임금에게 환후가 생겨도 황송한 일이지만 임금의 어린 혈육에게 환후가 생기는 것은 더욱 황송한 일이었다. 더군다나 임금께서 자신에게 베푸신 많은 호의를 생각하면 더욱 세자를 잘 보살펴드려야 했다.

'세자저하, 며칠만 참으시옵소서. 며칠만 잘 견디시옵소서.'

그렇게 매일같이 세자궁을 드나들며 환후를 살피던 중 탕약을 올린 지 나흘째 되던 날 세자의 뺨에서 고름이 보이기 시작했다. 고름이 보이자마자 백광현은 침을 써서 환부를 째야 한다고 의약회의에서 의견을 올렸고 도제조가 임금에게 아뢰어 윤허를 받아왔다. 이제 침술을 하기로 정한 시각이 되어 백광현과 최유태, 최성임, 정시제는 침반을 준비하여 세자궁으로 향했다.

"중전마마, 내의원 의관들 입시이옵니다."

"들라 하라."

이날따라 세자의 모후인 중전이 세자궁에 있었다. 세자에게 침술을 쓴다는 소식을 듣고는 바로 세자궁으로 달려와 의관들을 기다리고 있었던 것이다.

"세자의 종기를 치료하기 위해 침을 쓴다고 들었소이다. 무슨 침을 어디에 어떻게 쓰겠다는 것인지 소상히 아뢰시오."

중전이 의심을 가득 담은 목소리로 의관들에게 물었다. 백광현은 중전의 얼굴을 살폈다. 왕실의 여인은 의녀들이 진찰을 담당하기에 의관이 가까이서 볼 일은 거의 없다. 중전이 후궁의 자리에 있었을 때에는 백광현이 그녀의 얼굴을 볼 일이 따로 없었다. 중전에 오른 후에도 먼발치에서 한두 번 본 적은 있으나 이리 가까이에서 중전의 얼굴을 보기는 이번이 처음이었다.

중전의 얼굴을 가까이에서 살핀 백광현은 잠시 자신의 눈을 의심했다. 임금께서 중전이 궁녀로 있을 적에 그 미모에 한눈에 반해 바로 승은을 내렸다는 얘기는 진즉 들은 바 있다. 그저 미모가 뛰어난가 보다 생각만 하고 있었는데 막상 직접 보니 과연 경국지색이었다. 뽀얀 얼굴색에 마치 학의 날개와도 같은 눈썹, 반달 모양의 눈매에 가냘픈 콧날과 붉은 입술까지 백광현이 칠십 평생 가까이 만나본 여인 중 미모로는 조선 최고였다.

'젊은 임금께서 과연 한눈에 반하실 만하구나.'

왜 권력에서 밀려난 남인이 한줄기 희망을 걸고 그녀를 궁녀로 들였는지도 알 것 같았다. 사내라면 눈길을 주지 않고는 견딜 수 없는 빼어난 미모였다.

'저 고운 미모 뒤에 숨겨진 매서움이 있겠구나. 그렇지 않고서는 이 무서운 궁궐에서 궁녀로 시작해 중전의 자리에까지 오를 수 없었을 것이다.'

백광현이 빨리 대답하지 않자 중전은 채근했다.

"의관은 답을 하라. 무슨 침을 어디에 어떻게 쓰겠다는 것인가?"

"예, 중전마마. 세자저하의 뺨에 생긴 종기에서 고름의 기운이 보이기에 오늘 침을 써서 그 고름을 빼내고자 합니다."

"그래요? 그렇다면 어떤 침을 쓰겠다는 것인지 내 앞에서 펼쳐 보이시오."

지금의 자리에 오르기까지 결코 편안하기만 한 세월은 아니었을 것이다. 쥐도 새도 모르게 사람이 죽어나갈 수 있는 곳이 이 궁궐이다. 누가 아군이고 누가 적군인지 알 수 없는 곳이 이 궁궐이기에 중전이 의심하는 것은 당연하다. 특히 왕실 사람의 몸에 손을 대는 내의원 사람들은 더욱 그 의심의 표적이 된다.

백광현은 자신이 쓰는 침을 침반 위에 꺼내어 펼쳤다. 종기를 째기 위해 사용하는 침들이라 온통 크고 넓적한 모양의 침들이었다. 침을 바라본 중전의 눈빛이 매서워졌다.

"지금 이 침을 세자의 몸에 대겠다는 말인가?"

"그러하옵니다, 마마. 종기란 고름이 익었을 때 신속히 째서 고름이 나갈 길을 열어주어야 하기에 잠시라도 지체할 수가 없사옵니다."

"지금 이 어린 세자의 몸에 저 침인지 칼인지 모를 흉기를 대겠다는 말이오? 그것도 세자의 얼굴에?"

"마마, 이것은 흉기가 아니오라 고름을 째기 위한 침이옵니다."

"지금 그 말을 믿으란 말인가? 그대가 치료를 빌미로 하여 세자의 몸에 위해를 가하려 함이 아닌가?"

"마마, 그 무슨 천부당만부당하신 말씀이시옵니까? 신이 어찌 그런 천벌을 받을 마음을 품겠사옵니까? 저는 의관이옵니다. 세자저하를 치료하고자 하는 것이옵니다. 부디 저희 의관들을 믿고 치료를 맡겨주시옵소서. 종기에 고름을 째는 것은 시각을 다투는 일이옵니다."

"시끄럽소! 내 저 침을 보고서 어찌 그대들을 믿을 수 있단 말이오? 세자의 얼굴에 저런 흉기와도 같은 침을 대는 것은 절대 불가하오. 물러들 가시오."

중전은 완강했다. 의관들이 아무리 설득해도 끝내 허락하지 않았다. 어쩔 수 없이 아무런 치료도 하지 못한 채 물러나오는 수밖에 없었다.

ᐡ

중전 장 씨는 자신이 바닥에서부터 시작하여 가장 높은 곳에 올랐기에 너무도 잘 알고 있었다. 이곳 궁궐이란 곳이 절대 방심할 수 없는 곳이라는 것을 말이다. 자신 역시 궁녀로 있을 때에 돈으로 사람을 매수해 대비전을 살피고 중궁전을 살피게 했다. 후궁에 올랐을 때에도 중궁전에 대한 감시를 절대 늦추지 않았다.

막상 자신이 중궁전을 차지하고 나니 서인 쪽에서 누구를 어떻게 매수해 자신을 감시하고 있을지도 모를 일이라는 의심이 한시도 떠나지 않았다. 지금 자신에게 가장 중요한 사람은 중신들도 아니고 전하도 아니다. 바로 아들 세자다. 중신들 한두 명 죽더라도 상관없다. 설사 전하에게 환후가 생기더라도 상관없다. 하지만 세자에게 환후가 생기는 것은 절대 안 된다. 자신의 가장 든든한 뒷배경은 돈도 아니고 정승도 아니고 바로 세자이기 때문이다.

게다가 요즘 들어 임금께서 변하셨다. 전과는 분명히 달라지셨다. 세자를 바라보는 눈빛은 변함이 없으나 중전인 자신을 바라보는 눈빛은 예전의 그 다정한 눈빛이 아니었다. 지난해에는 무수리 한 명이 임금께 승은을 입었다는 소식을 들었다. 그 사실을 알고서 중전은 분노가 머리끝까지 치밀어 올랐다. 다른 여인에게 임금의 마음을 뺏기다니, 마음속에서 지옥불이 활활 타오르고 있었다. 그러던 중 세자의 얼굴에 종기가 생겨 화들짝 놀라지 않을 수 없었다. 혹시 세자에게 무슨 일이라도 생기게 될까 봐 전전긍긍했던 것이다.

이 국모의 자리를 지키게 해줄 수 있는 사람은 바로 세자다. 세자가 건강해야 한다. 그런데 오늘 의관들이 들고 온 침을 보자 이

자들이 서인에게 매수된 것인가 싶었다.

'어린 세자의 얼굴에 어찌 저런 흉측한 침을 갖다 댄단 말인가?'

차라리 사가의 의원을 불러서 세자를 보일지언정 그런 침을 세자의 얼굴에 대게 할 수는 없었다.

'궁에서는 아무도 믿어선 안 된다.'

중전은 침을 본 이후로 내의원 의관들에 대한 의심을 거둘 수가 없었다.

백광현은 세자궁에서 쫓겨난 후 애가 탔다. 통증에 연신 울음을 터뜨리던 어린 세자의 얼굴이 머리에서 떠나질 않았다.

'얼른 침을 써야 하는데, 어찌 중전마마를 설득할 것인가?'

다음 날 아침 일찍 침반을 들고 다시 세자궁을 찾았다. 하지만 중전은 세자궁을 떠나지 않고 지키고 있었다. 내의원에서 의관이 침을 쓰기 위해 왔다는 소리에 방문이 찢어질 듯한 앙칼진 목소리로 당장 돌아가라 화를 냈다. 세자궁 마당에 한나절을 서서 계속 고하고 기다렸으나 여전히 돌아가라는 대답뿐이었다.

"어이하여 중전마마께서는 침을 쓰지 못하게 하시는 것입니까?"

하도 답답하여 옆의 최유태에게 물었다.

"왜 그러는지 모르시겠소? 지금의 중전께서 어떤 분이십니까? 서인들 천하인 정국에서 홀로 궁에 들어와 죽은 듯 엎드려 지내다가 겨우 왕자를 생산하고서 중전의 자리에까지 오른 분이 아니십니까? 그런 분이 이 궁에서 누구를 믿을 수 있겠소이까?"

"휴, 하긴 그럴 수도 있겠소이다."

아무리 생각해도 자신이 다시 찾아가 설득한다는 것은 불가능하다는 생각이 들었다.

'그렇다면 이를 해결할 수 있는 분은 이 궁궐에 단 한 분뿐이시다.'

생각이 여기에 미친 백광현은 숙종을 알현했다. 세자저하에게 침을 쓰도록 이미 윤허가 떨어진 일인데 중전께서 근심이 크셔서 침술을 도저히 허락지 않으시니 부디 전하께서 중전마마를 설득해주시고 안심시켜 달라고 고해 올렸다.

임금의 반응은 뜻밖이었다.

"내관들은 들어라. 지금 당장 세자궁으로 가서 세자의 침술을 방해하고 있는 중전을 끌어내도록 하라."

임금의 하교에 백광현은 깜짝 놀랐다. 중전에게 찾아가 다정하게 다독이며 설득하시리라 여겼는데 중전을 당장 끌어내라니.

'임금께서 어찌 이리 잔인한 하교를 내리시는가? 지금의 중전을 연모하시어 환국까지 일으키신 그분이 맞는가? 정실 왕비를 내쫓고 그 자리에 지금의 중전을 앉히시고 그 아들 또한 세자의 자리에 올리신 그분이 맞는가? 궁궐을 온통 피바다로 만든 그 연모는 이제 식은 것인가?'

임금의 명을 받든 대전의 내시와 상궁들은 세자궁으로 달려갔다. 그들은 세자의 옆을 지키고 있는 중전을 억지로 끌어내었다.

"네 이년들! 이게 지금 무엇 하는 짓이냐! 세자의 모후를 감히 끌어내다니, 네 이년들!"

"전하의 명이옵니다. 어서 세자궁에서 물러나주십시오."

그렇게 중전을 끌어내고서야 의관들은 세자의 환부에 침을 놓을 수 있었다. 침을 놓아야 하는 날짜가 하루 늦어지다 보니 세자의 뺨은 더욱 깊이 고름이 잡혀 있었다. 백광현은 조심스럽게 고름이 익은 부위를 쨌다. 다행히 고름은 순조롭게 잘 흘러 나왔다.

고름이 다 빠져 나온 후 새살이 잘 돋게 하는 나미고(糯米膏)를 환부에 잘 발라주었다. 이틀이 지나자 통증이 사라지고 침수 또한 편안해졌다. 그리고 수라를 드는 것도 전과 같이 회복되었다. 침으로 쨌 부위도 아무 문제 없이 잘 아물었다. 종기가 생긴 지 열흘 만에 깔끔하게 회복되었다.

얼마 후 내의원으로 교지가 내려왔다.

"백광현이 이번 세자의 환후 시에 그 공로가 매우 크니 그를 종1품 숭정대부(崇政大夫)에 봉하도록 하라."

포상은 이것으로 끝이 아니었다.

"백광현의 아비인 백철명에게 정2품 정헌대부와 한성부판윤 및 오위도총부 도총관의 직책을 추증하도록 하라. 백광현의 조부인 백인호에게는 종2품 가의대부와 한성부좌윤 및 오위도총부 부총관의 직책을 추증하도록 하라. 또한 백광현의 증조부인 백서룡에게는 정3품 통정대부와 장례원 판결사의 직책을 추증하도록 하라."

조상 3대에까지 추증하여 벼슬을 내려준 것에 백광현은 그저 감읍했다. 자신에 대한 임금의 믿음이 깊다는 것도 느낄 수 있었다. 세자에 대한 임금의 사랑이 얼마나 깊은지도 느낄 수 있었다. 하지만 세자궁에서 끌려나오던 중전의 외침이 여전히 마음 한 귀퉁이에서 계속 울리고 있었다.

희빈 禧嬪

안타까운

여인

세자궁에서 끌려나온 중전은 내전에서 한동안 분을 삭일 수가 없었다. 그 많은 궁인들 앞에서 일국의 국모에게 그런 수치를 안겨주다니 생각할수록 임금에게 화가 났다.

처음 중전의 자리에 오른 후 한동안은 모든 것이 행복했다. 그런데 언제부터인가 조금씩 임금이 변하기 시작했다. 자신을 바라보는 눈빛이 변하기 시작했고 중궁전을 들르는 발걸음도 줄어들기 시작했다. 그러더니 급기야는 어느 천한 무수리에게 승은을 내렸다는 얘기까지 들렸다. 그 무수리를 잡아다 족친 이후로는 임금의 눈빛이 더욱 싸늘하게 바뀌었다. 그 일 이후로는 아예 중궁전 근처에는 그림자도 비추지 않았다.

그런 와중에 세자의 얼굴에 종기가 생긴 것이었다. 자신을 향한 임금의 마음을 걷잡을 수 없는 마당에 세자에게 큰일이라도 생기면 절대 안 된다. 하지만 이 궁궐 사람들은 믿을 수가 없다. 그래서 침인지 칼인지 구분도 안 되는 것을 들고 온 의관들이 세자의 얼굴에 손을 대지 못하게끔 막았기로서니 중전인 자신을 무참히 끌어내다니 생각할수록 화가 머리끝까지 치솟았다. 그리고 연이어 머리가 터질 듯이 아파왔다. 이 두통 증세는 궁궐에 들어온 이후로 생긴 지병이었다.

머리가 아파오자 중전은 공포에 휩싸였다. 이 지병에는 항상 순서가 있었다. 두통을 시작으로 마치 토할 듯한 메슥거림이 몰려온다. 그 다음엔 뱃속에 칼날을 집어넣고 속을 긁어대는 듯한 통증과 속 쓰림이 몰려온다. 항상 이 순서대로 증세가 찾아왔고, 그 시작은 두통이었다. 세자궁에서 끌려나온 후 화가 치밀어 오르자 또 이 두통 증세가 시작된 것이다. 곧이어 찾아올 메슥거림과 통증에 대한 공포도 함께 밀려왔다.

그렇게 중전 장 씨가 화를 삭이지 못하고 두통에 시달리고 있을 즈음 반가운 소식이 들려왔다. 세자의 종기가 깔끔하게 나았다는 것이다.

'그럼 그때 그 의관이 진정 세자를 낫게 하려고 그런 것이었나?'

침을 들고 와 제일 앞장서서 설쳐대던 그 의관이 서인의 사주를 받은 것이 아니라 세자를 정말로 치료해주려고 그런 것임을 뒤늦게야 알게 되었다.

‘

　중궁전으로 갔던 의녀들이 내의원에 도착했다. 세자의 종기가 낫자마자 중전에게 종기가 생겼다는 기별이 왔기에 급히 의녀들을 보내어 중전의 상태를 살피게 했었다.

　“중전마마의 환후는 어떠하시냐?”

　최유태, 최성임, 정시제, 백광현 등 여러 의관이 모인 자리에서 의녀는 중전의 상태를 아뢰기 시작했다.

　“중전마마께오서는 뒷목의 머리카락이 끝나는 부위인 발제 부위에 종기가 나셨습니다.”

　“크기는 어느 정도이더냐?”

　“한 치가 채 되지 않는 크기였습니다.”

　“종기의 상태는 어떠하더냐? 고름은 생겼더냐?”

　“아닙니다. 고름은 생기지 않았고 손으로 눌러보니 아직 딱딱했습니다.”

　“그래, 아직 초기인 것이다. 하지만 부위가 좋지 않은 곳에 생겼으니 치료에 만전을 기해야 한다.”

중전의 뒷머리에 생긴 종기 치료를 위해 의약 회의가 열렸다. 뒷머리에 생긴 종기는 잘 낫지 않는 종류였지만 다행인 것은 환부의 크기가 작다는 것이었다. 중전에게 올릴 탕약은 청열치독음(淸熱治毒飮)으로, 환부에 바를 약은 지룡즙(地龍汁)과 백반(白礬)으로 정하여 종기의 열기와 독기를 사그라뜨리도록 했다. 또한 금은화차에 우황을 겸하여 수시로 올리도록 했다. 탕약을 올리고 또 환부에 약재를 수시로 바르도록 한 지 이틀이 지나자 종기 부위에서 고름이 보이기 시작했다.

"뒷머리에 생긴 종기 부위에 이제 고름이 보이므로 침의녀(鍼醫女)는 환부를 침으로 째도록 하라."

왕실의 여인을 진찰하는 것도 의녀의 몫이고 그 몸에 침을 놓는 것도 의녀의 몫이다. 맥을 전문적으로 짚는 의녀는 맥의녀(脈醫女)라고 하고, 침을 전문적으로 놓는 의녀는 침의녀라고 한다. 내의원 의관들은 중궁전을 담당하는 침의녀에게 종기 부위를 침으로 째도록 명을 내렸다.

"중궁전께서 얼마 전 세자궁에서 있었던 일 때문에 마음이 상하시어 이런 병이 생긴 게 아닌가 싶소이다."

최유태가 중전이 세자궁에서 상궁들에 의해 끌려나왔던 일을 지적하며 말했다.

"저도 그렇다고 봅니다. 전하께서 좀 과하셨던 것 같소이다."

마주 앉은 백광현이 그 일을 떠올리며 말했다.

"전하의 윤허가 떨어진 일에 그리 반대하셨으니 전하께서 노여우셨던 게지요. 중전께서 그냥 가만히 계셨으면 되실 일인데. 지금 대궐 안에 소문이 가득 퍼졌소이다. 전하의 마음이 새로 승은을 입은 무수리에게로 잔뜩 쏠려 있다고요."

최유태가 궁궐 안의 소문에 대해 말했다.

"그러니 중전께서 더 애가 타는 것 아니겠소이까? 그나저나 내 중전마마 같은 미모는 조선 천지에서 본 적이 없소이다. 과연 전하께서 한눈에 반할 외모를 지니셨더이다."

"백 태의는 그 얘기를 모르시오? 지금의 중전은 본래 남인과 결탁한 조선 최고의 갑부인 역관 장현의 조카라는 것을 말이오."

"역관의 집안 소생인 것은 아오나 그 집안이 그리도 갑부란 말이오?"

"경신대출척 당시 영의정 허적이 사사당하고 남인들이 세력을 잃을 때 함께 쫄딱 망했지요. 그전까지는 조선 최고의 갑부였지요."

"그랬군요."

"남인들이 망하면서 훗날을 도모하기 위해 궁중에 꽂아 넣은 비책이 바로 지금의 중전 아니십니까? 중전마마의 얼굴을 한번 본 사내는 누구도 그 미모를 잊지 못했다지요. 그래서 남인들이 국왕의 마음을 잡아 빼앗긴 권력을 되찾고자 중전마마를 궁녀로 넣은 것이 아닙니까? 결국 그 비책이 성공을 거둔 것이고요."

"예, 조선 땅에서 역관의 딸이 중전 자리에 오른 것은 정말 대단한 일이지요."

"신분제도를 파괴한 것과 무엇이 다릅니까? 지난 경오년 지금의 중전마마 책봉식이 있었을 때 모두들 얼마나 놀랐습니까? 의관과 역관들이 제일 좋아했다고 하더이다."

"하하, 저도 생각납니다."

"역관의 딸이 중전 자리에 오르기까지 그 세월이 쉽지만은 않았겠지요. 지금 중전께는 오래된 지병이 있질 않습니까? 이곳 궁에서 살아남기 위해 전전긍긍하는 동안 얻은 병이 아니겠습니까?"

최유태가 중전의 병에 대해 말했다.

"그 두통을 말씀하시는 게지요?"

백광현 역시 그 두통에 대해서는 이미 잘 알고 있었다.

"예, 궁에서 무슨 소동만 생기면 중전께 바로 두통이 생기질 않습니까? 지금 뒷머리의 종기도 그와 무관한 것이 아닐 겁니다."

"그렇겠네요."

"궁녀가 되어 승은을 입었다가, 대비였던 명성왕후마마에 의해 사가로 쫓겨났다가, 대비마마께서 승하하신 후 지금은 폐서인이 되신 전 중전마마께서 불러주셔서 다시 입궐했다가, 이리도 후손이 귀한 왕실에 왕자아기씨를 턱하니 생산하시고, 자신을 궁으로 불러준 분을 내쫓아 그 자리를 차지하고, 아무튼 지금 중전마마의 인생은 보통 여인네의 인생이 아니지요."

최유태는 생각할수록 중전이 보통 여인이 아니다 싶었다.

"그런데 임금께서는 중전마마께 왜 그리 차갑게 대하시는 것일까요? 일전에는 중전마마의 3대 조상에게 영의정, 좌의정, 우의정을 추증하라는 역대 전례가 없던 파격적인 교지를 내리시어 온 궁궐이 다 놀라질 않았습니까? 그렇게도 중전을 아끼시던 분이 어찌 이리도 차갑게 변하신 것일까요?"

백광현은 중전을 끌어내리던 임금의 차가운 명이 잊히지 않았다.

"이 또한 소문인데 지금 조선 팔도에《사씨남정기(謝氏南征記)》라는 소설이 파다하게 퍼지고 있다고 합니다. 혹시 서포 김만중 대감을 아시오?"

"서포 김만중 대감이라면 인경왕후의 아버지이신 김만기 대감의 동생분이 아니십니까?"

"그렇지요. 서포 김만중 대감이 죽기 전에 남긴 소설이《사씨남정기》지요. 전하께서 그 소설을 읽으셨다는 소문이 궐 안에 파다합니다. 이거 또 대궐에 피바람이 부는 건 아닌지 영 불안합니다. 지난 환국 때에도 전하의 옥체에 얼마나 크고 작은 환후가 많

《사씨남정기》 숙종이 인현왕후를 폐위하고 희빈 장 씨를 왕비로 맞아들이는 것을 반대하다 남해도로 유배된 김만중은, 숙종의 마음을 돌려보고자 이 소설을 썼다고 한다. 명나라 유생 유연수가 첩 교 씨에게 속아 어진 본처 사 씨를 내쳤으나, 결국 교 씨의 음모가 드러난 뒤 교 씨를 처벌하고 다시 사 씨를 맞이하여 행복하게 살았다는 내용이다.
출처 《한국민족문화대백과사전》.

았습니까? 걱정입니다, 걱정."

최유태와 백광현은 그렇게 궁 안에 만연한 뭔지 모를 불안한 기운에 대해 한참 얘기를 나누고 있었다. 그때 중전의 종기에 침을 놓으러 간 침의녀가 중궁전의 상궁과 함께 돌아왔다.

"내의원 의관 백광현은 지금 당장 침반을 준비하여 중궁전으로 들라는 중전마마의 명이 있었습니다."

중궁전의 상궁이 중전의 명을 아뢰었다.

"중전마마께서 어찌하여 저를 부른단 말씀이시오?"

자신의 이름이 불리자 놀란 백광현이 중궁전의 상궁에게 물었다.

"저는 그저 중전마마의 명을 전할 따름이옵니다. 속히 준비를 하시지요."

영문 모를 일이었지만 백광현은 중전의 명대로 침반을 준비하여 중궁전으로 향했다.

❛

중전은 침반을 들고 자신을 찾아온 백광현을 보자마자 질문을 던졌다.

"그대는 서인의 편인가, 남인의 편인가?"

생각지도 못한 질문이었다.

"마마, 신은 서인의 편도 아니옵고 남인의 편도 아니옵니다."

"그럼 누구의 편인가?"

"그 어느 누구의 편도 아니옵니다. 그렇게 편을 말씀하라 하시면 신은 주상전하의 편이옵니다. 이곳 내의원에 몸을 담고 일하는 것은 오직 주상전하께서 제게 내리신 하늘과 같은 은혜를 갚기 위함이옵니다."

백광현은 자신의 생각을 당당히 밝혔다.

"주상의 편이라…… 그럼 내 편은 아니군."

자신의 편은 아니라는 말이 왠지 쓸쓸하게 들렸다.

"그대가 얼마 전 세자의 종기를 잘 치료해주었다는 얘기는 들었소. 내 그 일은 고맙게 생각하오."

"망극하옵니다, 마마."

"잠시 그대를 오해했던 것도 이해해주시구려. 이곳 궁은 믿을 수 있는 사람이 많질 않소이다. 내 오늘 그대를 따로 부른 것도 그런 연유인즉."

"하명하시옵소서."

"주상전하의 편이라면 적어도 나를 해하려 들진 않을 자라는 게 확실하겠지요? 전하께서 그리도 아끼시는 세자의 모후니 말이오."

"마마를 해하다니요, 누가 그런 역심을 품는단 말씀이옵니까?"

"내 의녀에게 듣기로는 뒷머리는 살갗이 얇고 또 뇌와 가까워 종기가 생기면 아주 위험하다고 하더이다. 사실이오?"

"그렇사옵니다. 뒷머리는 살갗이 얇기에 종기의 독이 깊어지면 바로 머리로 침입할 수 있어 아주 위험한 곳으로 봅니다."

"그래서 어디 불안해서 의녀 따위에게 침을 맡길 수가 있어야지요. 또 어느 의녀가 역심을 품고 있는지 알 수도 없는 노릇이고. 하여 이번에 세자의 종기를 치료한 백 태의가 직접 침을 놓아주기를 바라오."

"신이 직접 말이옵니까?"

백광현이 놀라서 물었다.

"그렇소. 아니 되오?"

"아니 되다니요, 그럴 리가 있겠습니까. 당장 침술을 시행하겠나이다."

"한 치의 실수도 있어서는 아니 될 것이오. 나는 세자의 모후요! 절대 잊어서는 아니 되오."

"명심하겠나이다."

중전의 명에 따라 백광현은 준비해온 침을 꺼내어 펼쳤다. 중전은 몸을 돌려 종기가 난 곳을 백광현에게 보였다.

의녀의 보고대로 종기는 그다지 크지 않았다. 또한 초기에 탕약을 쓰고 약재를 잘 발랐기에 다행히 종기가 성난 상태도 아니었다. 꼭대기 부위의 고름만 살짝 열어주면 되는 상태였다. 환부를 침으로 째자 고름이 잘 흘러 나왔다. 침술은 오래 걸리지 않고 잘 끝났다.

"내 한 가지 물어볼 것이 있소이다."

침술이 끝나고 물러갈 준비를 하는 백광현에게 중전이 물었다.

"하문하시옵소서."

"그대가 알다시피 나에겐 숙환(宿患 | 오래된 병)이 하나 있소."

"황공하오나 두통을 말씀하시옵니까?"

"그렇소. 조금만 신경을 쓰면 여지없이 이 두통이 생기오. 어디 두통뿐이오? 이 두통이 생길 때마다 온 세상이 빙글빙글 도는 듯 어지럽고 속이 토할 듯이 메스껍소. 또한 마치 뱃속에서 톱으로 창자를 끊어내는 듯이 아프오. 그런데 요즘 들어 이 증세가 더욱 잦아지고 또 심해졌소. 이 병을 앓은 지가 오래되었는데 내의원에서는 어찌하여 이리도 내 병의 뿌리를 뽑아주질 못하는 것이오?"

"마마, 황공하오나 두통이 도질 때마다 내의원에서 정성껏 탕제를 달여 올리고 있으니 탕약을 잘 챙겨 드시면 곧 좋아지실 것이옵니다."

"그 엄청나게 쓴 탕약도 주는 대로 받아먹고 있소이다. 헌데 요즘은 그 탕약도 영 불안하오. 탕약에 누가 무슨 농간을 부렸을지 알 수가 없으니……."

중전은 씁쓸하게 말했다.

"마마, 탕약에 농간을 부리는 일은 절대 있을 수 없는 일이옵니다. 믿고 드시옵소서."

백광현은 중전을 안심시키고 싶었다.

"요즘은 사방 천지에 적들뿐이니 아무나 믿을 수는 없지요. 그 탕약을 먹지 않고 이 두통이 나을 길은 없소?"

"그러하시면 탕약을 드시지 않고도 나을 방도를 일러드리겠나이다."

"그런 것이 있습니까? 과연 일국의 태의라 그런지 비방을 따로 가지고 있구려."

방도를 알려주겠다는 말에 중전의 표정이 밝아졌다. 백광현은 상궁을 시켜 지필묵을 준비시켰다. 그리고 하얀 종이 위에 크게 글자를 썼다.

無心

"이게 무엇이오?"

난데없이 두 글자가 적힌 종이를 올리자 중전은 영문을 모르겠다는 듯이 물었다.

"이것이 바로 탕약을 드시지 않고도 마마의 두통을 뿌리째 뽑을 수 있는 비방이옵니다."

"그러니까 이게 무엇이냔 말이오? 이 글자가 어찌 내 두통을 낫게 한다는 것이오?"

"마마의 병은 심장 속에 쌓인 화열(火熱)로 인해 생긴 것이옵니다. 노심초사하는 마음, 분노하는 마음, 슬퍼하는 마음, 걱정하는 마음, 욕심내는 마음이 심장에서 끓게 되면 그 열이 모두 머리로 올라가게 됩니다. 그 심장 속의 화열이 마마의 두통을 일으키는 것이지요. 이번에 생긴 종기 또한 그 화열이 살갗에 몰려 썩고 곪아서 생긴 것입니다. 두통의 뿌리를 뽑아내기 위해서는 마마의 마음속에 있는 그 모든 분노와 욕심과 걱정을 덜어내셔야 하옵니다. 마마의 마음이 온전히 비워지면 모든 증세는 씻은 듯 나을 것이옵니다."

백광현은 전부터 하고 싶었던 말을 중전에게 아뢰었다.

"그러니까 마음을 비워라?"

중전의 한쪽 눈꼬리가 매섭게 올라갔다.

"그러하옵니다."

"저 서인 놈들이 몰려와 중전 자리를 내놓으라고 해도 마음을 비워라?"

중전의 미간이 좁아지며 눈길에 분노가 실렸다.

"마마께서는 지극히도 귀하신 세자의 모후이십니다. 누가 그런 망측한 일을 벌이겠사옵니까?"

"임금의 마음이 다른 계집에게 향하고 있는 데도 마음을 비워라?"

중전의 눈길에도 목소리에도 활활 끓는 증오가 실렸다.

"임금께서 후궁을 들이는 것은 지극히 당연한 일이오니 그 일로 마음 졸이지 마시고 그저 너그러이 보시옵소서."

"닥치시오! 내 세자의 종기를 치료해주었다 하여 고맙다 했더니 감히 일국의 국모를 업신여기는가?"

"마마, 고정하시옵소서."

"본래 다 내 것이었소! 전하의 마음도 저 폐비가 들어오기 훨씬 전부터 내 것이었소. 내가 역관의 딸만 아니었다면 저 폐비 대신에 처음부터 중전이 되었을 것이오. 이 중전의 자리도, 전하의 마음도 본래부터 내 것이었단 말이오. 본래 내 것인 것을 다른 자가 빼앗으려 하는데 마음을 비워라? 이자가 웃기는 자가 아닌가? 당장 물러가라."

중전의 성난 목소리가 온 방 안에 가득 울렸다.

"마마, 좀 전에 침술을 행했기에 노여워하시는 것은 침 자리가 아무는 데 해가 되오니 부디 노여움을 푸시옵소서. 신은 물러가겠나이다."

백광현은 중전의 두 눈에서 서늘한 원한을 읽었다. 뭐라 설명할 수 없는 어떤 비탄도 읽었다. 지금은 이 '무심'이란 말이 전혀 먹히질 않겠구나 싶었다. 여기서 중전의 부아만 더 돋우느니 그냥 물러가야겠다 싶어 침반을 챙겨 나갈 준비를 했다.

"잠깐! 내 한 가지 더 내릴 명이 있소."

"하명하시옵소서."

"내 종기가 난 곳의 환부가 잘 아물 때까지 내의원 의관들은 매일 숙직하며 내 환부를 살피도록 하시오. 세자의 모후에게 환후가 생겼는데 내의원에서 그 정도는 해야 하지 않겠소? 한 치라도 치료에 어긋남이 있어서는 아니 될 것이오!"

"그리하겠나이다."

백광현은 그렇게 중궁전을 나왔다. 중전이 그저 가여운 사람이라는 생각이 들었다. 그리고 지금 임금의 마음이 얼마나 시끄럽고 고단할지도 짐작이 되었다.

내의원을 향해 터벅터벅 걸어오는 길에 김석주가 생각났다. 권력에 대한 욕심을 비우라 그리 간청했건만 결국 그렇게 갑자기 세상을 떠나버린 사람. 오늘따라 김석주가 그리워졌다.

'가지기 위해 발버둥치는 것만큼이나 가진 것을 빼앗기지 않기 위해 발버둥치는 것도 참으로 고통스러운 것이로구나.'

어찌되었건 세자저하의 모후이신 분이다. 임금의 가족이 모두 강녕하기를 바라는 것이 백광현의 진심이었다.

내의원에 돌아오자마자 임금에게 숙직을 청했다. 의관의 숙직 여부는 임금의 윤허가 떨어져야 한다. 이에 대한 임금의 대답은 차갑기 그지없었다.

"내의원에서는 애써 숙직할 필요 없다."

임금의 이 짧은 명을 전해들은 중전은 다시 두통이 도지고 메스꺼움과 속 쓰림이 올라왔다. 다행히 종기가 났던 곳은 며칠 후 잘 아물었다.

왕실 사람을 잘 치료하면 보통은 의관들에게 포상이 내려진다. 임금을 치료하거나 왕비나 대비의 환후를 치료하면 크고 작은 포상이 내려진다. 얼마 전 세자의 종기를 치료했을 때에도 포상이 내려졌다. 그런데 이번에 중전의 종기를 치료한 것에 대해서는 그 어떤 포상도 내려지지 않았다.

인현 仁顯

역사의

희생양

밤이었다. 정사가 모두 끝난 시간, 숙종은 홀로 편전에 앉아 있었다. 낮에 대사간에서 올라온 상소 하나를 찬찬히 다시 읽어보고 있었다. 이 상소를 읽은 후부터는 아무것도 손에 잡히지 않았다.

신이 지난번 형조에 있을 때에 도둑 하나를 잡아서 신문했습니다. 이 자가 대낮에 어느 사람과 싸우다 도망을 치던 중 빈집처럼 보이는 어떤 집의 담장을 넘어 들어갔습니다. 그런데 그만 발각되어 쫓겨나게 되자 그 집의 자물쇠를 때려 부수고 도망친 사건이었습니다. 그런데 알고 보니 그 집은 바로 폐비의 집이었습니다. 항간의 천한 노예의 집에서도 이러한 일은 없을 것인데,

하물며 일찍이 국모의 자리에 올랐던 분이 이런 변을 만났으니 어찌 참담한 일이 아니겠습니까? 옛말에 이르기를, 갓이 아무리 낡아 헤져도 신으로 삼지는 않는다 했습니다. 폐비가 되어 비록 비루한 곳에 살기는 할지라도 결단코 일반 백성과는 다릅니다. 전하께서 폐서인의 일을 말하지 말라 금령을 내리셨기에 신하들이 금기로 여겨 감히 말하는 사람이 없었던 것입니다. 부디 만물을 포용하시는 광대한 덕으로 보살펴주시옵소서.

숙종은 내시에게 지난 기사환국 때 자신이 내린 폐비의 교지를 가져오도록 일렀다. 그때의 교지를 다시 읽어보았다.

내가 성종 대의 폐비의 일을 돌이켜보건대 폐비 윤 씨가 잘못한 바는 투기에 있었다. 그 죄상이 드러나자 성종께서 종사를 위해 깊이 근심하고 먼 앞날을 생각하시어 마침내 폐출시키셨다. 오늘날 왕비 민 씨는 허물을 짓고 죄를 범한 것이 폐비 윤 씨보다 더하고, 심지어 윤 씨에게 없던 행동까지도 겸했다. 왕비 민 씨는 화순한 성품과 덕이 부족했다. 대개 책봉을 받은 처음부터 삼가지 않고 궁중에서 질투하는 일을 드러내어 실로 허물이 많았다. 내가 서른의 나이에 다행히 아들을 얻는 기쁨을 보았으니 인정으로 논하자면 마땅히 자기 몸에서 낳은 것처럼 사랑을 더해야 할 것인데, 도리어 불평한 마음을 품으니 그 치우친 성정을 돌이킬 수가 없다. 후사에게 화를 끼치게 하느니 차라리 지금의 이 실덕(失德)을 감수하겠다. 폐비를 삼는 일은 국가의 흥망성쇠에 관계되나 민 씨에게서 내조의 공을 더 바랄 수 없고 또 종묘사직을 섬길 수 없는 자이니 어찌 폐출하는 일을 늦출 수 있겠는가? 이에 5월 4일에 왕비 민 씨를 폐하여 서인으로 삼는다.

교지의 내용을 다시 읽어보니 과연 이것이 자신이 내린 것이 맞나 싶었다.

'내 어찌 이리 잔인한 말로 죄 없는 중전을 내쫓았단 말인가? 궁에서 나갈 때의 그 심정이 얼마나 참담했을까……'

왕비 민 씨를 사가로 내쫓은 후 끼니로 삼을 식량조차 내려주지 않았다. 여러 차례 상소를 올려 아무리 폐비가 되어 여염집으로 내쫓았다고는 하나 한때 일국의 국모였던 분인데 먹을 쌀이라도 내려주는 것이 임금의 덕을 빛나게 하는 것이라 간하는 신하들이 있었다. 그럴 때마다 임금은 다시는 폐비에 대한 상소를 올리지 말라 명했다. 그런데도 또 같은 내용의 상소가 올라왔고 결국 상소한 자를 삭탈관직해 버렸다. 그리고 앞으로 대소신료 가운데 폐비의 일을 또다시 제기하는 자가 있으면 중벌로 다스리겠노라 엄포를 놓았다.

그 후로는 폐비에게 쌀을 내리라는 상소가 올라오지 않았다. 그런데 중벌을 받을 각오를 하고 올라온 상소가 바로 폐비의 집에 도둑이 들어 횡포를 부리고 갔다는 내용이었다.

'벌건 대낮에 도둑의 횡포를 당했으니 얼마나 놀라고 참담했을까? 그동안 먹을 끼니도 없고 찾아오는 이도 없고 도와주는 이도 없이 살면서 홀로 얼마나 고충이 많았을까?'

방 밖에서 밤바람이 세차게 부는지 상소를 밝혀주고 있는 촛불이 마구 흔들렸다. 숙종의 마음 또한 심하게 흔들리고 있었다.

'내가 잘못한 것이다. 이제는 바로 잡아야 한다.'

☾

숙종이 보위에 오른 후 세 번째 환국이 시작되었다. 서인의 김춘택과 한중혁이 폐비를 복위하고자 했다는 죄목으로 끌려와 감옥에 갇히게 되었다. 남인들은 김춘택과 한중혁이 처단되리라 여겼으나 오히려 임금은 남인을 숙청하기 시작했다. 이것이 갑술환국으로, 궁궐은 다시 피비린내에 휩싸이게 되었다.

갑술환국의 마지막은 폐서인된 인현왕후를 다시 복위시키는 것이었다. 숙종은 손수 편지를 썼다.

처음 간신에게 조롱당하여 과인이 잘못 처분을 내렸으나 곧 이를 깨달았고 그대의 억울한 정상을 깊이 알았도다. 그립고 답답한 마음이 세월이 갈수록 깊어졌다. 때때로 꿈에서 만나면 그대가 내 옷을 붙잡고 비 오듯 눈물을 흘리니 깨어서 그 일을 생각하면 하루가 다하도록 마음이 안정되지 못했도다. 옛 인연을 다시 이으려는 마음은 자나 깨나 잊지 않았으나 국가의 처사란 것이 용이하지 않으므로 이제야 흉악한 무리를 내치고 옛 신하들을 거두니 이에 그대를 다시 만나고자 하노라.

편지를 내린 것을 시작으로 복위 절차는 신속하게 진행되었다. 마침내 인현왕후가 옥교에 올라 환궁하는 날이 되자 소식을 들은 도성 안의 사대부와 노비들이 왕비의 환궁을 직접 보고자 몰려들었다. 심지어 멀리 지방의 유생들까지 몰려왔다. 환궁해야 하는데 남녀노소가 모두 모여들어 길을 막고 있으니 아무리 비키라고 중사들이 소리를 쳐도 몰려든 백성을 막을 수가 없었다. 왕비의 환궁을 보면서 백성들은 기뻐하고 흐느꼈다. 또 왕비가 6년 동안 살았던 집으로 우르르 몰려가 살펴보고는 눈물을 흘리기도 했다. 이렇게 하여 인현왕후는 다시 왕비로 복위되었다.

궁에서는 다시 복위된 인현왕후의 책봉식이 한창 진행 중이었다. 내의원 의관들은 책봉식에 참여하지는 않았지만 함께 모여 이야기꽃을 피우고 있었다.

"이보시게, 오늘이 바로 복위되신 왕비마마의 책봉식 날이 아닌가?"

"그렇지요. 아주 성대하게 치르겠다는 주상전하의 공언이 있으셨지요."

"그동안 사가에서 고생이 많으셨으니 미안한 마음이 오죽하시겠습니까?"

"그 얘기 들으셨소이까? 왕비께서 거처하시던 사가에 중사들이 가보니 이곳이 사람 사는 곳이 맞나 싶을 정도로 마당에 풀이 빽빽하더랍니다. 중사들이 보고서 눈물을 흘렸다고 하더이다."

"지금 조선 팔도가 다 난리법석 아닙니까?"

그렇게 왕비의 복위에 대한 이야기를 하던 중 갑작스럽게 중궁전 나인이 내의원으로 달려왔다.

"의관 나리! 큰일 났습니다."

"무슨 일이요?"

"저는 복위하신 중전마마의 나인입니다. 중전마마께서 책봉식

인현왕후 경북 울진 불영사 의상전에 안치돼 있는 영정.

을 마치자마자 그만 쓰러지셔서 이리 급히 내의원에 전갈을 하러 왔습니다. 당장 중궁전에 들어 중전마마를 살피라는 어명이 있었습니다."

"뭐라고? 알았네. 지금 당장 중궁전으로 가겠네."

전갈을 받기가 무섭게 내의원 의관들은 의녀들과 함께 중궁전으로 달려갔다. 인현왕후는 모진 세월을 견디느라 체력이 바닥나기도 했지만 한여름 무더위에 책봉식을 치르느라 탈진한 상태였다. 결정적인 이유는 심한 복통이었다.

급히 의약 회의가 열렸다. 복위하자마자 환후가 생기니 내의원은 비상 상태가 되었다. 처방을 결정했고 임금의 윤허를 위해 편전에 들었다.

"중전의 환후는 무엇이오?"

걱정스러운 표정으로 숙종이 물었다.

"심한 복통과 구토 그리고 두통이 있으시옵니다."

"어찌 갑자기 그러는 것이오?"

"아뢰옵기 송구하오나 저희 의관들이 진찰하기로는 중전마마께오서 지난 6년간 여염집에서 계시는 동안 조석의 끼니를 거른적이 무수히 많아 지금 비위의 기운이 극도로 허약해진 상태이옵니다. 그런데 갑자기 환궁하시게 되면서 드시는 음식이 전과는 사뭇 달라졌고, 또한 찌는 듯한 더위에 책봉식을 치르시느라 무리한 탓에 기력이 소진된 것이 겹친 것으로 보이옵니다. 하여 급한 대로 오늘은 아시혈(阿是穴)에 침을 놓고 더위에 지친 기력을 다스리는 시호향유음(柴胡香薷飮)을 올리고자 하옵니다.”

아시혈은 특정한 혈 자리가 아니라 병으로 인해 아픈 곳이나 눌러서 아픈 자리를 말한다.

“조석으로 끼니를 걸러 비위의 기운이 극도로 허약해졌다니, 과인이 중전을 병들게 한 것이구려.”

임금의 목소리에는 깊은 한숨과 회한이 서려 있었다.

“전하, 그 무슨 당치 않은 말씀이시옵니까? 전하의 잘못이 아니시옵니다.”

“그렇지 않소. 신료들이 그리 쌀을 내리라 상소했을 때 과인은 중벌을 내릴 것이니 다시는 그런 소리를 입에 올리지 말라 했소. 그때 중전을 조금만 따뜻하게 보살펴줬더라면 이리 몸이 상하지는 않았을 터인데…….”

“망극하옵니다, 전하.”

“왜 나를 말리지 않았소? 과인이 이 불같은 성정을 참지 못하고 내 가족에게 해가 되는 일을 하면 꼭 나를 말려 달라 하지 않았소? 그때 왜 나를 말리지 않은 것이오?”

“망극하옵니다.”

“아니지, 신료들이 다 나를 말렸지. 그런데도 내가 왕비를 보살피라는 상소가 올라올 때마다 삭탈관직하겠다, 중벌을 내리겠다 하면서 불같이 날뛰었지. 내가 그랬었지."

"전하."

"다 과인의 잘못이오. 부디 중전이 빨리 쾌차할 수 있도록 성심을 다해 간병해주시오."

"전하의 명을 성심으로 받들겠나이다."

중전을 극진히 간병하라는 임금의 명이 떨어졌다. 그런데 하루가 지나도 중전의 복통과 구토에 차도가 없자 내의원은 고민에 빠졌다. 혈 자리를 바꾸어 견정(肩井) 혈과 족삼리(足三里) 혈에 침을 놓았으나 아직 효과가 없었다.

임금의 명이 다시 떨어졌다.

"내의원에서는 교대로 숙직하며 중전의 환후를 보살피도록 하라."

복통이 생긴 지 사흘째 되던 날 의약 회의가 다시 열렸다. 중전께서 전날 밤에도 구토를 하시고 발열 증세도 함께 보였다고 의녀가 와서 고했다. 백광현은 잠시 침을 멈추고 뜸을 뜨자는 의견을 내었다.

"중전께서 사가에 계시는 동안 기력이 극도로 쇠약해지셨으니 침을 쓰는 것보다는 뜸을 뜨는 편이 더 적합하다고 봅니다. 또한 비위의 기운이 극도로 허약해졌으니 위장의 기운을 다스리는 중완(中脘) 혈에 첫째로 뜸을 떠야 할 것입니다. 그리고 지난 세월 동안 어찌 몸만 핍박해졌겠습니까? 그 마음 또한 고단하기 그지 없을 것입니다. 그러니 심장의 기운을 다스리는 전중(膻中) 혈에 둘째로 뜸을 떠야 할 것입니다. 또한 모든 마음의 병을 다스리는 데 특효 혈인 간사(間使) 혈에 셋째로 뜸을 떠야 할 것입니다."

"좋습니다. 그리고 중전께서 구토와 발열의 징후가 있으니 금은화차와 우황을 함께 올리는 것이 좋겠습니다."

김유현의 의견이었다. 중전에게 뜸을 뜨고 금은화차를 올리자 구토가 차도를 보이기 시작했다. 하루가 또 지났다. 의녀는 복통이 아직 그대로라고 아뢰었다.

백광현은 뜸을 중완 혈 한 곳에만 쉰 장을 뜨자고 했다. 그러자 복통은 덜한데 가슴이 답답한 증세를 느낀다고 의녀가 아뢰었다. 혈 자리를 바꾸어 전중 혈에 서른 장을 뜨도록 했다.

마침내 중전의 환후는 하루하루 차도를 보였다. 지아비의 관심과 내의원의 수고, 의녀들의 정성이 따라주니 환후는 열흘 정도가 지나자 말끔히 사라지게 되었다.

☾

내의원에 포상이 내려졌다. 수고한 여러 의관에게 그 공에 따

라 숙마(熟馬 | 다 자라 잘 길들여진 말), 아마(兒馬 | 아직 어리고 길 들여지지 않은 말), 상현궁(上弦弓 | 시위를 얹은 상품(上品)의 활)을 나누어 내렸다. 수고한 의녀들에게도 그 공에 따라 면천이나 쌀과 베를 내리도록 했다. 백광현이 받은 포상은 숙마 한 필이었다.

포상으로 받은 말의 고삐를 붙잡고 집으로 돌아가려는 길이었다. 왠지 모르게 발길이 집을 향하지 못하고 대전 쪽을 향하게 되었다. 멀리서 대전을 한참 동안 말없이 바라보다가 이제는 중궁전 쪽으로 발길을 돌렸다. 역시 그저 중궁전을 바라만 보았다. 백광현은 발길을 다시 돌려 중전에서 강등되어 옛 희빈의 작호를 받고 별궁으로 물러난 희빈 장 씨의 처소로 향했다.

희빈의 처소는 조용했다. 복위한 중전이 쓰러지면서 궁궐은 한동안 소란스러웠다. 궁궐 안의 모든 눈길이 중궁전을 향하고 있었던 것이다. 아무도 희빈의 처소를 쳐다보지 않는 듯했다.

'희빈께서는 또다시 두통이 도지셨을 것이야. 분명히 두통이 발작하고 창자가 잘리듯 아프고 메스껍고 토하고 어지러우셨을 것이야.'

백광현은 희빈의 오래된 질병이 떠올랐다. 그 성정에 이렇게 희빈으로 강등당하고 편안히 지낼 리 만무했다.

'저분을 누가 위로해드릴 수 있으랴. 위로해줄 수 있는 오직 한 분은 지금 다른 분을 바라보고 계신 것을. 지금 이것이 폐서인되는 것과 무엇이 다르랴. 부디 임금께서 버려진 분에게도 따뜻한 눈길 한번 주셨으면, 부디 희빈께서 조금만 더 마음의 평온을 찾으셨으면…….'

백광현은 품에서 종이 한 장을 꺼내었다. 그 종이에는 '無心'이란 글귀가 쓰여 있었다. 희빈 처소의 대문 앞에 그 종이를 놓아두었다. 혹여나 나인이 오가다 주워서 희빈에게 올리지 않을까 싶어서였다.

이제 발길을 돌려 집으로 향했다. 포상으로 받은 말 위에 올라탔다. 튼실한 녀석이었다. 갈기를 조용히 쓰다듬어주면서 말했다.

"이 녀석아, 너는 마음을 비웠느냐?"

해가 뉘엿뉘엿 지고 있었다. 날이 어두워지자 밤바람이 스산하게 불기 시작했다. 희빈의 처소 앞에 놓은 종이는 그 스산한 바람에 실려 멀리멀리 날아가고 있었다.

탈저 脫疽

칼을

들지 않고

고치다

세 번째 환국을 치른 임금의 몸도 무탈하지만은 않았다. 이번에 생긴 환후는 무릎의 통증이었다. 한눈에 보아도 임금의 양쪽 무릎은 퉁퉁 부어 있었다. 지난 기사환국 시에 생겼던 통풍이 다시 발작한 것으로 보아 당시 효험을 보았던 소시호탕과 양계, 곡지, 족삼리, 해계 혈에 뜸을 뜨는 방법을 사용해보았으나 이번에는 효과가 없었다.

임금의 무릎 통증은 더욱 심해졌다. 부기도 더 심해지고 통증도 더 심해져 침수도 편안하지 못했다. 무릎이 부은 곳에서 가려움도 느껴져 밤새 긁어야 했다. 백광현은 지난 기사년 때보다 임금의 환후가 더 중해진 것으로 보아 복부에 위치한 수도(水道) 혈에 뜸을 뜨는 것이 좋겠다는 의견을 올렸다. 수도 혈은 한자 그대로 물길을 열어주는 혈로, 이곳에 뜸을 뜨면 경락이 잘 통하고 배뇨가 원활해져 부기를 다스리는 효과가 있다. 이것이 주효하여 무릎의 통증이 호전되었고 이에 대한 포상이 내려졌다.

"백광현을 종1품 숭록대부(崇祿大夫)에 봉하라."

환국으로 휘청대는 것은 임금의 옥체만이 아니었다. 세 번의 환국을 겪다 보니 사사된 신하들이 워낙 많아 조정에서 일할 신료가 부족했다. 그러다 보니 숙종 임금이 제일 싫어하는 것이 바로 사직 상소가 되었다. 병들어 사직하고자 해도 단칼에 안 된다 해버리니 신료들은 병이 들어도 함부로 사직 상소를 올릴 수가 없었다.

그러던 중 조정의 중신 중에 병든 자가 있으니 가서 간병하라는 어명이 내려졌다. 병든 신하는 영돈령부사 윤지완이었고 간병하라는 지명을 받은 이는 백광현이었다. 가서 윤지완의 병세를 상세히 살핀 후 있는 그대로 보고할 것이며, 또한 조정에 인재가 부족하니 반드시 그를 치료해 다시 등청할 수 있도록 하라는 어명이었다. 백광현은 내의원에서 치료에 필요한 침과 몇 가지 약재를 챙겨 윤지완의 집으로 갈 준비를 하고 있었다.

"백 태의, 간병할 중신이 영돈령부사 윤지완이라고 하던데 그게 사실이오?"

의관 정시제가 윤지완이라는 이름을 듣자마자 달려와 백광현에게 물었다.

"그렇소이다. 윤지완 대감 댁에 방문하여 병을 살피고 오라는 어명이시오."

"이번에는 영 까다로운 환자를 맡으셨구려. 영돈령부사가 조정에서 도도하기로 소문난 사람이란 건 알고 계시오?"

정시제는 해주고 싶은 말이 무척이나 많다는 듯한 표정으로 물었다.

"저야 그런 상세한 것까지야 잘 모르지요. 왜요, 영돈령부사가 그리도 도도한 분이라 하더이까?"

"도도한 정도가 아니지요. 입만 열면 바른 소리가 끝이 없다고 하더이다. 전하께서 조금만 잘못하신다 싶으면 득달같이 달려와 이건 이렇고 저건 저렇고 얼마나 옳은 소리를 하는지 아주 전하를 이겨먹으려고 하는 분이라오. 그 사직 상소 건에 대해서는 들으셨소?"

"저는 못 들었소만, 그게 무슨 일이기에 그러시오?"

"말도 마시오. 영돈령부사가 원래는 우의정 자리에 있었는데 얼마 전부터 다리를 쓰지 못하는 병을 앓았소이다. 이 다리의 병 때문에 전하께 몇 차례나 사직 상소를 올렸는데 매번 전하께서는 단칼에 거절하셨지요."

"그래요?"

"보통은 몇 차례 사직 상소를 올리다가 임금께서 끝내 윤허하지 않으면 어쩔 수 없이 다시 등청하지요. 그런데 글쎄 윤지완 대감은 기어이 사직을 하려고 상소를 끝도 없이 올렸지 뭐요."

"대체 몇 번이나 올렸기에 끝도 없다 하는지요?"

"한번 맞춰보시오."

"하하, 글쎄요. 한 열 번? 스무 번?"

"무려 일흔아홉 번이나 사직 상소를 올렸다고 하더이다."

정시제는 일흔아홉을 강조해서 말했다.

"예? 일흔아홉 번이나요?"

백광현은 놀란 목소리로 물었다.

"그렇다니까요. 내 살다 살다 똑같은 상소를 일흔아홉 번 올렸다는 얘기는 처음 들어봤소이다."

"그래서 사직을 하긴 한 것입니까?"

"일흔아홉 번 만에 겨우 사직의 윤허를 받았지요."

"왜 그리도 사직을 원했던 것일까요?"

"나도 모르지요. 사직 상소를 올린 윤지완 대감도 대단하지만 그보다 더 대단하신 분이 바로 전하시지요. 글쎄 우의정을 사직하라는 윤허를 내리시자마자 이번에는 냉큼 영돈령부사의 자리를 내리셨지 뭐요?"

"네?"

"그러니까 두 분 다 고집이 대단하지요. 결국 윤 대감은 부임의 명을 받고서도 등청을 하지 않고 있고, 임금은 승지를 보내 왜 빨리 등청하지 않느냐 재촉하고 있고요."

"참으로 두 분 다 대단하시군요."

"아주 쇠심줄 두 분이서 줄다리기를 하고 있는 것이 아니겠소이까? 이번에 백 태의를 윤지완 대감에게 보내는 것도 도대체 그 아프다는 다리가 어느 정도인지 가서 살피고 오라는 것이지요. 정말 사직할 정도로 아픈 것이 맞는지 병세를 살펴보라는 것 아니겠소이까?"

"그런 것이로군요."

"윤지완 대감의 성정이 보통 꼬장꼬장한 것이 아니라고 하더이다. 전하의 성정이 보통이 아닌 것 또한 이미 잘 알고 있질 않소? 그러니 가서 잘하고 오시지요. 아주 까다로운 간병을 하게 되었소이다."

"본 그대로 고하면 되는 것이지요. 암튼 내 다녀오리다."

백광현은 윤지완의 집으로 향하면서 못내 궁금증이 일었다. 도대체 어떤 사람이기에 그리도 끈질기게 임금의 뜻을 이기려 하는 것일까.

ﾐ

윤지완은 예순한 살의 노인이었다. 키가 무려 팔 척이나 되는 거구였다. 게다가 입을 열면 온 방 안에 종소리가 울리듯이 목소리가 쩌렁쩌렁했다.

"전하의 명을 받들어 대감의 병을 살피고자 왔습니다."

"전하께서 이리 태의까지 보내어 이 몸의 병을 살펴주시니 참으로 성은이 망극한 일이오. 내 자리에서 일어나 걷기도 힘든 몸이니 전하께 그렇게 전해주시오."

"대감, 환부를 보여주시지요."

백광현은 환부를 보기를 청했다. 그런데 윤지완은 왠지 주저하는 표정이었다.

"꼭 환부를 보아야만 하오? 일어나 걷지도 못하는데 가서 그대로 고하면 되질 않소?"

"환부를 살피지 않고서 어떻게 전하께 병세를 고할 수 있겠습니까?"

백광현의 말에 윤지완은 내키지 않는 듯한 손길로 대님을 풀고

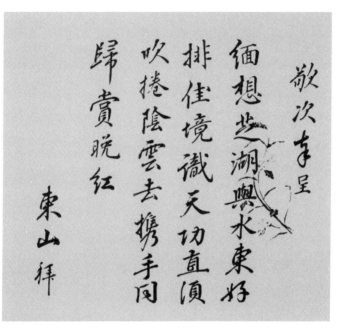

敬次奉呈

緬想芝湖興水東好
排佳境識天功直須
吹捲陰雲去攜手同
歸賞晚紅

東山拜

윤지완의 글씨 출처 《한국민족문화대백과사전》.

양쪽 바짓가랑이를 올렸다. 환부는 오른쪽 다리였다. 다리를 살펴 백광현은 소스라치게 놀랐다.

"아니, 대감! 다리가 이 정도이셨습니까?"

"그렇소이다. 내 아무리 주상전하께 내 다리가 병들었노라 말씀을 올려도 별것 아닌 병으로 알고 계신 듯합니다."

윤지완의 다리는 왼쪽과 오른쪽이 확연히 달랐다. 몇 년 전부터 통증을 느껴서 제대로 일어서지도 못하는 오른쪽 다리는 발끝에서부터 정강이까지 이미 색깔이 검푸르게 변해 있었다.

또한 오른쪽 다리는 마치 말라버린 나뭇가지처럼 피부가 쭈그러들어 왼쪽 다리보다 그 둘레가 확연히 작았다. 한눈에 보아도 심각한 상태였다.

"이 오른쪽 다리가 본래 이렇게 검푸른 빛이었습니까, 아니면 본래는 붉은색이었다가 나중에 검푸르게 변한 것입니까?"

색깔부터가 심상치 않았기에 백광현이 물었다.

"다리가 처음 아플 때부터 이미 검푸른 빛이었소. 붉은색이었던 적은 없었소이다."

병을 살피러 온 태의가 자신의 다리를 보자마자 표정이 심각해진 것을 윤지완은 느끼고 있었다.

"아무래도 내 병은 나을 수 있는 병이 아닌 듯싶소. 내 다리가 이렇게 썩어 들어가니 이제 살날도 얼마 안 남은 듯싶소이다. 태의께서는 어찌 보시오? 이 병이 과연 고칠 수나 있는 병이오?"

백광현은 윤지완의 다리를 본 순간 자신이 보았던 환자 중에서 이와 똑같은 병을 앓았던 환자가 떠올랐다. 그 환자도 이렇게 한쪽 다리가 검푸른 빛으로 썩어가고 있었다. 하지만 그 환자의 환부는 한쪽 발가락이었다. 한쪽 발가락이 썩어가고 있었기에 독이 완전히 퍼지기 전에 발가락을 잘라내고자 했다. 독이 발목으로 올라오는 것을 막기 위해 썩어가는 발가락 마디를 며칠 동안 꽁꽁 묶어두었다. 그런데 놀라운 일이 생겼다. 발가락을 자르기로 한 날이 되었는데 모든 준비를 다 끝내고 발가락을 확인해보니 꽁꽁 묶어두었던 발가락 관절이 저절로 떨어져 있었다.

그 환자는 그렇게 나았다. 하지만 다시 다리가 썩지 않도록 금기사항을 철저히 지키라 일러주었건만 그 환자는 방탕한 생활로 돌아갔다. 몇 년이 지난 후 다시 자신을 찾기에 가보았더니 이번에는 한쪽 다리 전체가 썩어가고 있었다. 결국 그 환자는 죽었다. 그렇게 다리가 썩고 오장육부가 썩으면서 죽어갔다. 금기사항을 지키지 않으면 재발할지도 모르니 부디 잘 지키라 그렇게 당부했건만 결국 그렇게 죽어버렸다.

"세상 사람들 모두 태의가 신의라고 하더군요. 사람들이 고치지 못하는 병을 태의가 만든 신묘한 침으로 척척 고친다고요. 혹시 태의의 침으로 내 병을 고칠 수는 없겠소?"

반쯤은 포기하고 있었지만 그래도 신의라 불리는 사람이 어명을 받들어 찾아왔기에 윤지완은 혹시나 하는 희망을 걸어보았다.

"대감!"

"말씀하시지요."

"저에게 대감의 다리를 건강했던 상태로 되돌려놓을 재주는 없습니다."

"역시, 안 되는 거군요."

윤지완의 쩌렁쩌렁했던 목소리는 이내 절망으로 잦아들었다.

"말씀드리기 황송합니다만 대감께서는 이 다리를 잃든가 목숨을 잃든가 둘 중 하나입니다."

"그게 무슨 말이오?"

"대감께서는 탈저(脫疽)란 병을 앓고 계십니다. 탈저란 손끝이나 발끝에서부터 시작하는 병으로 뼈와 살이 썩어가는 병이지요. 그런데 이 탈저가 그 색깔이 붉은빛이면 치료가 가능하고 그 색깔이 검은빛이면 치료가 매우 힘듭니다. 하지만 색깔이 검은빛이라 하더라도 그 독기가 발목 위로 아직 침범해오지 않았다면 그 또한 치료해볼 만하지요. 하지만 대감께서는 이미 무릎까지 이 검푸른 빛이 차올라 있습니다. 그러니 오른쪽 다리는 포기하셔야만 합니다."

"다리를 포기하라……."

"본디 탈저의 병은 독기가 아직 뼈에까지 침입하지 않고 살갗에만 머물러 있는 초기에는 살갗을 도려내어 독기가 퍼지는 것을 막을 수 있습니다. 독기가 뼈에까지 침입했으나 아직 발가락 관절에만 머물러 있다면 발가락을 잘라내어 독이 퍼지는 것을 막을 수 있지요. 하지만 지금처럼 독기가 퍼져 무릎 아래까지 올라온 상황에서는 무릎을 잘라내려 하다간 병이 낫기도 전에 출혈로 죽을 위험이 훨씬 더 큽니다. 허니 지금은 그 어떤 시술도 할 수가 없는 지경입니다. 독을 몰아내는 탕약을 쓸 수도 있겠으나 그것도 독기가 발목 아래 정도에 있을 때라야 가망이 있습니다."

"그렇다면 나는 곧 죽는 것이오?"

"이 병은 당장 죽는 병은 아닙니다. 서서히 독이 퍼지다가 복부에까지 올라오면 그때는 하직하게 되겠지요. 대감께서 살 수 있는 길은 딱 한 가지가 있는데 그게 확실하지는 않습니다."

"그것이 무엇이오?"

살 수 있는 길이 있다는 말에 윤지완의 목소리가 다시 높아졌다.

"대감의 다리를 살펴보니 오른쪽 다리에 독이 퍼져 있을 뿐만 아니라 마치 마른 나뭇가지처럼 비쩍 말라 있습니다. 독기가 자리를 잡고 있으니 그쪽으로 정혈(精血 | 건강한 피)이 가지 못했기 때문이지요. 한겨울에 뿌리에서 나뭇잎으로 물이 도달하지 못하면 그 나뭇잎은 결국 말라비틀어지는 것과 같은 이치이지요."

"그래서요?"

윤지완은 다음 말을 재촉했다.

"나뭇잎은 말라비틀어지다가 결국에는 저절로 나뭇가지에서 떨어지지요. 독이 아직까지는 대감의 정강이에 머물러 있으나 곧 무릎을 지나 허벅지로 올라올 것입니다. 만약 천운으로 독이 허벅지로 퍼져오기 전에 무릎 관절 아래가 말라서 저절로 떨어진다면 대감께서는 목숨은 구하실 수 있을 것입니다."

"어찌 무릎이 저절로 떨어져나갈 수 있단 말이오? 그런 일도 있을 수 있소이까?"

윤지완은 백광현의 말이 믿기지 않았다.

"저 또한 그런 경우를 본 적은 없습니다. 다만 대감과 같은 탈저의 병에 걸렸는데 썩은 발가락을 묶어두었더니 저절로 떨어진 환자는 본 적이 있습니다. 하지만 그 환자는 발가락이었고 대감은 무릎인지라 장담할 수도 확언할 수도 없는 일입니다. 대감의 무릎 아래의 살갗을 보니 말라비틀어져 가고 있는 조짐이 보였습니다. 하여 만약 천운으로 독이 퍼지기 전에 무릎 관절이 저절로 떨어진다면 대감께서는 비록 다리 한쪽은 잃더라도 목숨은 보존하실 수 있을 것입니다."

"그래서 다리를 잃든가 목숨을 잃든가 둘 중 하나라 하셨구려."

"그렇습니다."

"믿을 수가 없는 얘기요."

윤지완은 체념한 듯 말했다.

"설사 천운으로 무릎이 저절로 떨어져나간다고 할지라도 탈저의 병에 반하는 식습관과 섭생을 완전히 뜯어 고치셔야 천수를 누리실 수 있을 것입니다. 그렇지 않으면 반대쪽 다리마저 보존하기 힘들 수도 있습니다."

"나는 태의의 말을 믿을 수가 없소. 나는 다리도 잃고 싶지 않고 목숨도 잃고 싶지 않소이다. 세상 사람들이 모두 신의라 한다기에 기대했건만 결국 아무것도 할 수 없다는 얘기가 아니오. 그런 해괴한 얘기는 그만 늘어놓고 침이나 놓아주고 가시오."

윤지완은 화난 목소리로 말했다.

"지금 침을 놓아봤자 소용없습니다."

"어명을 받들고 오질 않았소? 내 다리를 구경만 하고 그냥 돌아갈 셈이오?"

"지금 침을 놓는 것은 아무 의미가 없습니다. 그것보다는 탈저에 해가 되는 음식과 섭생을 일러드리고 갈 터이니 부디 잘 지키십시오. 음식은 반드시 담백한 것으로만 드셔야 하니 땅에서 나는 것이건 강에서 나는 것이건 절대 육식을 하셔서는 아니 됩니다. 그리고 음식의 독보다 더욱 심한 독은 바로 마음속에 품은 독입니다. 마음속의 모든 분노와 슬픔과 불안함과 걱정은 음식의 독보다 더한 독이 되니 그저 모든 것을 비우고 순응하시옵소서."

"필요 없소. 결국 아무것도 할 수 없다는 얘기니 그냥 돌아가시오. 가서 전하께 내 병세에 대해 한 치의 빠뜨림도 없이 그대로 고해주기나 하시오."

결국 백광현은 물러나왔다. 그리고 영돈령부사 윤지완은 한쪽 다리가 썩어가고 있기에 등청하는 것은 불가능하다고 보고해 올렸다.

◖

윤지완은 조정에 다시 계를 올렸다. 자신이 중병을 앓고 있으니 내의원에서 약을 제일로 잘 쓴다고 하는 약의 정시제를 보내어 병을 살피게 해달라는 내용이었다. 정시제는 임금의 명을 받들어 윤지완에게 다녀왔다. 하지만 그 역시 이미 병세가 악화되어 손쓸 수 있는 시기가 지났다고 아뢰었다.

숙종은 다시 백광현을 윤지완에게 보냈다. 그의 병세를 잘 살펴서 꼭 살려주라는 어명이었다. 백광현이 윤지완의 집을 다시 찾았을 때 그는 점심상을 앞에 두고 있었다. 백광현이 상을 살피자 조선 팔도에서 올라온 온갖 산해진미가 상다리가 부러질 정도로 차려져 있었다.

"아니, 대감! 어찌 이리 기름진 음식을 과하게 드시는 것입니까? 이것이 탈저에 독이 되는 음식임을 정녕 모르십니까?"

임금이 다시 보내주겠다는 어의가 백광현임을 알자 윤지완의 얼굴이 일그러졌다. 약을 잘 쓰는 의원이라기에 청했던 정시제마저 자신의 병은 고칠 수 없는 병이라며 고개를 젓고 돌아가 버리자 윤지완은 자포자기의 심정이 되어버린 것이다. 얼마 안 있으면 죽을 인생, 입이나 즐겁게 해야겠다며 집안에 남은 모든 고량진미는 다 먹어치울 요량으로 점심상을 차려오라 한 것이었다.

"조선 팔도에서 침을 제일 잘 써서 신침(神鍼)이라 불리는 이가 오셨구려. 그런데 말이오, 왜 그 신침으로 나는 치료해주지 못하는 것이오? 나는 다리도 잃고 싶지 않고 목숨도 잃고 싶지 않소."

팔 척 거구에서 쩌렁쩌렁한 목소리를 뿜어대던 윤지완은 지금 깊은 상처를 입고 홀로 신음하고 있는 짐승과도 같았다.

"그런 분이 이리 독약과도 같은 음식을 드시고 계십니까?"

백광현의 목소리에는 단호함과 안타까움이 섞여 있었다.

"그대의 신침으로 내 다리도 낫게 해 달란 말이오. 왜 내 병을 고쳐주겠다고 하는 사람은 아무도 없는 것이오?"

윤지완의 시선은 절망으로 그득했다. 그의 눈동자는 이미 반쯤 풀려 있는 것 같았다.

"침은 아무 때나 쓰는 것이 아닙니다. 이리 대감의 마음속에 좌절이 가득한데 침이 무슨 소용이란 말입니까?"

"그럼 언제 죽을지 모르는데 좌절하지 않을 이가 누가 있소? 태의라면 이런 상황에 좋아서 춤이라도 추겠소?"

"사람의 목숨은 하늘에 달린 것입니다. 비록 지금 위중한 병을 앓고 있다고는 하나 이리 포기하시고 몸을 혹사하시면 아니 되지요."

간절함을 담아 백광현이 대답했다.

"태의가 그랬지요? 다리를 잃든가 목숨을 잃든가 둘 중 하나라고요."

"예, 제가 그랬지요."

"그 도도하던 정승 윤지완이 한쪽 다리를 잃고 병신이 되었다고 하면 세상 사람들이 뭐라고 할까요? 그렇게 옳은 소리를 해대고 그렇게 잘난 척을 해대더니 꼴좋다고 하겠지요. 내가 왜 그리도 사직을 청했는지 아시오? 잘나고 도도하던 정승 윤지완이 다리병신이 된 꼴을 보이기 싫었기 때문이오."

"그런 말을 하는 사람은 세상 사람들이 아닙니다. 그런 말을 하는 건 바로 대감의 마음입니다."

"내가, 그런 말을 하는 것이라고요?"

윤지완은 아픈 곳을 찔린 듯 놀란 목소리로 물었다.

"그렇습니다. 다리를 잃어버린 모습을 받아들이지 못하는 것은 세상 사람들이 아니라 바로 대감 자신이 아닙니까?"

"……."

"병을 지레 포기하고 이리 독약과도 같은 음식을 입에 넣고 있으면 금세 독기가 퍼질 것입니다. 정녕 빨리 죽고 싶어서 이러십니까?"

"날 그냥 내버려두시오. 나에게 왜 이러는 것이오? 왔으면 침놓는 척이나 하고 그냥 돌아가시오. 내 임금께는 어의가 와서 정성스럽게 살펴주고 갔다고 아뢸 것이니."

"저는 전하의 신하를 꼭 살리고 돌아오라는 어명을 받들고 왔습니다. 그러니 저는 전하를 위해서 전하의 신하를 꼭 살릴 것입니다. 전하의 신하를 단 한 명이라도 살리는 것이 전하께 받은 은혜를 갚는 길이니까요."

"그럼 날더러 어찌하란 말이오?"

"인명은 재천이라고 했습니다. 병을 낫게 하기 위해 최선을 다한다면 하늘이 도와 천수를 누릴 수도 있는 것입니다. 비록 다리한쪽을 잃는다 할지라도요."

"내가 할 수 있는 일이 무엇이 있소이까? 다리를 잃는 것도 견디기 힘든 일이지만 죽는 것은 더 무섭소이다."

간절한 목소리로 윤지완이 물었다.

"우선 이 기름진 점심상부터 치우십시오. 그리고 대감의 마음을 먼저 바꿔야 합니다."

"어찌 바꾸란 말이오?"

"무릇 사람의 몸과 행동은 마음에 따라 바뀌는 것 아니겠습니까? 죽이려는 마음을 품고 있으면 죽이는 행동이 나오고, 살리려는 마음을 품고 있으면 살리는 행동이 나오지요. 나는 죽을 것이라는 마음이 가득하다면 대감은 그 마음에 따라 죽을 것입니다. 하지만 나는 살 것이라는 마음이 가득하다면 대감의 몸에는 기적이 일어날 수도 있습니다. 그러니 모든 불안한 생각과 우울한 생각을 떨쳐내시는 것이 첫 번째입니다."

"불안한 생각과 우울한 생각을 떨쳐내라……."

"예, 지금 대감의 마음속에 가득한 불안함과 우울함을 비워내십시오."

"그리고요?"

"그리고 비워낸 그 마음에 나는 살 수 있다, 나는 죽지 않는다, 나는 비록 다리 한쪽을 잃는 일이 생긴다 하더라도 그 누구보다 당당하게 살 것이다, 이런 희망과 자신감을 가득 채우십시오. 그것이 두 번째입니다."

"비워낸 마음에 희망과 자신감을 채우라……."

희망이라는 말에 윤지완의 눈빛이 조금씩 바뀌고 있었다.

"그렇습니다. 마지막으로 대감의 몸을 생기(生氣)가 가득한 음식으로 채우십시오. 동물은 살생을 하기에 그 몸에 살기(殺氣)가 있습니다. 하지만 식물은 살생을 하지 않습니다. 오히려 자신을 먹는 동물을 살려주기에 생기가 가득하지요. 그러하니 육식을 멀리하고 오직 채소로만 입을 채워 대감의 몸을 생기로 가득 차게 하십시오. 그것이 대감의 몸을 살아나게 할 것입니다. 이것이 세 번째입니다."

"살기가 있는 음식을 먹지 말고 생기가 있는 음식을 먹으라……."

"예, 이것이 대감께서 하셔야 할 일입니다. 살리는 행동을 하고서 살기를 바라야지, 어찌 죽이는 행동을 하고 계시면서 살기를 바라십니까?"

백광현의 말은 윤지완의 가슴에 강한 울림을 주었다.

"내 백 태의의 말씀을 잘 알겠소. 정신이 번쩍 드는구려. 내 오늘부터는 지난날의 모든 습관을 다 뜯어고치도록 하겠소. 그리고 이미 썩은 다리는 잃는다 할지라도 남은 다리 한쪽과 남은 목숨은 잘 지키도록 하겠소이다."

"대감!"

백광현은 윤지완의 손을 덥석 잡았다.

"고맙소, 백 태의. 그대에게서 침을 맞은 것도 아닌데 마치 침을 맞은 듯하구려. 이리 좋은 말을 듣는 것이 침을 맞는 것보다 더 좋은 치료가 된다는 것을 내 처음 알았소."

윤지완의 눈빛에는 백광현을 향한 고마운 마음이 가득했다.

❦

백광현이 윤지완을 살피고 온 지 두 달이 지났다. 윤지완에 대한 소식이 궁궐로 날아 들어왔다. 그의 오른쪽 무릎 관절이 떨어져나갔다는 것이다.

윤지완의 다리가 떨어져나갔다는 소식에 임금뿐 아니라 조정의 신하들 모두 이는 듣도 보도 못한 괴이한 병이라며 고개를 저었다. 하지만 백광현은 그 소식을 듣고 오히려 기뻤다.

'하늘이 도와 윤지완 대감이 죽지 않고 살 길이 열렸구나!'

또한 윤지완이 자신이 말한 것을 철저히 지켰다는 것도 알게 되었다.

'칼을 잘 쓰는 의사가 최고의 의사가 아니다. 환자의 마음을 바꿀 수 있는 의사가 최고의 의사다.'

윤지완이 다리가 썩고 장부가 썩으면서 죽어갔다는 소식이 들렸다면 백광현은 무척이나 상심했을 것이다. 하지만 비록 다리 하나는 잃었더라도 당당하게 살고 있을 윤지완을 생각하니 못내 가슴이 아려왔다.

집으로 돌아왔다. 사람을 죽이는 칼이 아니라 사람을 살리는 칼을 들겠다며 처음 의업을 시작했던 때가 떠올랐다. 칼로 사람을 죽이지 않고 사람을 살리고자 의사의 길로 뛰어들었던 젊은 날의 그때가 떠올랐다.

하얀 종이를 꺼냈다. 조용히 먹을 갈고 글을 써내려갔다.

活人之劍

활인지검. 그가 평생에 걸쳐 이루려고 했던 경지였다.

意

의. 의서를 버리고 뜻으로 치료하라. 이제 그 말이 무슨 말인지 조금은 알 것 같았다.

中心 無心 忠心

중심, 무심, 충심. 윤후익이 떠나기 전에 자신에게 남겨준 글귀였다. 별것 아닌 것 같던 이 말들이 참으로 지키고 이루기 어려운 것임을 깨달았다. 특히 사람의 마음을 바꾼다는 것, 사람의 마음에서 온갖 욕심과 번뇌를 비워낸다는 것이 얼마나 힘든 것인지 절실히 깨달았다. 칼을 잘 써서 썩은 살을 도려내어 환자를 고치는 것보다 환자의 마음에서 절망과 고뇌와 욕심과 슬픔을 도려내어 병을 고쳐주는 것이 훨씬 더 어렵고 훨씬 더 뛰어난 의술이라는 점을 깨달았다.

다시 글을 써내려갔다.

活人之

마지막 글자를 앞두고 잠시 붓을 멈췄다. 그리고 벅찬 표정으로 마지막 글자를 채워 넣었다.

活人之心

활인지심! 의술이란 바로 이것이었다. 활인지검이 아니라 활인지심이었다. 사람을 살리는 것은 칼이 아니었다. 사람을 살리는 것은 마음이었다. 칼이 먼저가 아니었다. 마음이 먼저였던 것이다.

장옹 腸癰

왕실의

마지막 환자

환국의 폭풍우도 이제 잠잠해졌다. 궁궐은 조금씩 평온을 되찾아가고 있는 듯했다. 서인들이 다시 조정을 가득 채웠다. 그들은 세자를 에워싸고 있었다. 남인과 결탁했던 후궁의 몸에서 난 세자가 서인들 눈에 탐탁해 보일 리가 없었을 것이다. 숙종은 세자가 아홉 살이 되자 서둘러 세자빈을 책봉했다. 그 생모는 희빈으로 강등했지만 그 아들은 절대로 세자의 자리에서 내리지 않을 것이라는 선언이기도 했다.

세자빈으로 간택된 이는 유학 심호의 열한 살 된 딸이었다. 숙종 22년 5월 햇살이 좋은 봄날을 간택하여 세자와 세자빈의 가례를 치르게 되었다.

왕세자빈 심 씨는 아름다운 바탕이 천제의 누이에 견줄 수 있고 꽃다운 명성이 대대로 이어오며 모범이 되는 바탕과 아름다운 조짐이 있으니, 이에 혼인의 성례를 올려 종묘의 제사를 맡는 세자를 돕게 한다. 앞으로 자손 백대에 보록(寶籙)이 이어질 것이니 참으로 한 사람의 사사로운 기쁨이 아니다. 이해 5월 19일에 길일을 가려 의례를 갖추어서 왕세자의 가례를 거행하니, 사형 이하의 잡범을 모두 용서할 것이며, 벼슬에 있는 자는 각각 한 품계씩 올리도록 한다.   《숙종실록》

별궁에서 세자빈 수업을 마치고 입궁한 세자빈은 궁궐에서의 첫 공식 행사인 가례를 잘 치러냈다. 모든 것이 낯설고 긴장되었지만 일국의 왕세자빈으로서의 품위와 위용을 잘 지키며 가례를 무사히 잘 마쳤다. 이제 왕실의 여인으로서의 삶이 시작된 것이다.

그런데 여러 의식을 치르느라 너무 긴장한 탓이었는지 가례가 끝나고 예복을 벗자마자 복통이 시작되었다. 처음엔 별것 아닌 것으로 여겼다. 그저 잠시 쉬면 괜찮아질 것이라 여겼다. 하룻밤 자고 나면 아픈 것이 사라질 것이라 여겼다. 하지만 아무리 참아도 복통은 사라지질 않았다. 오히려 점점 더 심해지고만 있었다.

"세자빈에게 생긴 복통이 줄어들지 않고 있습니다. 가례를 치르자마자 환후가 생겼으니 주상전하의 근심이 매우 크십니다. 하여 세자빈마마에게 의관들이 직접 입진하는 것을 허락받아 왔으니 지금 당장 세자빈궁으로 가시지요."

도제조 남구만은 의녀들이 진찰하여 올린 보고를 받고 의관들이 처방을 정하여 탕제를 올렸으나 여전히 차도가 없자 의관들이 직접 세자빈을 진찰할 수 있도록 해 달라 임금에게 고했던 것이다. 이에 김유현, 정시제, 최성임, 이중번, 변삼재, 이응두, 백광현은 세자빈궁으로 향했다.

세자빈은 식은땀을 뻘뻘 흘리며 그치지 않는 복통을 이를 악물고 견디고 있었다. 시간이 지나면서 점차 신열도 생겨났다. 처음에는 한쪽에서만 느껴지던 복통은 이제 복부 전체로 퍼졌고 그 통증도 점점 심해지고 있었다.

세자빈을 진찰하고 온 의관들은 내의원에 모여 의약 회의를 열었다. 의관들은 하나같이 한 가지 병을 지목했다. 바로 장옹(腸癰)이었다. 세자빈에게 장옹이 생겨 이리도 심한 복통을 일어난 것이었다.

"장옹이란 대장의 한 부위가 곪는 것으로 처음에는 복통이 생

겨서 괴로워하지만 곪은 부위의 피고름이 대변으로 쏟아지기만
하면 말끔하게 낫는 병이지요."

"하지만 곪은 부위의 피고름이 쏟아지지 못해 계속 장 속에서
썩게 되면 결국에는 죽을 수도 있는 병이지요."

"그러니 빈궁마마의 복통을 가벼이 볼 수가 없는 것이지요. 고
름이 대변으로 나오도록 하는 탕약을 더 세게 지어 올리는 것이
옳지 않겠소이까?"

"이제 겨우 열한 살인 분입니다. 탕약을 세게 지어 올리는 것은
위험합니다."

"복통이 가시질 않으니 하는 얘기가 아닙니까? 조금 위험하더
라도 대변을 빨리 보시게 하는 약을 쓰는 것이 옳지 싶소이다."

"저는 침을 써야 한다고 봅니다. 이렇게 응급한 증상에는 침을
빨리 써야 합니다."

"침도 써야지요. 어느 혈 자리를 쓰는 것이 옳다고 보시오?"

"빈궁마마의 복부를 침으로 째서 그 뱃속의 피고름을 피부로
빼내야 합니다."

한창 뜨겁게 진행 중이던 의약 회의는 세자빈의 복부를 침으로
째야 한다는 의견에 순간 찬물을 끼얹은 듯 정적이 흘렀다. 그리
고 그 의견을 낸 자에게 이목이 쏠렸다. 백광현이었다.

백광현은 세자빈을 진찰한 순간 단박에 알아차렸다. 그가 젊은

시절 여염집을 돌아다닐 때 무수히 많이 보았던 병이기 때문이었다. 가난한 백성들은 의원을 부를 수조차 없어 그저 배만 움켜쥐고 죽어가기 일쑤다. 다행히 초기에 약을 써서 피고름만 대변으로 쏟아내면 가뿐하게 나을 수 있다. 설사 대장 속의 피고름이 뱃속에서 터졌다 할지라도 침을 써서 그 고름을 잘 뽑아내기만 해도 살릴 수 있다. 의사만 잘 만나고 치료만 잘 받으면 낫는 병이다. 그런데 돈 없고 힘없는 백성들은 그저 배만 움켜쥐고 있다가 장이 썩고 배가 썩어서 죽는다. 또한 백광현이 이 병을 절대로 잊을 수 없는 이유는 그의 첫 환자, 그가 그만 실수로 죽였던 첫 환자가 바로 이 병으로 죽었기 때문이었다.

세자빈의 상태는 분명히 대장의 고름이 뱃속으로 터진 상태였다. 그러니 지금은 침을 쓰는 것이 우선이다. 그것도 복부에 직접 침을 놓아야 한다.

"백 태의의 의견이시군요. 하지만 빈궁마마가 아직 나이가 어린데 고름을 빼내는 침술을 견디실 수 있겠소이까?"

"병세가 다급합니다. 일각도 지체해서는 안 됩니다."

"병세가 다급한 줄 모르는 의관이 여기 누가 있소이까? 백 태의의 말씀이 망령되니 하는 말이지요. 이것이 보통 사람의 배라고 할지라도 중대한 일이거늘 하물며 빈궁마마는 왕실의 사람이고 게다가 아직 나이도 어리고 연약하시오. 어찌 복부를 째서 고름을 빼내는 침술을 할 수가 있겠소이까?"

의약 회의의 모든 의관들은 반대했다. 갓 입궁하여 혼례를 올린 어린 세자빈의 배에 직접 침을 놓아 살갗을 찢고 고름을 뽑아낸다는 것은 쉬운 일이 아니었다.

"대장이 이미 터졌습니다. 지금은 초기지만 점점 시간이 흐를수록 배가 부풀어 오르고 통증은 걷잡을 수 없이 심해질 것입니다. 시간이 늦으면 늦을수록 치료는 더욱 어려워집니다. 지금 당장 침을 써야 합니다."

"백 태의는 어떤 때는 침을 쓰자 하고 어떤 때는 또 침을 쓰지 말자 하고 참으로 종잡을 수가 없구려."

한 의관이 퉁명스럽게 말했다.

"지금은 침이 절실히 필요하니 침을 쓰자는 것이지요."

애가 타는 목소리로 백광현은 의관들을 설득하려 했다.

"글쎄, 그것이 어디 말처럼 쉬운 일이오? 그러지 말고 안전하게 약을 쓰는 방법을 찾는 편이 옳다고 봅니다."

"약을 써서 나을 수 있는 시기는 이미 지났습니다. 지금은 침을 써서 고름을 터뜨려야 하는 시기입니다. 그런 후에야 약을 쓸 수 있습니다."

"백 태의 말씀대로 침을 썼다가 혹여 막을 뚫고 장부를 상하게라도 하면 어쩌려고 그러시오?"

최성임의 말에 순간 백광현은 멈칫했다. 자신의 첫 환자를 죽게 만든 게 바로 그 실수였기 때문이었다.

"그럴 위험도 있지요. 하지만 위험하다고 아무것도 하지 않고 그저 지켜만 보고 있으면 빈궁마마께서는 결국 더욱 위험한 지경에 빠지실 겁니다."

"그렇다 할지라도 이는 망령된 말씀입니다. 어린 빈궁마마의 배에 직접 침을 놓는다는 것은 아니 될 말씀입니다."

"이리들 반대하시는 것은 여기 계신 모든 의관들께서 이 병을 어찌 치료해야 할지 잘 알지 못하기 때문이오!"

백광현은 어조를 높여 말했다.

"백 태의! 말씀이 지나치시지 않소?"

"그만들 하십시오."

결국 도제조 남구만의 만류로 언성이 더 높아지기 전에 회의는 마무리되었다.

백광현은 내의원에 들어온 지 이미 수십 년이지만 이럴 때마다 너무도 피곤했다. 여염집에서는 그냥 자신의 판단에 의해 치료하면 되는데 이곳 왕실은 사공이 너무 많았다. 의견이 일치할 때에야 일사천리로 협력이 잘되지만 이번처럼 의견이 불일치할 때에는 언제나 회의로 시간을 끌었고 매번 언성이 높아졌다. 마음 같아서는 그냥 혼자 달려가 세자빈의 배에 침을 놓아버리고 싶었지만 차마 그럴 수도 없는 노릇이다.

'전하의 며느님이시다. 반드시 치료해드려야 한다.'

항상 자신을 믿어주고 지지해주고 은혜를 베풀어주시는 임금을 위해서라도 반드시 치료해드려야 한다. 어떻게든 내의원의 이 반대를 뚫어야 한다.

＇

도제조 남구만은 고민에 빠졌다. 이미 여러 차례 탕약을 올렸으나 복통이 오히려 더 심해지기만 하여 의관들이 직접 세자빈마마를 진찰하도록 해 달라 임금께 청을 올렸던 것이다. 그런데의관들이 세자빈을 진찰한 후에 더욱 혼란에 빠졌다. 약을 써야할지 침을 써야 할지 더욱 혼돈에 빠진 것이다.

'더 이상 무슨 탕약을 올린단 말인가? 이미 여러 탕약을 올리질 않았는가?'

세자빈을 어떻게 치료할 것인지 임금에게 보고를 올려야 하는데 무슨 말로 보고해야 할지 갈등에 빠져 있었다.

'백광현 이 사람을 믿어도 되겠는가? 어린 세자빈의 몸에 직접칼을 대겠다고 하는 자다. 과연 믿어도 되겠는가?'

아무리 고민해봐도 답이 나오질 않았다. 세자빈의 복통을 치료

남구만 초상 보물 제1484호, 국립중앙박물관 제공.

하지 못했을 때 빗발칠 비난을 생각하면 머릿속이 아득해졌다.

'나는 도저히 모르겠다. 전하께서 직접 결정하시도록 해야겠다.'

모든 사안의 최종 결정자는 임금이었다. 임금이 결정하지 않으면 그 어떤 일도 시행할 수가 없는 곳이 바로 이 궁궐이다.

❮

"빈궁의 복부를 직접 침으로 째야 한다 했소?"

놀란 숙종은 도제조 남구만에게 되물었다.

"예, 그러하옵니다. 분명 백광현이 그리 주장했습니다."

"지금 당장 백 태의를 불러오시오."

숙종은 백광현에게 직접 확인해야겠다고 생각했다. 임금의 부름을 받은 백광현은 바로 편전으로 달려왔다.

'차라리 잘되었다. 전하께 직접 아뢰고 허락을 구하자.'

내의원 의관들을 일일이 설득하는 것보다 전하를 설득하는 편이 훨씬 빠를 것이다 싶어 백광현은 내심 전하의 부름을 반겼다.

숙종은 백광현에게 지금 세자빈의 상태가 어떠한 것이냐, 왜 복부에 직접 침을 놓아야 하느냐, 탕약으로는 과연 안 되는 것이냐 조목조목 물었다. 이에 백광현은 장옹이 무엇인지, 지금 세자빈의 상황이 어떠한지에 대해 소상히 아뢰었다. 또한 이런 상황에서 환자들이 침 쓰기를 겁내거나 주저해 결국에는 온 배가 썩어 죽는 경우를 보았으니 부디 자신을 믿어주시고 침술을 윤허해주시기를 청했다.

"나는 백 태의의 말을 믿겠노라."

숙종은 이번에도 홀로 다른 의견을 주장하는 백광현의 손을 들어주었다. 도제조와 다른 의관들이 모두 놀랐다.

"내 백 태의의 말을 믿고 침술을 허락하겠노라. 내가 친히 임하여 함께할 것이니 백 태의는 침술을 행함에 한 치의 오차도 없도록 하라."

백광현은 또다시 자신을 믿어주는 임금이 무척이나 고마웠다.

"성은이 망극하옵니다. 신 백광현 성심을 다하여 빈궁마마를 치료하겠나이다."

누군가 자신을 믿어준다는 것, 모두가 반대하는 상황에서 자신을 믿어주고 지지해주는 이가 있다는 것, 그리고 그 사람이 이 나라의 임금이라는 것, 그것만큼 든든한 게 어디 있으랴.

'전하! 전하께서 제 아들에게 새로운 인생을 주셨듯이 저도 전하의 가족을 위하여 제가 가진 모든 의술을 다하겠나이다.'

침반을 준비한 백광현은 여러 의관과 의녀와 함께 세자빈궁으로 향했다. 그 사이 세자빈의 복통은 더욱 심해졌다.

침을 놓기 위해 병풍을 쳤다. 침통 속의 침을 침반 위에 펼쳤다.

복부 안쪽에까지 고여 있을 고름을 뽑아내기 위해 대나무 부항을 준비하고, 부항이 고름을 빨아 당길 수 있도록 끓는 물과 화로도 준비했다. 침을 놓기 위한 준비는 다 끝났다.

이미 고름이 복부에서 꽤 퍼진 듯 세자빈의 배는 상당히 부풀어 있었다. 장옹의 고름이 이미 터졌다면 살갗 아래 고름이 가장 많이 모여 있는 부위인 창두(瘡頭)를 정확히 찾아야 한다.

'절대로 뱃속의 막을 뚫고 들어가서는 안 된다. 살갗의 안쪽, 막의 바깥쪽을 찾아 그곳까지만 침이 들어가야 한다. 절대 실수해서는 안 된다.'

창두를 찾은 백광현은 종침으로 창두 부위를 비스듬히 찔렀다. 순간 빵빵하던 복부에서 고름이 솟구쳐 나왔다. 지켜보던 의녀들의 비명 소리가 쏟아졌다. 백광현은 아랑곳하지 않고 창두 주위를 손으로 지그시 눌러 고름을 짜냈다. 그리고 화로 위에서 팔팔 끓고 있는 물 속에 대나무 부항을 넣었다가 빼내어 바로 창두 위에 붙였다. 이렇게 하여 고름을 뽑아내자 세자빈의 불러 있던 복부가 상당히 줄어들었다.

침술을 끝낸 백광현은 병풍 뒤에서 조용히 기다리고 있는 숙종에게 아뢰었다.

"이제 침술은 끝냈으니 침으로 짼 곳이 잘 아물게 하는 약을 올리면 되옵니다."

"알겠소. 내의원에서는 남은 치료에 터럭만큼의 착오도 없게 신중을 기하도록 하시오."

침술이 끝나자마자 내의원에서 미리 준비해온 약을 세자빈에게 올렸다. 막을 보호하고 남은 고름을 마저 제거하며 침자리가 잘 아물게 할 때 쓰는 납반환(蠟礬丸)을 올렸다. 시간이 지날수록 통증도 점점 사라졌고 침으로 짼 곳도 문제없이 잘 아물었다.

❛

숙종은 나이 어린 세자가 항상 안쓰러웠다. 아무리 나이가 어려도 알건 다 알 터였다. 생모가 중전의 자리에서 희빈으로 강등된 것이며, 환국 전후로 자신과 희빈의 사이가 극도로 좋지 않다는 것이며, 복위된 인현왕후와 생모 사이 또한 지극히 나쁘다는 것을 다 알고 있을 터였다. 자신을 향한 서인들의 눈길이 그다지 따뜻하지 않다는 것 또한 알게 모르게 어린 세자를 압박하고 있었을 것이다.

그런 세자가 가례를 올리자마자 세자빈에게 급한 환후가 생겼다. 혹시라도 세자빈에게 불미스런 일이 생기면 이를 두고 세자가 덕이 부족해서 그러네 어쩌네 하며 어린 세자를 몰아세우기라도 할까 봐 내심 걱정이 컸다.

그런데 백광현이 침술을 써야 한다고 홀로 극력 주장하여 마침내 세자빈을 치료해내니 이보다 더 고마운 일이 없었다. 자신에게 크고 작은 환후가 있을 때뿐만 아니라 왕실 여러 사람들에게 생긴 환후까지 치료해주니 그 고마움을 이루 다 말할 수가 없었다. 그래서 비망기(備忘記 | 임금이 명령을 적어서 승지에게 전하는 문서)와 함께 포상을 내렸다.

"이번 세자빈의 복통에 백광현이 한 번 침을 놓았는데 신묘한 효과가 있었다〔일침신효(一鍼神效)〕. 경의 기쁨을 어찌 말로 다 하겠는가? 백광현에게 표범 가죽과 말을 하사하도록 하라."

말도 귀했지만 표범 가죽은 더욱 귀한 물건이었다. 백광현은 그저 자신을 믿어주는 임금이 고마울 따름이었다. 이 살벌한 궁궐의 내의원에 몸담으면서도 단 한 차례 유배를 간 적도 형벌을 받은 적도 없이 이만큼 품계가 오르고 벼슬이 올랐다.

'모든 것이 전하의 은혜이시다.'

포상으로 받은 표범 가죽을 말 등에 싣고 집으로 돌아가는 길 내내 백광현은 임금의 은혜에 대해 생각했다. 그동안 만났던 무수한 환자들에 대해서도 생각했다. 특히 자신의 첫 환자, 자신의 실수로 죽은 그 소년을 떠올려보았다.

'그때 그 소년을 죽인 실수가 있었기에 더욱 의술에 정진했고, 그 덕에 이번에 세자빈마마도 고칠 수 있었던 것이야.'

다시금 소년에게 미안한 마음이 들었다. 그런데 돌연 가슴이 답답해졌다. 연이어 격한 기침이 터졌다. 아무리 진정하려 해도 기침이 멈추질 않았다. 그렇게 한참을 터져 나오던 기침은 입에서 뭔가 물컹한 것을 토해낸 후에야 겨우 진정되었다. 토해낸 것이 무엇인지 손바닥을 확인하던 백광현의 눈동자가 흔들렸다. 그의 손바닥에서는 선명한 색깔의 핏덩어리가 흘러내리고 있었다.

토혈 吐血

임금과의

마지막 만남

　숙종 22년 6월부터 생겨난 토혈 증세는 어찌된 일인지 그치질
않았다. 시간이 지날수록 그 횟수와 정도는 더 심해져만 갔다. 동
생인 광린, 아들인 흥령과 흥성이 모두 백광현의 간병에 매달렸
다. 하지만 가족들의 애가 타는 보살핌에도 불구하고 일흔둘의
나이에 이른 백광현은 차도를 보이지 않았다.

　"이제 내 천수가 다한 것이다. 그러니 너무 애쓰지도 말고 너무
슬퍼하지도 말아라."

　고통스럽게 피를 토할 때마다 몰래 눈물짓고 오는 가족들에게
백광현은 이렇게 위로하곤 했다.

　"항상 건강하셨던 아버님이 아니십니까? 이 정도 병쯤은 곧 털

고 일어나실 것입니다. 그러니 천수가 다하셨다는 말씀일랑 하지 마십시오."

홍령과 홍성은 늘 이렇게 말하며 곁에서 간병했다.

백광현에게 토혈의 병이 생겼다는 소식이 왕실과 조정에도 알려졌다. 백광현을 믿어온 숙종은 특히나 그의 발병을 안타까워했다. 그 소식을 듣자마자 호조에 명하여 치료에 쓸 수 있도록 인삼을 하사했다. 곧 쾌차하여 다시 볼 수 있기를 기다리고 있겠노라는 따뜻한 말도 함께 전했다.

🌙

숙종에게 또다시 환후가 찾아왔다. 상소의 내용 때문에 연이어 노기가 폭발해서인지 갑자기 귀가 아파오기 시작했다. 얼마가 지나자 아픈 귀 안쪽에서 고름이 흘러나오기까지 했다. 가뜩이나 정사가 쌓여 있는데 귀에서 고름이 줄줄 흘러나오니 신료들의 말이 잘 들리지도 않고, 수라를 들기도 잠을 자기도 모두 불편하기 짝이 없었다. 이것이 전부가 아니었다. 으레 발생하던 메스꺼움이 또 도졌다. 조금만 신경을 쓰면 항상 이 메스꺼운 증세가 올라왔다. 귀도 아프고 속은 메스껍고 수라의 양도 줄어드니 기력도 없고 모든 것이 귀찮고 힘들기만 했다.

내의원에서 달인 탕약이 올라왔다.

"이것이 무슨 처방이라 했는가?"

"전하, 시호양격산(柴胡凉膈散)이옵니다."

"이것이 무엇에 쓰는 처방이라 했나?"

"귀를 지배하는 경락은 족소양담경(足少陽膽經)이온데 시호(柴胡)라는 약재가 이 족소양담경의 열을 꺼주어 귀의 통증과 진물을 다스려줄 것이옵니다. 또한 시호양격산의 연교(連翹)라는 약재는 심장의 열을 꺼주는 약으로 국사로 인해 고단한 전하의 심장을 식혀줄 것이옵니다."

탕약을 마신 숙종은 얼굴을 찡그렸다.

"아니, 무슨 탕약이 이리도 쓰단 말이오?"

"망극하옵니다."

그렇게 귀의 통증과 메스꺼운 증세가 잡혀갈 즈음 새로운 증세가 나타났다. 갑자기 허리에서 뭔가가 뻗치는 듯 잡아당기는 듯 뒤틀리는 듯 극심한 통증이 생겨난 것이다. 단순한 요통과는 달랐다. 어느 순간 갑작스럽게 발작했다 사라지는 허리의 심한 통증이 며칠째 반복되었다. 언제 이 통증이 발작할지 숙종은 두려움에 휩싸여 있었다. 갑자기 한 사람이 생각났다. 마침 입시한 의관 김유현과 최성임에게 물었다.

"태의 백광현의 병세는 요즘 어떠한가?"

오랜 세월을 백광현과 함께 보낸 김유현과 최성임은 그동안 백광현의 집에 병문안하면서 그의 병세를 살펴오고 있었다.

"전하, 백광현은 토혈의 병세가 여전하여 아직도 와병 중이옵니다."

선왕 대부터 왕실의 강녕을 지켜왔고 자신의 가족이 병들었을 때마다 매번 성심으로 치료해준 백광현이 이 순간 무척이나 그리웠다. 몸이 아프니 그의 빈자리가 더욱 크게 느껴졌던 것이다.

"그렇소? 백 태의가 복용하고 있는 약의 처방문을 알아오도록 하시오. 내 백 태의의 쾌차를 기원하는 마음을 담아 그에게 약재를 하사하고자 하오."

"전하, 성은이 망극하옵니다. 바로 분부대로 시행하겠나이다."

그가 얼른 나아서 돌아오기만을 기다렸다. 얼른 나아서 돌아오기만을.

❜

"아버님, 아버님!"

또다시 토혈의 발작이 시작되었다. 굉장히 고통스럽게 토혈이 계속되다가 겨우 진정되었다. 두 아들은 그저 애가 탔다. 백광현은 이제 자리에서 일어나는 것조차 힘들었다. 고통스러운 토혈이 이어지고 나면 홍령과 홍성은 몰래 눈물을 훔치고 오곤 했다. 지켜보고 있는 것이 너무 괴롭기 때문이었다.

홍령과 홍성은 아버지를 무척이나 존경했다. 특히 홍령은 아버지가 젊은 시절 의업을 시작해 얼마나 많은 고생을 했고 얼마나 많은 환자를 고쳤으며 얼마나 많은 사람들의 존경을 받았는지 생생히 지켜보면서 자랐다. 자신과 동생은 아버지의 자상한 가르침 아래에서 의술을 배웠지만 아버지는 홀로 여염집을 돌아다니며 수많은 환자를 치료하면서 지금의 경지에 오른 것이다. 그것이 얼마나 힘들고 대단한 것인지 너무도 잘 알고 있었다.

자신의 가장 큰 스승이자 선배이자 아버지이신 분이 이제 이승에서의 삶을 마감하려는 것만 같았다. 하루하루 피를 토하며 고통스러워하는 모습을 곁에서 지켜보는 것이 몹시 힘에 겨웠다.

홍령과 홍성, 그리고 백광현의 동생인 꿍린이 아침저녁으로 병세를 살피고 치료했지만 토혈의 고통은 그치질 않았다. 설사 이승을 떠난다 하더라도 이렇게 고통스러운 시간을 보낸 끝에 떠날 것을 생각하니 더없이 가슴이 아팠다.

❛

"전하, 전하!"

숙종은 연이어 계속되는 허리 통증에도 불구하고 정사를 보고 있었다. 그러던 중 갑작스럽게 아랫배에서 칼로 찌르는 듯한 통증이 생겨 편전 바닥을 뒹굴며 괴로워하고 있었다.

"밖에 누구 있느냐? 어서 내의원에 기별하여 어의를 불러라. 어서!"

놀란 상선내시가 외쳤다.

"전하, 정신을 차려보시옵소서. 전하!"

숙종은 밀려오는 고통에 숨 쉬기도 힘들었다. 이마에서는 굵은 땀방울이 연신 솟아났다. 기절할 것만 같았다. 누군가 칼로 뱃속을 도려내는 것만 같았다. 누군가 갈퀴로 뱃속을 긁어대는 것만 같았다.

내의원 의관들이 입시했을 때 숙종은 여전히 바닥에서 몸을 구르며 고통 속에 뒹굴고 있었다. 김유현은 얼른 임금의 치골(恥骨)에 위치한 곡골(曲骨) 혈에 뜸을 뜨기 시작했다. 상선내시가 조심스럽게 김유현에게 물었다.

"이것이 도대체 무슨 병입니까?"

"산증(疝症 | 생식기 근처에서 생기는 갑작스러운 통증)입니다."

김유현은 조용히 짧게 대답한 후 뜸을 계속 떴다. 뜸이 열다섯 장에 이르자 칼로 도려내는 듯한 통증은 비로소 그쳤다.

이렇게 한바탕 난리가 난 후 내의원에서는 그날부터 바로 숙직을 시작했다. 그런데 그 다음 날에도 똑같이 아랫배에 통증이 생겼다. 또다시 의관들이 급히 달려왔고 곡골 혈에 뜸을 떠서 통증을 진정시킨 후 산증에 쓰는 탕약인 반총산(蟠蔥散)을 달여 올렸다.

내의원 도제조인 남구만은 임금의 병세가 몹시 걱정되었다.

'이럴 때 태의 백광현이 있으면 좋으련만.'

그의 부재가 못내 아쉬웠다. 고심하던 도제조 남구만은 조용히 내의원 의관인 이중번을 불렀다.

"그대가 백 태의에게 좀 다녀와야겠네. 백 태의 또한 병세가 심각한 줄은 내 잘 알고 있네. 하지만 전하의 병세가 요즘 들어 더욱 심해지고 있네. 무엇보다 제일 걱정되는 것은 허리의 통증일세. 여느 요통과는 증세가 다른 것이 아무래도 콩팥에 문제가 생긴 것이 아닌가 싶네. 혹여 콩팥이 곪아서 부어오르기라도 하면 정말 큰일이 아닌가? 잠시 입궐하여 전하의 병세를 살펴줄 수 있는지 백 태의에게 물어보고 오도록 하게."

이중번은 도제조의 명을 받고 백광현의 집으로 향했다.

❨

백광현은 토혈의 병이 생긴 후로는 집 바깥으로의 외출이 불가능했다. 잠깐만 바깥바람을 쐬어도 금세 토혈이 심해졌기에 와병

한 여섯 달 동안은 집 밖으로 나간 적이 거의 없었다. 그동안 내의원의 여러 의관들이 병문안차 그의 집에 들렀다. 이번 이중번의 방문 또한 여느 병문안과 같은 것이라 여겼다.

"백 태의께서는 병세가 좀 어떠십니까?"

안부를 묻는 이중번의 목소리에는 수심이 가득 담겨 있었다. 비록 도제조의 명을 받고 왔지만 막상 병색이 그지없이 짙은 백광현의 얼굴을 살피고 나자 무거워지는 마음을 억누를 수 없었다.

"아버님께서는 여전히 토혈로 괴로워하고 계십니다."

일어날 기운도 없는 아버지를 대신해 큰아들 홍령이 대답했다.

"얼른 쾌차하셔야 할 텐데요. 백 태의를 걱정하고 계신 분들이 많으십니다."

"꼭 쾌차하실 겁니다. 꼭이요."

꼭 쾌차할 것이라는 대답이 왠지 희망보다는 절규처럼 들렸다.

"태의께서 혹 전하의 환후에 대해 들으신 바가 있는지요?"

이중번은 조심스럽게 임금의 환후에 대한 얘기를 꺼냈다. 홍령은 주춤거리며 대답했다.

"내의원에서 병문안 오시는 분들을 통해 근래에 전하의 옥체에 환후가 생겼다는 얘기는 들었습니다. 그저 그렇게만 들었을 뿐 자세한 것은 잘 모르옵니다."

"실은 요즘 전하의 환후가 지극히 좋지 않습니다. 달포 전 귀에서 통증이 생기고 고름이 흘러나오는 병세가 있어 한동안 치료를 받으셨습니다. 그 병세는 다행히 호전되었으나 그 후로 극심한 요통이 자주 발생하여 괴로워하셨지요. 그런데 이틀 전에 아랫배에서 칼로 찌르는 듯한 통증이 발생하여 편전 바닥을 뒹굴 정도로 몹시 고통스러워 하셨습니다. 이틀이나 극심한 통증이 생겨 그 일로 온 조정과 왕실이 걱정하고 있습니다."

임금의 환후가 심각하다는 소식에 방 안 사람들은 모두 침통한 표정이 되었다. 특히 일어나지도 못한 채 누워서 이중번의 얘기를 듣고 있던 백광현은 크게 놀랐다. 임금에게 환후가 생긴 줄 전혀 모르고 있었기 때문이었다.

실은 아들인 홍령이 혹시나 아버지께서 걱정하실까 하여 임금의 소식을 전하지 않았던 것이다. 그동안 여러 차례에 걸쳐 임금께서 아버지를 위해 인삼도 하사하시고 약재도 하사하시어 쾌차를 기원해주셨다. 그 은혜가 얼마나 큰지는 잘 알고 있었다. 하지만 혹시라도 임금의 환후를 아버지께 전했다가는 임금을 걱정하는 마음에 아버지의 병세가 악화되기라도 할까 봐 홍령은 그저 입을 다물고 있었던 것이다.

임금과 아버지 사이의 정과 신의가 얼마나 돈독한지 홍령은 잘 알고 있었다. 그래서 더더욱 말할 수 없었다. 아버지의 병세조차 내일을 장담할 수 없는 지경인데 마음의 고통까지 얹어드릴 수는 없었기 때문이었다.

이중번은 말을 이었다.

"다른 증세는 모두 호전되고 있으나 유독 허리의 통증만은 가라앉을 줄을 모르고 계속되고 있습니다. 게다가 이틀에 걸쳐 극심한 산증까지 나타나니 도제조 대감께서 저를 불러 이리 백 태의 댁에 다녀오라 명을 내리신 것이고요."

"도제조 대감께서요?"

홍령이 물었다.

"예, 실은 도제조 대감의 부탁으로 제가 이리 오게 되었습니다. 허리에서 통증이 생기는 부위가 마침 콩팥이 있는 부위라 혹시라도 콩팥이 곪아서 부어오르기라도 하면 이는 정말 큰일이라고 하시면서요. 백 태의라면 아마도 이를 진찰하실 수 있을 것이라 하셨습니다."

"그 정도로 환후가 심각하십니까?"

홍령도 짐짓 놀라 다시 물었다.

"지금 상황이 매우 좋지 않습니다. 하여 도제조 대감께서 부탁하시기를 백 태의의 병환이 무척이나 깊은 줄은 잘 알고 있지만 전하의 병세가 지금 이런 지경이니 태의께서 잠시 전하의 환후를 살펴주실 수 있을는지 여쭤보라 하셨습니다."

이중번은 이런 부탁을 해야 하는 상황이 몹시도 미안했다. 여기까지 방문한 이중번의 용건이 드러나자 홍령과 홍성, 광린은 모두 놀라 황망한 표정이었다. 아무도 대답을 못 하고 있었다. 임금의 환후가 깊은 것은 망극한 일이지만 아버지의 병세 또한 매우 깊었기에 바깥 거동을 하는 게 결코 쉬운 일이 아니었다. 결국 아들인 홍령이 대답했다.

"아뢰기 송구하지만 이 의관께서 보시다시피 아버님의 병세가 내일을 장담할 수 없는 지경입니다. 하오니 도제조께는 죄송하지만 그 부탁은 힘들 것으로……"

"홍령아!"

누워서 듣고만 있던 백광현이 홍령의 대답을 끊었다.

"아버님!"

백광현은 자리에서 일어나 앉으려 하고 있었다.

"아버님! 일어나시기 힘드시면 누워서 말씀하십시오."

"아니다. 일으켜다오."

아들의 부축을 받고 겨우 일어나 앉은 백광현의 눈에는 눈물이 글썽이고 있었다.

"그럼 지금 전하께서는 어찌하고 계시오?"

오랫동안 토혈에 상한 목에서는 쉰 목소리가 겨우 새어나오고 있었다.

"혹시나 지극한 통증이 또 생길까 두려워 전전긍긍하고 계십니다. 내의원 의관들이 제일 걱정하는 것이 콩팥이 곪을까 하는 것이고요. 지난번에도 전하의 배꼽이 부어올랐던 적이 있지 않았습니까? 이번에는 혹시나 허리 쪽에서 붓는 것은 아닌가 그것을 우려하는 것이지요. 혹시라도 그런 일이 생기면 이 얼마나 망극한 일이겠습니까?"

"전하께서 바닥을 뒹굴 정도로 그리 고통스러워하셨소?"

백광현의 목소리에는 애끓는 안타까움이 잔뜩 묻어 있었다. 마치 병든 아들을 걱정하는 아버지의 목소리와도 같았다.

"예, 그러셨습니다. 그날 모든 내관과 신료들, 의관들이 어찌할 바를 몰랐지요. 전하께서 고통이 지극하시어 식은땀을 뻘뻘 흘리며 편전 바닥에서 한참을 뒹구셨습니다."

"전하께서 얼마나 고통스러우셨으면, 얼마나 아프셨으면…… 그렇게 편전 바닥을 뒹굴었단 말이오?"

"아버님, 부디 진정하십시오. 이렇게 감정이 동요하다가 또 피를 토하실까 염려되오니 부디 진정하십시오."

백광현은 통곡했고 아들은 그를 진정시키려 했으며 이중번은 그저 미안하고 침통한 마음에 고개를 숙이고만 있었다. 한참을 통곡하던 백광현은 결국 다시 피를 토하기 시작했다. 두 아들은 어쩔 줄을 몰라 그저 아버지가 토하는 피를 받아내고만 있었다.

겨우 토혈이 진정된 백광현은 결심한 듯 이중번에게 말했다.

"이보시게, 이 의관. 돌아가 도제조 대감에게 전하시게. 내일 날이 밝는 대로 내 바로 편전에 들어 전하의 환후를 살피겠노라 전해주시게."

백광현의 대답에 두 아들은 경악하지 않을 수 없었다.

"아버님!"

"아버님, 그것은 절대 아니 됩니다. 지금 아버님께서 외출하시는 것은 절대로 아니 될 일입니다."

"그렇습니다, 아버님. 지금은 12월 엄동설한입니다. 당장 이 방문 밖만 나서도 매서운 바람이 몰아치는 한겨울이란 말입니다. 그런데 어찌 이렇게 피를 토하시는 몸으로 찬바람을 쏘인단 말씀이십니까? 토혈 환자에게 한겨울 찬바람은 극약과도 같음을 아버님께서도 잘 아시지 않습니까?"

"형님! 두 조카의 말이 옳습니다. 지금 그 몸으로 한겨울 바람을 맞으면 병세가 더욱 위중해질 것입니다. 절대 안 됩니다, 형님."

이중번은 이 자리가 가시방석 같았다. 자신이 생각해도 이는 백광현에게 너무 잔인한 부탁이었던 것이다.

"모두들 들어라. 나는 이미 천수를 누릴 만큼 누렸다. 이제 내게 남은 일은 이승을 떠나는 것뿐이다. 전하께서 그동안 나와 우리 집안에 내려주신 은혜가 얼마나 큰지는 너희들이 더 잘 알 것이다. 이제 내가 죽기 전에 전하의 용안을 한 번이라도 더 뵐 수

만 있다면 궐에 다녀와서 바로 쓰러져 죽는다 할지라도 티끌만큼
도 한탄할 것이 없다. 궐에 다녀오는 것은 내가 더 일찍 죽는 길
이 아니다. 그것은 전하의 강녕을 살펴드리는 것이고, 곧 조선 땅
의 백성을 보살펴주는 것과 같다. 그러니 모두들 그만하고 내일
입궐할 준비를 하도록 해라."

　백광현의 대답은 한 치의 망설임도 없이 단호했다. 더 이상 아
무도 반대하지 못하고 그저 흐느끼기만 했다.

　다음 날 아침이 되었다. 밤새 방문을 두들기던 12월의 찬바람
은 거친 눈보라를 몰고 왔다. 어제보다 드세진 칼바람은 한양의
공기를 마구 할퀴어댔다. 새벽부터 내린 눈 때문에 세상은 하얗
게 변했다. 눈은 그칠 줄 모르고 계속 쏟아지고 있었다.

　입궐한다는 소식을 들은 조카들이 달려와 가마를 준비했다. 백
광현은 겨우 일어나 몸을 추스르고 반년간 걸어두기만 했던 관복
을 입었다. 아들과 조카의 부축을 받으며 관복을 하나하나 걸치
면서 백광현은 직감했다. 이 관복을 입는 것도 이제 마지막임을.

　입궐할 준비를 다 마쳤다. 방문을 열었다. 차갑고 시린 한겨울
찬바람이 모두의 얼굴을 매섭게 때렸다. 그런데 웬일인지 아침부

터 보이지 않던 둘째 아들 홍성이 눈보라 치는 마당에서 무릎을 꿇고 있었다.

도대체 무슨 일이냐는 표정으로 백광현은 아들을 쳐다봤다. 아버지의 눈빛을 알아차린 듯 홍성은 간곡히 부탁했다.

"아버님, 부디 가지 마십시오. 오늘 입궐하시면 아버님께서는 병이 순식간에 깊어지실 겁니다. 아버님께서 치료만 잘하신다면 앞으로 1년, 아니 10년은 더 사실 수도 있습니다. 하지만 이렇게 눈보라가 몰아치는 날에 이 독약과도 같은 찬바람을 쐬시면 한 달을 겨우 더 사실지 열흘을 겨우 더 사실지 기약할 수가 없습니다. 저는 아버님과 오래오래 같이 살고 싶습니다. 아버님을 잃고 싶지 않습니다. 부디 가지 마십시오."

홍성은 눈물이 그렁그렁한 채로 병든 아버지를 향해 흐느끼고 있었다. 백광현은 아무 대답도 하지 않고 그저 홍성의 얼굴을 그윽한 눈빛으로 바라보고 두 손으로 양쪽 볼을 애틋하게 쓰다듬어 주기만 했다. 그러고는 조용히 가마에 올랐다.

눈보라가 몰아치는 길에는 인적이 드물었다. 마치 하얀색 종이 위에 발자국을 뚜벅뚜벅 그려 넣듯 가마는 온통 하얗게 변한 길을 밟으며 궁궐로 향했다. 가는 길에도 눈보라가 연신 가마의 창문을 두들겨댔다. 가마 안에서 피를 토하는 고통스러운 기침 소리가 간간이 들려왔다.

"아버님, 괜찮으십니까?"

연이은 기침 소리에 아들 홍령이 걱정스럽게 물었다. 가마 안에서는 아무 대답이 없었다. 찬바람이 가마 안으로 들어갈까 염려되어 창문을 열어보지도 못하고 홍령은 그저 궁궐로 빨리 가자고 가마꾼들을 재촉했다.

눈보라를 뚫고 마침내 대궐에 도착했다. 가마의 지붕 위에도 하얗게 눈이 쌓여 있었다. 차비문(差備門 | 궁궐 정전의 앞문) 바깥에 도착하자 미리 기다리고 있던 도제조 남구만이 숙종에게 어의 백광현이 도착했노라 고했다.

"당장 안으로 들이시게."

숙종은 병세가 심각하다던 백광현이 자신을 찾아오자 깜짝 놀랐다.

"태의께서 아픈 몸을 이끌고 어떻게 여기까지 오셨소이까?"

"전하! 전하께서 환후 중이신데 어의인 몸으로 제 임무를 다하지 못하고 있음을 용서하여 주시옵소서."

백광현이 애달프게 말했다.

"그게 무슨 말씀이시오. 그런 말씀일랑 거두시고 얼른 쾌차하여 내 곁을 다시 지켜주시오."

숙종의 눈빛에는 안타까움이 그득했다.

"전하께서 요통과 하복통이 지극하다는 얘기를 전해 듣고 직접 환후를 살피고자 왔습니다. 이렇게 늦게 온 것을 용서하여 주시옵소서."

"그 또한 무슨 말씀이시오. 이렇게 와병 중인데도 과인을 위하여 힘든 걸음을 해준 것이 고맙기 그지없소이다."

백광현은 임금을 진찰하기 시작했다. 지금이 이승에서 임금을 진찰하는 마지막 시간일 것이다. 백광현은 자신에게 남은 총기를 모두 쏟아 숙종의 허리 부위를 살폈다. 그가 일생에 걸쳐 정진한 바로 그것, 그가 보고 듣고 만지고 느꼈던 수많은 환자들이 그에게 가르쳐주었던 그것, 즉 오장육부가 속에서 썩고 곪을 때 그것을 겉에서 살펴 알아낼 수 있는 그 신묘한 진찰의 안목, 그 신안(神眼)을 열어 마지막 힘을 다 쏟아 임금을 살폈다. 촛불이 꺼지기 전 가장 활활 타오르듯이 그는 그 어떤 환자를 살필 때보다 더 밝은 눈으로 임금의 환후를 살폈다. 임금의 신장이 속에서 곪고 있는 것은 아닌지, 속에서 썩고 있는 것은 아닌지 온 마음을 다해 살폈다.

그렇게 마지막 진찰을 마친 후 백광현은 임금과 의관들에게 말했다.

"전하께서는 오래지 않아 병이 나으실 것입니다. 신장이 곪거나 허리 부위가 부어오를 일은 없을 것이니 다른 걱정은 하지 않으셔도 됩니다."

백광현의 말에 자리에 함께한 도제조와 의관들 모두 기쁨과 안도의 표정을 지었다.

"그럼 전하의 이 끊어지는 듯한 허리 통증은 어찌 치료해야 하겠소?"

도제조 남구만이 물었다.

"전하께서는 습담(濕痰 | 끈적끈적하고 탁한 체액)으로 인하여 병환이 생긴 지 오래되었고 이제는 그로 인해 신장이 허약해진 지경에까지 이르렀으니 반드시 신수(腎兪) 혈 부위에 뜸을 떠서 그 통증을 잡아야 합니다."

자신의 몸도 제대로 가누기 힘든 어의가 힘겹게 마지막 진찰을 마치자 모두들 숙연한 표정이었다. 숙종은 백광현의 손을 꼭 잡았다.

"태의께서는 부디 아무 걱정 마시고 치료에만 힘써 꼭 쾌차하도록 하시오. 태의는 그동안 과인의 아버지와도 같았습니다. 어린 아들이 배가 아프면 그 배를 쓰다듬어주고 머리가 아프면 그 머리를 어루만져주는 아버지와도 같았습니다. 태의가 내 곁에 없으면 그 허전함을 어찌 채울지……."

숙종의 목소리는 흐느끼고 있었다.

"용안을 다시 뵈었으니 신은 이제 이 길로 돌아가 곧 죽어도 아무 한이 없습니다. 부디 강녕하시옵소서, 전하."

백광현은 이것이 이승에서의 마지막 알현임을 잘 알고 있었다. 자식과도 같았던 분, 아버지와도 같았던 분, 그런 임금과의 마지막 만남인 것이다. 인사를 마친 후 일어설 기력도 없어 겨우겨우 바닥을 기어 나오다시피 했다. 그러고는 다시 가마에 올랐다.

백광현을 만난 숙종은 착잡하기 그지없었다. 전해 듣던 것보다 그의 상태는 훨씬 심각해 보였다. 숙종은 김유현과 최성임을 불러 그날 바로 황감(黃柑 | 감귤)과 약재를 백광현에게 내려주도록 했다. 또한 어의가 다녀갔다는 얘기를 들은 인현왕후도 고마운 마음에 많은 양의 진찬(珍饌 | 진귀한 음식)을 하사했다.

백광현의 말대로 임금의 환후는 곧 회복되었다. 병에서 회복된 후 여러 의관들에게 포상을 내릴 때 숙종은 백광현에게도 포상을 내렸다.

"백광현에게 말 한 필을 하사히도록 하라."

이것이 임금이 그에게 마지막으로 내린 포상이었다.

☾

궐에 다녀온 지 한 달이 지났다. 예상했던 대로 병세는 하루하루 급격히 위독해져갔다. 이제 정말 얼마 남지 않았다는 것을 식구들 모두 느끼고 있었다.

하루하루 백광현의 숨소리가 힘겨워져 갔다. 이제 영원한 이별을 해야 할 시간이 다가온 것이다. 백광현은 거친 숨을 몰아쉬고 있었다. 가족들 모두 그 주위에 모여 앉았다. 임종이 코앞에 다가온 것이다. 백광현은 유언을 남겼다.

"모든 것이 감사한 일이로다. 선왕께서 나를 신임해주시고 금왕께서 나를 보살펴주신 것이 모두 감사한 일이로다."

"예, 아버님. 두 분 전하의 은혜가 정말로 크셨습니다."

큰아들 홍령은 백광현의 머리맡에 앉아 아버지의 손을 꼭 잡고 있었다.

"광린아!"

"예, 형님."

"너는 다시 내의원으로 돌아가 전하의 옥체를 살펴드려야 한다."

"예, 형님. 그리하겠습니다."

동생인 백광린은 형을 따라 내의원 의관이 되었으나 전라북도 장수 지역의 찰방직을 맡아 외지로 나갔다가 백광현이 병을 얻자 하직한 후 형의 치료에만 매달려왔다.

"홍령아!"

"예, 아버님."

"본디 우리 집안은 무관의 집안이다. 할아버지께서는 내가 무관으로 입신하기를 원하셨으나 내가 그 뜻을 거스르고 의업의 길을 택했다. 할아버지께서 너에게 무술을 가르치셨던 것은 나를 대신해 네가 가업을 이으라는 뜻이셨다. 그러니 너는 무관의 길을 가거라. 하지만 내 너에게 나의 의술을 아낌없이 전해줬으니 그 의술 또한 절대 잊어서는 안 될 것이다. 아픈 환자가 치료를 구한다면 부귀와 귀천을 따지지 말고 진심을 다해 치료해줘야 한다. 그리고 만약 왕실에 위중한 환후가 생기거든 꼭 네 숙부를 도와 의약에 참여하도록 하여라."

"예, 아버님. 꼭 그리하겠습니다."

"홍성아!"

"예, 아버님."

"너는 전하의 은혜를 절대 잊어서는 안 된다. 본디 천첩 소생인 너를 면천시켜 주신 분이 바로 주상전하시다. 그 은혜를 뼈에 새겨둬야 한다."

"예, 아버님. 절대 잊지 않겠습니다."

"너는 아직 젊다. 내 너에게도 내 의술을 다 전해주었다. 무관의 길을 가게 되더라도 그 의술을 절대 잊지 말고 더욱 정진해야 한다. 특히 나중에 전하의 자손에게 환후가 생겨 너를 부른다면 반드시 진심을 다하여 고쳐드려야 할 것이다. 그것이 전하의 은혜를 갚는 길이다. 알겠느냐?"

"예, 아버님. 그리하겠습니다."

"순아!"

"예, 스승님."

임종이 다가왔다는 소식을 듣고 제자 박순이 달려와 있었다.

"이리 가까이 와보거라."

박순이 가까이 오자 백광현은 박순의 귀에 대고 뭔가 속삭였다. 박순은 놀란 표정을 지었다가 이내 알았다는 듯이 고개를 끄덕였다.

백광현은 둘러앉은 다른 식구들에게도 한마디씩 당부와 유언을 남겼다. 그렇게 유언을 다 마친 후 백광현은 조용히 눈을 감았다. 그의 마지막 표정은 아늑하고 평온했다. 이때가 숙종 23년인 1697년 2월 9일, 그의 나이 일흔셋이었다.

어의 백광현의 사망 소식은 왕실에도 전해졌다. 혹시나 기적적으로 회복되지 않을까 하는 바람을 가져보았건만 결국 사망했다는 소식을 접하게 되자 숙종은 슬프고 아쉽기 그지없었다. 숙종은 장례에 필요한 쌀과 베, 종이와 물품을 넉넉히 지급하도록 바로 명을 내렸다. 인현왕후 또한 따로 쌀과 베를 넉넉히 내려 장례를 치르는 데 부족함이 없도록 해주었다. 임금과 왕비가 내린 부의 물품은 여느 신하가 사망했을 때보다 더 많았기에 백광현의 가족은 모두 놀라고 황감해했다.

장례가 시작되자 조문객이 하나둘씩 도착했다. 그동안 백광현에게 치료받았던 사람들이 속속 조문을 위해 그의 집으로 찾아왔다. 백광현에게 치료를 청한 적이 있는 당대의 고관대작들도 모두 조문하러 왔다. 그동안 부모와 자식과 친지가 병들었을 때 백광현에게 치료를 받았던 모든 공경대부들은 사망 소식을 접하자마자 바로 달려와 애도했다. 백광현의 손길이 닿았던 이름 없는 백성들 또한 너도나도 조문하러 찾아왔다.

백광현의 집은 조문객들로 미어터져 발 디딜 틈이 없었다. 집 안으로 들어간 조문객 수도 원체 많았지만 조문을 위해 속속 당도하는 사람들의 수도 끝이 없었다. 결국에는 길거리까지 줄을 서서 조문할 차례가 되기를 기다려야 했다. 길거리에 줄서서 차례를 기다리는 이 기이한 상황에서도 아무도 짜증을 내거나 화를 내지 않았다. 줄이 길다고 중간에 되돌아가는 사람 하나 없었다.

모두가 백광현의 의술과 성품을 칭송했고 그의 죽음을 슬퍼했다. 사람들은 진심으로 애도하며 입을 모아 이렇게 말했다.

"이제 세상에 백광현이 없구나! 병이 생기면 이제는 죽게 될 뿐이로구나!"

백광현이 사망한 지 한 달이 지난 어느 날이었다. 내의원 의관 김유현의 손에 보자기에 싸인 작은 단지가 들려 있었다. 김유현은 의관들이 입진할 때에 이 단지를 임금 앞에 올렸다.

"이것이 무엇인가?"

숙종이 물었다.

"얼마 전 세상을 떠난 태의 백광현이 그의 제자에게 유언으로 남긴 것이라 하옵니다. 꼭 전하게 전해드리라 했다 하옵니다."

"그렇소? 백 태의가 과인에게 전해 달라 했단 말이오?"

"그러하옵니다."

숙종은 백광현의 이름을 듣고는 반가운 마음에 얼른 보자기를 풀어보았다. 비취색의 단지에는 붉은색 쌀이 담겨 있었다.

"이것은 쌀이 아니오? 어떻게 쌀의 색깔이 이리도 붉을 수가 있단 말이오?"

"백광현의 제자 말로는 어느 산 깊은 곳에 붉은 흙이 있다고 하옵니다. 붉은 흙 속에 쌀을 파묻으면 그 쌀 또한 이렇게 붉은색으로 변하옵니다. 붉은 흙이 품고 있는 생명의 기운을 이리 쌀에 담아 와서 약으로 쓰는 것이옵니다. 이렇게 붉은색으로 변하기까지 워낙 오랜 세월이 걸리기에 쉬이 구할 수 있는 것은 아니옵니다.

전하와 같이 신장의 기운이 허약하고 간에 습담이 많을 때에 이 붉은색 쌀이 기이한 효과를 냅니다. 하여 백광현이 죽기 전 그 산의 위치를 유일하게 알고 있는 제자를 시켜 이리 전하에게 바치도록 했다 하옵니다."

"그렇소? 이것이 백 태의가 나에게 바치라 유언으로 남긴 것이란 말이오?"

숙종은 단지 속에 담긴 붉은 쌀을 그저 하염없이 바라만 보고 있었다.

❛

숙종 44년 8월의 어느 날 윤지완은 마지막 숨을 몰아쉬고 있었다. 그의 나이 여든넷, 이제 이승을 떠나려 하고 있었다. 가족들을 불러 모든 유언을 마쳤다. 그리고 마음속으로 인사를 해야 할 사람에게 감사의 말을 전했다.

'그때 참 고마웠네. 그대가 나에게 해준 말 덕분에 나는 예순둘 그때에 죽지 않고 이리 스물두 해를 더 살고 세상을 떠나는구려. 그때 그대가 해주었던 따끔한 충고 덕분에 20년이 넘는 목숨을 덤으로 받았다네. 이제 곧 저승으로 갈 테니 다시 만나세그려.'

그렇게 마음속의 유언까지 마치고 윤지완은 눈을 감았다. 칼을

쓰지 않고도 자신을 치료해준 희대의 신의, 백광현을 생각하면서
편안하게 눈을 감았다.

이야기를 마치고

어디까지 사실이고 어디까지 허구인가

이제 소설은 끝났다. 여기까지 읽은 독자라면 아마도 이런 의문이 들 것이다.

'이거 어디까지가 사실이고 어디까지가 허구지?'

이제 이 소설의 어디가 사실이고 어디가 허구인지를 밝혀보겠다. 우선 이 역사실화소설 속에 등장하는 인물은 모두 실존 인물이다. 그리고 일어난 사건들 또한 대부분 실제로 있었던 일이다.

'백광현의 삶'이라는 퍼즐 판에는 빠진 퍼즐조각들이 있다. 어디에도 기록이 남아 있지 않기에 그 빠진 부분을 내가 채워 넣을 수밖에 없었다. 소설의 극적 재미와 개연성을 위해 이 빠져 있는 퍼즐조각을 채워 넣되 조선 후기의 시대상과 한의학의 외과학이라는 큰 틀에 맞추어 가장 근사치라 생각되는 내용으로 채워 넣었다.

백광현의 스승으로 설정한 김우(金遇)라는 인물은 백광현과 동시대에 살았던 실존 인물이다. 김우는 영남 지방에 살던 의원으로 종기를 잘 치료하기로 이름이 높았다. 효종 9년 임금에게 종기가 생기자 궁으로 불려와 임금의 종기를 치료하는 데 참여했고 치료가 마무리된 후에는 여러 의관들과 함께 포상을 받았다. 실제 백광현이 말에서 떨어져 부상을 입었을 때 그를 치료해준 사람은 지방의 유명한 의원이라고만 전해질 뿐 이름은 전해지지 않는다. 그래서 종기를 잘 치료한 지방 의원 중에서 백광현과 동시대에 살았던 인물을 찾던 중 김우를 알게 되었고 이에 그를 백광현의 스승으로 설정했다.

또한 백광현은 실제로 첩을 들였으며 이 첩에게서 1남 2녀의 자손을 보았다. 이 첩은 숙경공주의 남편인 홍평위 원몽린 집안의 관노였다. 그런데 어떤 경위로 이 관노를 백광현이 첩으로 들이게 되었는지에 대해서는 기록이 없다. 그래서 백광현이 원몽린의 등창을 치료했고, 죽어가던 관노를 살리기 위해 치료에 대한 포상으로 관노를 첩으로 내려달라 청한 것으로 설정했다.

이 두 가지가 이 책에 삽입된 가장 큰 허구다. 나머지 내용은 대부분 사실이다. 등장인물들이 앓았던 질병 또한 역사 기록에서 찾은 것이다. 간혹 질병은 언급되지 않고 증상만 전해지는 경우가 있는데, 이때는 그 증상이 나타나는 가장 근접한 질병으로 설정했다. 또한 병을 치료하는 과정에서 등장하는 약이나 침뜸의 방법에도 사실과 허구가 섞여 있다. 하지만 허구로 지어낼 때에도 실제 한의학에서 그 병에 사용하는 약이나 혈 자리를 사용했다.

백광현에 대한 세인들의 말

당대 사람들에게 신의(神醫)라고 불렸던 백광현. 그런데 처음 그의 행적을 조사하면서 몇 가지 의문이 들었다. 우선 그의 침술은 의서에 기초하지 않았고, 그에게는 스승이 없었다고 한다. 더욱이 그는 글을 모른다고도 한다. 그런 사람이 어떻게 신의의 경지에 올랐단 말인가? 처음 품었던 이러한 의문은 퍼즐이 채워지면서 차츰 풀려가기 시작했다.

의학이란 것은 의서나 스승 없이 혼자서 깨칠 수 있는 게 절대 아니다. 그런데도 그에게 의서도 스승도 없었다고 하는 것은 그가 구사한 종기 절개술이 어느 의서에도 없고 어느 누구도 가르쳐주지 않은 독창적인 방법이었기 때문이다.

그가 의서에 기초하지 않았다는 말은 자칫 그가 의서를 읽지 않았다는 말로 오해되기 쉽다. 하지만 백광현은 분명 의서를 읽었다. 《승정원일기》에 기록된 백광현의 발언 내용을 보면 한의학 전문용어들이 상당히 많이 등장한다. 혈 자리를 언급한 경우만 해도 상당수인데 만약 의서를 전혀 보지 않았다면 혈 자리 이름도 몰랐을 것이다.

그런데도 왜 백광현이 의서에 기초하지 않았다고 기록돼 있을까? 이는 백광현이 본래 내의원 입성을 목표로 의업의 길에 접어든 것이 아니기에 의과 시험에 필요한 여러 의서들을 보지 않았다는 뜻으로 풀이해볼 수 있다. 백광현이 주로 읽은 의서는 조선 후기에 유행한 여러 경험방서였던 것으로 보인다. 그의 치료 사례에 등장하는 여러 가지 약들은 조선 후기의 경험방서에 등장하는 내용과 정확히 일치하기 때문이다. 또 한 가지 중요한 것은 그가 의서에 적힌 내용에 머무르지 않고, 종기를 치료하기 위해 과감하고 독특한 자신만의 절개술을 개발했다는 점이다. 따라서 그가 처음 의업에 뛰어들었을 때에는 의학의 전반적인 내용을 알려주는 기본적인 의서나 스승이 있었다고 보는 편이 옳다. 그러나 그가 개발한 독특한 절개술에 대해서는 의서나 스승이 없었다고 볼 수 있다.

백광현은 정말 글을 모르는 문맹이었을까? 이 또한 그렇지 않다. 백광현이 글을 모른다는 내용은 《조선왕조실록》에 등장하는데 이때가 바로 그가 현감에 제수되었을 때이다. 백광현의 현감

발령을 반대하던 사헌부에서는 그가 글을 모른다고 공격했는데, 여기서 말하는 글이란 목민관의 자리에 오르기 위한 덕목인 일체의 유교 경전을 말하는 것이다. 수없이 많은 환자들을 고치느라 몸과 시간이 모자랐을 텐데 언제 그런 유교 경전을 읽을 수 있었겠는가. 따라서 실제로 백광현이 한자를 모르는 문맹이었다고 볼 수는 없다.

또한 문집에 의하면 백광현은 오로지 침만 써서 질병을 치료했다고 한다. 그런데 이 역시 사실이 아니다. 침만 쓴 것이 아니라 침을 주로 써서 치료했다는 것으로 이해해야 한다. 백광현이 약을 쓴 기록 또한 여기저기서 발견되기 때문이다.

먼저 《초당유결(草堂遺訣)》이란 책에는 백광현이 사용한 비방이란 설명과 함께 소독비방(消毒祕方)이란 처방이 소개돼 있다. 이 소독비방은 백반(白礬), 유향(乳香), 몰약(沒藥), 해아다(孩兒茶), 담반(膽礬), 경분(輕粉), 웅황(雄黃), 황단(黃丹), 용뇌(龍腦), 호동루(胡桐淚), 사향(麝香)으로 구성돼 있으며, 가루 내어 환부에 바르거나 혹은 아교(阿膠)와 함께 빚어 길쭉한 모양으로 만든 후 환부 깊이 삽입하면 온갖 외과 질환에 독을 없애고 새살을 생기게 하는 효과가 있다고 기록돼 있다. 또한 《승정원일기》의 기록에 따르면 백광현의 조카인 백흥전이 사유환(蛇油丸)이란 약의 효과에 대해 논하면서 자신의 숙부인 백광현 또한 이 약을 여러 번 사용해 효과를 보았다고 언급한 적이 있다. 그 외에도 침은 전혀 사용하지 않고 낙제목(落蹄目), 열우간(熱牛肝), 비마유(蓖麻油) 같은 약으로만 치료한 예도 있다.

백광현에게서 의술을 배운 후손들이 약에 대해 언급한 기록들 또한 여기저기서 찾아볼 수 있다. 동생인 백광린은 십향고(十香膏)를 사용할 것을, 아들인 백흥성은 강염고(薑鹽膏), 이생고(二生膏), 황랍고(黃蠟膏), 상륙(商陸)을 사용할 것을, 그리고 조카인 백흥전은 육군자탕(六君子湯)을 사용할 것을 주장한 기록이 《승정원일기》에 나타나 있다.

따라서 백광현이 약을 전혀 사용하지 않고 오직 침만 써서 치료했다고 말하는 것은 옳지 않다. 그는 주로 침을 써서 치료했고 필요한 경우에는 약도 함께 사용했다.

백광현이 구사한 독창적 절개술

백광현이 구사한 절개술이 정말 그렇게 대단한 것이었을까? 한국 한의학에서 종기 절개술을 말할 때마다 으레 언급되는 의인이 있다. 바로 명종 대에 활약한 임언국(任彦國)이다.

그는 본래 전라도 정읍에서 살던 사람으로 어머니에게 생긴 종기가 온갖 약을 써도 낫지 않자 내장사의 어떤 스님에게서 배운 침법을 써서 어머니의 종기를 치료했다. 이를 계기로 침법을 더욱 연마하여 근방의 수많은 사람을 치료해 이름을 드날렸고 마침내 한양에까지 그의 명성이 미쳐 나라의 부름을 받게 되었다.

한양으로 불려간 임언국은 종기를 전문적으로 치료하는 국립 의료기관인 치종청(治腫廳)에서 의학교수를 맡아 환자의 치료와 후학 양성을 담당했다. 《치종비방(治腫秘方)》과 《치종지남(治腫指南)》에는 그의 의술이 기록돼 있다. 이 두 책에서 전하는 임언국의 절개술은 십(十)자형 절개술이다. 즉, 종기가 생겼을 때 십자 형태로 환부를 절개하여 치료하는 것이다.

중국에서 절개술이 본격적으로 발달한 때는 명나라 의사인 진실공(陳實功)이 활약하던 16세기 말에서 17세기 초였다. 하지만 임언국이 활약한 시기는 16세기 초중반이었으므로 시기적으로 중국보다 50년에서 100년 앞서 독창적인 절개술을 꽃피운 셈이다. 게다가 환부에 품(品)자 모양으로 세 군데를 찌른 후 뜨거운 대나무 부항을 붙여 피고름을 빼낸 진실공의 침법에 비해 십자형으로 절개하는 임언국의 침법은 훨씬 침습의 정도가 큰 것이었다. 우리가 중국보다 더 빠른 시기에 더 과감한 절개법을 구사했던 것이다.

내용이 비교적 간략한 《치종비방》에 비해 《치종지남》은 온갖 종류의 외과적 질병뿐만 아니라 내과적인 질병에 대해서도 자세한 치료법을 기술하고 있다. 안타깝게도 이 《치종지남》은 임진왜란 때 일본이 약탈해 갔기에 한동안 그 실체를 알 수 없었다. 하지만 최근 일본과 중국이 소장하고 있는 《치종지남》의 판본을 연이어 확인하면서 그 실체와 내용을 알 수 있게 되었다.

놀라운 것은 《치종지남》을 보관하고 있던 일본인 단파원간(丹波元簡)이 이 책의 내용에 크게 감탄하여 《치종지남》 말미에 "《치종지남》은 세상에서 가장 훌륭한 책이다"라는 평가를 적어놓았다는 것이다. 또한 일제시대에 활동한 의사학자인 미키 사카에(三木榮)는 자신의 저서 《조선의학사 급질병사(朝鮮醫學史 及疾病史)》에서 임언국의 의술을 언급하며 비슷한 시기에 활동한 명나라 설기(薛己)의 《외과추요(外科樞要)》나 진실공의 《외과정종(外科正宗)》과는 비교도 할 수 없을 만큼 뛰어나고 과학적이라고 극찬을 아끼지 않았다. 한국 사람이 이런 평가를 내린 것이 아니다. 우리의 책을 강탈해 간 일본 사람들이 임언국의 의술에 대해 이런 평가를 내린 것이다.

그리고 조선 후기에 이르러 백광현이 등장한다. 그는 어느 의서에도 전해지지 않고 어느 스승도 가르쳐주지 않은 천(川)자형 절개술이라는 독특한 절개술을 구사했다. 이 천자형 절개술은 당대는 물론 전대에도 없었던 방법이다. 중국에도 없고 조선에도 없던 그만의 독특한 방법이었다. 아무도 써본 적 없는 새로운 절개술을 창안했기에 그가 그리도 칭송을 받았던 것이다.

백광현이 직접 남긴 의서는 없으나 그의 행적과 치료 사례를 자세히 기록한 저자 미상의 《지사공유사 부경험방(知事公遺事 附 經驗方)》이라는 책이 전해져온다. 안타깝게도 이 책 또한 일본이 강탈해 갔고 현재는 그 사본만이 국내에 보관돼 있다. 또한 몇몇 개인 문집을 통해 백광현의 간략한 행적과 그에 대한 찬양이 전해 내려오고 있다.

　임언국이 치종청에서 활약한 지 몇 년 후에 안타깝게 사망한 것에 비해 백광현은 일흔셋의 나이까지 장수하면서 궁궐 안팎에서 맹활약을 펼쳤다. 그는 왕실 사람들에게 중한 병이 생길 때마다 치료하여 공을 쌓았다. 숙종은 백광현의 의술을 지극히 신뢰했고 그에 관해 말하기를 "지금 침의 중에서 침을 놓고 종기를 터뜨리는 것에는 백광현이 으뜸이다"라고 했다. 백광현이 말년에 병을 얻었을 때 숙종은 의관들에게 "백광현의 진찰하는 비는 신의 경지에 가까워 매번 국가에 환후가 있을 때마다 신묘한 효험을 거두었다"라고도 했다.

　경종 3년 임금에게 종기가 생겼을 때 내의원 의관들은 "만약 백광현이 살아 있었다면 언제 새살이 돋고 언제 살이 완전히 아물지 반드시 정확히 예측하여 알 것입니다"라고 말하기도 했다. 세월이 한참 흘러 영조 50년에 이르러서는 내의원 도제조인 원인손이 "내의원의 침의인 백문창은 선왕 대의 명의였던 백광현의 후손입니다"라고 영조에게 아뢰기도 했다.

그렇다면 후손인 우리가 자랑스러워해도 되지 않을까? 강탈해온 책을 보고서 일본인들이 경탄해 마지않을 정도로 뛰어난 의술을 지닌 임언국, 동시대 중국의 의술보다 더욱 뛰어나고 과학적이라며 극찬을 받은 임언국, 비록 병자호란에서 치욕적인 패배를 안겨주었던 청나라지만 오히려 그 청나라에서 의술로 이름을 드날린 백광현, 죽은 지 한 세기 가까운 세월이 지난 후에도 여전히 조선 왕실에서 명의로 기억된 백광현! 이렇게 뛰어난 활약을 펼쳤던 선인에 대해 우리가 지금까지 너무도 모르고 있었던 것은 아닐까?

백광현의 행적이 남겨진 기록

조선 시대를 살다 간 백광현이라는 인물이 후대에 알려질 수 있었던 것은 몇몇 문집에 그에 관한 기록이 남아 있기 때문이다. 그의 행적이 담긴 문집으로는 《완암집(浣巖集)》《희조질사(熙朝軼事)》《국조인물지(國朝人物志)》《이향견문록(里鄕見聞錄)》 그리고 《귀록집(歸鹿集)》이 있다. 이 중 《희조질사》《국조인물지》《이향견문록》은 《완암집》의 내용을 거의 그대로 옮겨 적었고 말미에도 《완암집》이라고 출전을 밝혀 놓았으므로, 저자가 자신의 필적으로 백광현의 행적을 기록한 문집은 《완암집》과 《귀록집》 두 권이라 볼 수 있다.

백광현이 왕실 인물이나 고위관료 중 누구를 치료했고 그들이 어떤 병을 앓았는지에 관해서는《승정원일기》에서 상당한 정보를 얻을 수 있었다. 이 책에 등장하는 고위관료들의 질병은 대부분《승정원일기》의 내용을 근거로 한 것이다.

백광현의 행적과 치료 사례가 가장 자세하게 기록된 책은《지사공유사 부경험방》이다. 누가 이 책을 썼는지는 알 수 없다. 다만 책의 내용으로 보았을 때 백광현이 사망한 후에 그의 행적을 기리기 위해 주변 인물 중 누군가가 집필한 것으로 보인다.

《지사공유사 부경험방》 원본은 일본 다케다(武田) 과학진흥재단의 쿄우쇼쿠(杏雨書屋)에 소장되어 있고, 국립중앙도서관에 복사본이 있다.

《지사공유사 부경험방》을 글자 하나하나 뜯어보았다. 이 책에는 무관이었던 백광현이 말에서 떨어져 다친 후 의사의 길로 접어들게 되고 민간에서 백성들을 치료하던 중 절름발이를 고친 것을 계기로 명성을 얻어 내의원에 입성하게 된 사건, 그리고 왕실에 병이 생길 때마다 줄줄이 치료해낸 그의 입지전적인 활동이 자세히 기록되어 있다.

책에 따르면 사망하기 전 그는 피를 토하며 오늘내일을 장담할 수 없는 위중한 병세에 놓여 있었다. 그럼에도 불구하고 임금의 환후를 살피기 위해 한겨울 삭풍에도 한 치의 망설임 없이 입궐을 결심했다. 가족들이 모두 말렸지만 그는 잠시도 주저하지 않고 임금에게 달려갔다. 임금에 대한 그의 충심이 돋보이는 그 대목에서 나는 그만 눈물을 흘렸다. 한문으로 된 책을 읽으며 눈물 흘려보기는 난생처음이었다.

누군지는 모르겠지만 《지사공유사 부경험방》을 쓴 선인도 분명 백광현의 충심을 후세에 알리기 위해 이 책을 썼으리라. 생각이 여기에 미치자 도저히 가만있을 수가 없었다. 그 선인처럼 나도 백광현의 행적과 충심을 사람들에게 알려야겠다는 결심이 섰다. 그래서 이 소설을 집필하기 시작했던 것이다.

소설을 쓰면서 백광현이 죽기 전에 숙종의 환후를 진찰하러 가는 그 상황을 묘사하는 데 온 정성을 기울였다. 하지만 이리 고치고 저리 고쳐봐도 내 부족한 필력으로는 도저히 만족스럽게 표현해낼 재간이 없어 그저 안타까울 따름이다.

그 외에 백광현의 행적이 기록된 책으로는 《임천백씨족보(林川白氏族譜)》《조선왕조실록》《조선의학사 급질병사》가 있다. 또한 조선 시대 내의원에서 근무한 내의, 침의, 의약동참의의 명단을 기록해놓은 의인지(醫人誌)인 《태의원선생안(太醫院先生案)》에서는 백광현을 비롯한 열두 명의 임천 백씨 의관들의 이름을 확인할 수 있다.

종기라는 병에 대해

백광현은 종기를 잘 치료하는 의사였다. 이렇게 종기를 전문적으로 치료하는 의사를 치종의(治腫醫)라고 부른다. 이렇게 치종의라는 직군이 따로 있어야 할 정도로 조선 시대에 종기는 그만큼 대단한 병이었을까?

그렇다. 조선 시대에 종기는 정말 대단하고 무서운 병이었다. 지금 우리가 떠올리는 그런 종기가 아니었다. 먼저 종기라는 용어부터 살펴보자. 종기라는 말은 토박이말이 아니라 한자어다. 부을 종(腫) 자와 기운 기(氣) 자를 써서 종기(腫氣)라고 한다. 따라서 종기란 어딘가 '부어 있는 기'가 보인다는 것이다. 부어 있다는 것은 지금으로 치자면 염증이 생겼다는 말이다. 붓고 열나고 아프고 붉어지는 염증 상태가 되었다는 것인데 특히 시간이 지나면서 부었던 곳에 고름이 생겨날 때, 곧 화농(化膿)이 될 때 이를 종기라고 한다.

흔히들 종기란 피부에만 생기는 것으로 알고 있다. 하지만 피부뿐 아니라 근육, 관절, 뼈 등 여러 부위에 종기가 생길 수 있다. 심지어 오장육부에도 종기가 생길 수 있다.

종기가 얕은 곳에 생기면 창양(瘡瘍)이라 불렸고, 깊은 곳에 생기면 옹저(癰疽)라고 불렸다. 종기가 장(腸)에 생기면 장옹(腸癰)이라 하고, 겨드랑이에 생기면 액옹(腋癰)이라 하며, 무릎관절에 생기면 슬옹(膝癰)이라고 했다. 또한 종기가 간(肝)에 생기면 간옹(肝癰) 혹은 간저(肝疽)라고 불렸고, 폐(肺)에 생기면 폐옹(肺癰) 혹은 폐저(肺疽)라고 불렸다.

종기를 별것 아닌 가벼운 질환이라고 생각하는 것 또한 종기에 관한 큰 오해다. 과거에 종기라 부르던 질환은 연부조직이나 림프절, 관절이 곪고, 뼈가 썩고, 오장육부가 썩는 온갖 화농성 질환을 아우르는 것이었다. 과거의 종기는 절대 지금처럼 사소한 질환이 아니었기에 종기를 치료하려면 살을 가르고 뼈를 깎아내 환부 깊숙이 차 있는 고름을 빼내야 하기도 했다. 그렇기에 종기를 치료하는 일은 무척 어려운 일이었고, 종기 때문에 목숨을 잃기도 했다.

조선의 의료 역사는 바로 이러한 종기와의 처절한 싸움이었다. 우리 선조들이 종기와 어떤 싸움을 벌였는지 궁금한 독자들은 필자의 저서인《조선, 종기와 사투를 벌이다》를 참조하기 바란다. 종기에 관한 얘기를 이 책에서 자세히 펼쳐 놓았다.

백광현의 성품을 추정해보다

백광현은 어떻게 신의라 불리는 경지에 오를 수 있었는지, 그의 어떤 덕목이 그것을 가능하게 했는지 그의 성품을 추정해보았다.

우선, 백광현은 매우 총명했을 것이다. 대대로 의업을 이어오는 집안에서 태어나 의학에 대한 가르침을 잘 받아도 훌륭한 의사가 되는 것은 쉽지 않다. 그런데 그는 무관 집안에서 태어나 집안에서 아무도 걸어가지 않았던 길을 택했다. 그랬기에 환경이 무척이나 열악했을 것이다. 그런데도 그는 훌륭히 의술을 익혔다. 이는 그가 상당히 총명했음을 짐작케 해준다.

둘째, 백광현은 끈기와 집념이 대단했을 것이다. 처음 의업을 시작한 후 시술이 지나쳐 사람을 죽인 일이 있었다고 전해진다. 그럼에도 그가 의술에 더욱 정진했다는 것은 의업에 대한 그의 집념과 끈기가 대단했음을 말해준다.

셋째, 백광현은 창의적이었을 것이다. 그의 절개술은 어느 의서에도 없던 것이었다. 의서 내용을 참고하기도 했지만 스스로 절개술을 창안하여 치료에 응용한 것은 그가 그만큼 창의적으로 사고했음을 말해준다.

넷째, 백광현은 관찰력과 직관이 뛰어났을 것이다. 그는 맥진을 아주 잘했다. 그래서 환자를 진단할 때 맥을 정확히 짚어 병을 변별했다. 또한 안색만을 살펴 폐옹 여부를 감별하기도 했다. 이는 그가 뛰어난 관찰력과 직관을 가지고 있음을 말해준다.

다섯째, 백광현은 자애로운 성품을 지녔을 것이다. 말년에 그의 품계가 높이 올라갔을 때에도 노비이건 가난한 자이건 전혀 싫어하는 기색 없이 병자를 보살폈다는 기록이 있다. 그를 모셔 가려는 가마와 말이 집 앞에 줄을 설지라도 그는 오로지 병의 경중만을 따져 위태로운 환자부터 찾아갔다고 한다. 관복 차림으로 말을 타고 위풍당당 행차할 때 가난한 거지 아이가 달려와 병을 호소하더라도 반드시 말에서 내려 털끝만큼도 꺼리는 기색 없이 진찰해줬다고 한다. 또한 그가 사망했을 때에 그를 애도하기 위한 조문 행렬이 길거리까지 이어졌다는 기록도 전해진다. 그의 죽음을 모두가 진심으로 슬퍼했다는 것이다. 이는 그가 뛰어난 의술뿐만 아니라 아픈 자에 대한 자애로움 또한 갖추고 있었기에 가능했던 일이다.

후손들의 활약

아쉽게도 백광현은 의서를 남기지 않고 떠났다. 대신 그는 사람을 남겼다. 그가 사망한 후 후손들은 그의 의술을 이어갔다. 본디 임천 백씨는 무관의 집안이었지만 31세손인 백광현 이후로 이름 있는 의관들이 줄줄이 배출되었다.

먼저 백광현의 동생인 백광린(白光璘)은 숙종 9년에 치종교수가 되었고 숙종 11년에는 침감조의관(鍼監造醫官)을 거쳐 숙종 12년에는 활인서(活人署) 별제(別提)의 관직을 받았다. 숙종 16년에는 어의가 되었으며 숙종 22년에는 장수 지역의 찰방(察訪)직을 받았다. 백광현의 사망 이후 다시 내의원으로 돌아가 숙종 45년까지 임금의 곁을 지키며 보필했고 부호군(副護軍)과 첨지중추부사(僉知中樞府事) 및 오위장(五衛將)을 거쳐 종2품 가선대부(嘉善大夫)의 품계에까지 올랐다.

백광현의 맏아들인 32세손 백흥령(白興岭)은 무과에 합격하여 숙종 7년 동리만호(東里萬戶)가 되었고 숙종 10년 김석주의 추천으로 금위영(禁衛營) 침의로 뽑혔다. 숙종 13년에는 신지도(薪智島) 만호(萬戶)를, 숙종 18년에는 호군(護軍)을, 숙종 20년에는 정3품 충장위장(忠壯衛將)을, 숙종 22년에는 정3품 충익위장(忠翊衛將)을 지냈으며 숙종 26년에서 27년에는 인현왕후의 환후 시에 입진에 참여하기도 했다.

둘째 아들인 32세손 백흥성(白興聲)은 경종 3년에 궐로 불려가 임금의 종기 치료에 참여했으며 영조 8년 천거에 의해 내의원에 들어갔다. 이후 영조 임금과 왕비, 세자, 세자빈 등 왕실의 환후를 누차 치료하여 포상을 받았는데 영조 10년에는 사포서(司圃署) 별제를, 영조 12년에는 정3품 통정대부(通政大夫)와 첨지중추부사를, 영조 14년에는 주문도첨사(注文島僉使)와 화량첨사(花梁僉使)를, 영조 20년에는 종2품 가선대부를, 영조 23년에는 동지중추부사(同知中樞府使)의 관직을 제수받았다.

백광현의 조카인 32세손 백흥전(白興銓)은 숙종 20년 내의원에 천거되었고 이후 임금과 왕비, 세자, 세자빈의 환후를 치료하여 숙종 30년에는 조지서(造紙署) 별제를, 숙종 37년에는 와서(瓦署) 별제를, 숙종 40년에는 호군과 동부주부(東部主簿)를 제수받았다. 경종 대에도 내의원으로 불려가 경종 3년 임금의 종기 치료에 참여하여 정3품 통정대부에 올랐다. 영조 대에도 임금의 입진에 참여하여 영조 1년에는 충익위장을, 영조 3년에는 종2품 가선대부를 제수받았다.

백광현의 증손자인 34세손 백중규(白重圭)는 천거에 의해 영조 8년 내의원 침의로 들어갔다. 이후 임금과 왕비 그리고 세자의 환후 시에 입진하여 크고 작은 포상을 받았다.

35세손 백문창(白文昌)은 영조와 정조 대에 내의원 어의로 활동했으며 석성현감(石城縣監), 포천현감(抱川縣監) 그리고 용인현령(龍仁縣令)을 지냈고 동지중추부사의 자리에까지 올랐다.

36세손 백성일(白成一)은 정조 대에 내의원에 천거되어 정조에게 환후가 있을 때마다 입진했고 종2품 동지중추부사의 자리에까지 올랐다.

36세손 백성오(白成五)는 순조 대에 내의원에서 활동했고 찰방직을 제수받았다.

37세손 백응세(白應世)는 정조 대에 내의원에서 활동하며 어의에 올랐다.

백광현의 바로 아래 동생인 3남 백광순(白光珣)의 자손인 34세손 백동규(白東圭)는 정조의 환후가 위중할 때 불려와 입진에 참여했고 이후 순조 대에 내의원에 천거되어 들어왔다.

그의 아들 35세손 백시창(白始昌)은 순조 대에 내의원에 들어왔고 이후 임금의 환후를 치료한 공으로 순조 15년 전설사(典設司) 별제와 와서 별제를 거쳐 순조 17년 예빈시주부(禮賓寺主簿) 및 진도(珍島) 감목관(監牧官)의 관직을 제수받았다.

그리하여 백광현을 포함해 모두 열두 명의 임천 백씨 집안 사람이 내의원 의관으로 이름을 올리게 되었다. 한 사람의 출중한 의술이 조선 후기에 맹활약한 뛰어난 의사 집안을 만들어낸 것이다.

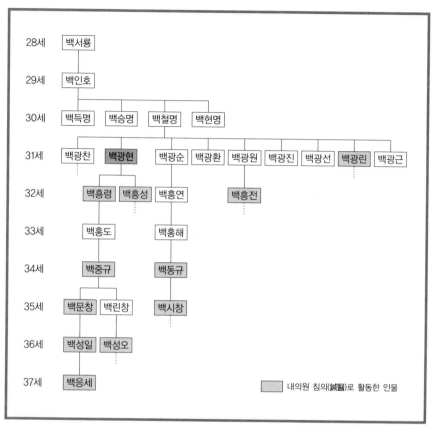

28세 　백서룡

29세 　백인호

30세 　백득명　백승명　백철명　백현명

31세 　백광찬　**백광현**　백광순　백광환　백광원　백광진　백광선　백광린　백광근

32세 　백흥령　백흥성　백흥연　　　　　백흥전

33세 　백홍도　　　　백홍해

34세 　백중규　　　　백동규

35세 　백문창　백린창　백시창

36세 　백성일　백성오

37세 　백응세

　　　　　　　　　　　　　　　　□ 내의원 침의(鍼醫)로 활동한 인물

백광현 전후의 임천 백씨 족보

이제 정말 글을 마치며

글을 다 마치고 나니 두 가지 마음이 든다. 하나는 두려운 마음이다. 방성혜라는 후손의 시각으로 백광현이라는 선인의 삶을 복원했다. 그런데 내가 부족해서 그의 삶을 왜곡되게 표현한 부분은 없는지 두려운 마음이 앞선다.

또 하나는 뿌듯한 마음이다. 출산 당시에는 그 고통이 너무 커서 다시는 아이를 낳지 않으리라 결심한다. 하지만 기나긴 산고 끝에 태어난 사랑스러운 아이의 얼굴을 보고 나면 좀 전의 고통은 까맣게 잊어버리고 만다. 비록 다른 집 아이보다 못나고 부족하다 할지라도 내가 낳은 아이기에 사랑스럽기 그지없다.

글을 쓰는 동안에는 너무 힘이 들어 다시는 글 쓰지 않으리라 다짐했는데, 막상 다 쓰고 나니 또다시 욕심이 생긴다. 백광현에 대한 자료를 열심히 뒤지던 중 한 의녀를 만났다. 왕실 사람들이 그 의술을 인정했던 의녀! 마침내 그리도 원하던 면천을 얻었던 의녀! 그녀에 관한 이야기를 써보고 싶다. 여인들의 삶, 여인들의 질병을 녹여낸 또 다른 소설을 써보고 싶다. 이렇게 스스로를 고단하게 하는 것도 내 팔자인 모양이다.

인조 3년(1625)

출생〔仁祖乙丑四月六日辰時生〕

인조 17년(1639)

안산군 서촌 정왕리에 거주함〔寓安山郡西村正往里〕

인조 23년(1645)

경성 서쪽 인달방으로 돌아옴〔還京城西部仁達防〕

연도 미상

금군에 들어감〔入屬禁旅〕

말에서 떨어져 다침〔墜馬落傷〕

유명한 지방 의원의 치료를 받음〔邀致鄕醫有名者留置家中以爲療治〕

의사가 되기로 결심함〔有志於司命之術〕

처음에는 말을 치료함〔初善醫馬〕

사람을 치료하는 것에만 전념함〔遂專以治人爲務〕

침술이 과도하여 사람을 죽임〔用鍼過猛或至殺人〕

종기를 앓는 자에게 스스로 찾아가 치료해줌〔聞有病瘡瘍者輒自往治之〕

사돈인 박군의 폐옹을 진단하나 젊고 무명이라 거절당함〔朴頵 是肺癰
也 朴聞之大叱〕

시장 사람의 절뚝거리는 병을 치료함〔一市人 病蹣跚 環跳穴鍼之 屈身自如〕

현종 4년(1663)

김좌명이 치종교수로 천거함〔醫監提調金公以公爲治腫敎授〕

백헌 이경석이 내의원으로 천거함〔白軒李相國啓請公入屬太醫院〕

현종 11년(1670)

현종의 종기 치료에 참여함〔公進破腫議〕

정3품 통정대부에 오름〔平復後陞通政〕

현종 13년(1672)

인선왕후의 발제종을 천(川)자형 절개로 치료함〔以巨鍼劃破瘡根如川字樣長各四寸許〕

종2품 가선대부에 오름〔平復後特加嘉善〕

현종 15년(1674)

인선왕후 사망

현종 사망

숙종 3년(1677)

종2품 동지중추부사에 임명됨〔白光玹爲同知〕

어의에 오름〔御醫白光炫〕

숙종 4년(1678)

김석주에게 백광현을 보내어 간병케 함〔金錫胄針灸呈辭 遣御醫白光玹 看病〕

숙종 5년(1679)

민희의 눈병을 백광현을 보내어 간병케 함〔閔熙 眼疾甚苦 遣針醫白光玹 看病〕

종4품 부호군에 임명됨〔白光玹爲副護軍〕

숙종 6년(1680)

김석주에게 백광현을 보내어 간병케 함〔金錫胄針灸呈辭 遣針醫白光炫看病〕

허적에게 궤장을 하사함

경신대출척

허적 사사

인경왕후 사망

장렬왕후 치료에 참여함〔莊烈王后 久違豫 以公議遂收效〕

종2품 가의대부에 오름〔陞嘉義〕

부친 백철명에게 가선대부 등의 관직을 추증〔以第二子光玹之貴贈嘉善大夫〕

숙종 7년(1681)

인현왕후 책봉

김만기에게 백광현을 보내어 간병케 함〔金萬基 遣御醫白光鉉看病〕

이숙에게 백광현을 보내어 간병케 함〔兵判所患腰痛 遣針醫白光玹看病〕

숙종 8년(1682)

김석주의 연경 사신단에 동행함〔息庵金相國奉使燕京也上命公隨行〕

숙종 9년(1683)

숙종의 천연두 후의 후종을 침으로 치료함〔聖痘後喉腫 公以鍼奏效〕

명성왕후 사망

숙종 10년(1684)

종2품 동지중추부사에 임명됨〔白光炫爲同中樞〕

김석주에게 백광현을 보내어 간병케 함〔金錫胄 遣御醫及鍼醫白光炫看病〕

강령현감을 제수받음〔除康翎縣監〕

포천현감을 제수받음〔與抱川縣監相換〕

김석주 사망

숙종 11년(1685)

금천현감을 제수받음〔又移衿川皆特旨也〕

숙종 12년(1686)

정4품 호군에 임명됨〔白光炫爲護軍〕

첩에게서 난 자녀의 면천을 얻음〔子女幷爲免賤事令內司下敎天恩罔極〕

숙종 14년(1688)

경종 출생

숙종 15년(1689)

정3품 충장위장에 임명됨〔白光鉉爲忠壯衛將〕

청나라 칙사가 만나기를 청함〔燕使來者請見公於館伴以聞上命往見之〕

기사환국

인현왕후 폐서인

숙종의 통풍을 치료함〔上候以痛風症受灸平復〕

정2품 자헌대부에 오름〔陞資憲〕

숙종 16년(1690)

숙종의 제종을 치료함〔上患臍腫 鍼之不可宜灸對臍穴〕

정2품 정헌대부에 오름〔崔公有泰向公拜 平復後特陞正憲〕

세자 책봉

희빈 장 씨를 왕비로 책봉

숙종 19년(1693)

정2품 지중추부사에 임명됨〔白光鉉爲知中樞府事〕

왕세자의 종기를 치료함〔王世子患項腫受鍼〕

종1품 숭정대부에 오름〔平復後陞崇政〕

3대 조상에게 추증〔以光鉉之貴追贈三代公〕

희빈 장 씨의 종기를 치료함〔嬉嬪張氏腦後破腫〕

숙종의 각기를 치료함〔上候以脚氣平復特命賜馬〕

숙종 20년(1694)

갑술환국

인현왕후 복위

인현왕후의 복통과 구토를 치료함〔內殿未寧時 鍼醫白光玹熟馬一匹面給〕

숙종 21년(1695)

숙종의 무릎 수기를 치료함〔上候膝部有水氣 公請灸水道穴果有效〕

종1품 숭록대부에 오름〔陞崇祿〕

윤지완에게 백광현을 보내어 간병케 함〔上命送御醫白光炫於領敦寧尹趾
完處〕

정래교의 외삼촌의 종기를 진찰함〔內舅姜君病唇疔邀白太醫視之〕

숙종 22년(1696)

세자빈 책봉

세자빈의 복통을 치료함〔嬪宮 入宮卽患腹痛 一鍼神效 特賜豹皮一令面給馬
一匹〕

토혈의 병을 얻음〔猝得吐血之症〕

생전에 마지막으로 숙종을 진찰함〔復瞻耿光雖死無恨仍涕泣〕

말 한 필을 하사받음〔鍼醫白光玹各兒馬一匹〕

숙종 23년(1697)

사망〔丁丑二月初九日卒〕

숙종 44년(1718)

윤지완 사망

그 외 연도 미상의 주요 사건

이경석 손자사위의 폐옹을 치료함〔新得孫婿愼爾憲 肺癰膿已成也 公遂鍼
破出膿〕

김수항 조카딸의 편태를 진단함〔此胎脈古所謂偏胎是也月滿則必生男子矣〕
의약동참청에 들어감〔議藥廳 如白光炫 亦入之〕
복부를 째고 한 자(약 30센티미터) 길이의 물체를 끄집어냄〔腹病 以腫鍼
曲鍼取出白蟲長尺餘 乃一頭髮也〕
무명지에서 붉은색 충 세 개를 끄집어냄〔無名指屢日刺痛 刺取紅蟲三箇〕
복부를 째고 한 자 길이의 충을 끄집어냄〔下腹刺痛 以腫鍼鍼之以曲鍼取
出一條蟲 長尺餘矣〕
허벅지를 째고 여섯 치 길이의 사골을 끄집어냄〔鍼刺箕門穴下 取出死骨
六寸許〕
엉덩이를 째고 한 자 길이의 충을 끄집어냄〔鍼環跳上取出一蟲狀如蛇而
長尺餘〕
잇몸을 째고 충 세 개를 끄집어내어 치통을 치료함〔齒痛 鍼齦取紅蟲三
箇 痛立止〕
혀 아래를 째고 돌덩이를 꺼내어 기절한 자를 치료함〔鍼刺舌下縫取出石
塊如銀杏大者 卽甦〕

한의학 용어 해설

각기(脚氣) 【병명】다리 힘이 약해지고 저리거나 지각 이상이 생겨서 제대로 걷지 못하는 병증.

각통(脚痛) 【병명】다리가 아픈 증세가 나타나는 일체의 병.

간경(肝經) 【용어】십이경락 중 간(肝)에 딸린 경락.

간사(間使) 【혈명】아래팔 안쪽에 위치한 혈.

감국(甘菊) 【약재】국화과에 속하는 국화의 꽃.

강활(羌活) 【약재】미나릿과에 속하는 강활의 뿌리.

거궐(巨闕) 【혈명】명치 부위에 위치한 혈.

거침(巨鍼) 【용어】굵고 길고 넓은 형태의 침.

견정(肩井) 【혈명】어깨에 위치한 혈.

경분(輕粉) 【약재】염화제일수은(HgCl).

고약(膏藥) 【용어】종기나 상처에 바르는 끈끈한 약.

곡골(曲骨) 【혈명】생식기 바로 위 치골 부위에 위치한 혈.

곡지(曲池)【혈명】팔꿈치에 위치한 혈.

곡침(曲鍼)【용어】갈고리처럼 생긴 형태의 침.

관농(貫膿)【용어】천연두를 앓을 때 물집에 고름이 차는 것.

관원(關元)【혈명】아랫배에 위치한 혈.

광명(光明)【혈명】정강이 바깥쪽에 위치한 혈.

괴증(塊症)【병명】덩어리가 생기는 일체의 병증. 늑 종양

《구급방(救急方)》【의서】응급 상황에 대처하는 방법에 관한 조선 세조 대의 의서.

궁하탕(芎夏湯)【처방】담음(痰飮)을 치료하는 처방의 하나로, 유음(留飮) 치료에도 쓰인다. 천궁(川芎), 반하(半夏), 적복령(赤茯苓), 진피(陳皮), 청피(靑皮), 지각(枳殼), 백출(白朮), 감초(甘草), 생강(生薑) 약재를 물로 달여 만든 약액을 복용한다.

귤치죽여탕(橘梔竹茹湯)【처방】위(胃)의 열기로 인해 구토가 생길 때 쓰는 처방. 귤피(橘皮), 치자(梔子), 죽여(竹茹) 약재를 물로 달여 만든 약액에 생강즙을 타서 복용한다.

금은화차(金銀花茶)【처방】금은화(인동초 꽃)로 만든 차.

금진옥액(金津玉液)【혈명】혓바닥 아래에서 보이는 정맥 혈관 위에 위치한 혈.

기창(起脹)【용어】천연두를 앓을 때 구슬이 물집이 되는 것.

긴맥(緊脈)【용어】새끼줄을 만지는 듯한 느낌의 팽팽한 맥.

나력(瘰癧)【병명】림프절에 멍울이 생긴 병증. 늑 림프절결핵, 만성림프절염

나미고(糯米膏)【처방】종기의 고름을 잘 나오게 하고 새살이 잘 돋게 하는 고약. 나미(糯米)를 불에 볶은 후 가루 내어 찬물에 개어서 환부에 바르고 천으로 싸맨다.

남성(南星)【약재】천남성과에 속하는 여러해살이풀인 천남성의 덩이줄기.

납반환(蠟礬丸)【처방】종기가 생겼을 때 장부를 싸는 막을 보호하고 독을 사그라뜨리며 새살이 잘 돋게 하는 처방. 황랍(黃蠟), 백반(白礬) 약재로 알약을 빚어 따뜻한 술이나 물과 함께 복용한다.

내영향(內迎香)【혈명】콧속에 위치한 혈.

뇌수(腦髓)【용어】뇌와 척수.

단전(丹田)【혈명】아랫배에 위치한 혈. = 관원(關元)

담경(膽經)【용어】십이경락 중 담(膽)에 딸린 경락.

담병(痰病)【병명】담음(痰飮)으로 인해 생기는 일체의 병증.

담수(痰水)【용어】순환되지 못하고 고여서 탁해진 체액. ≒ 담음(痰飮)

담액(痰液)【용어】순환되지 못하고 고여서 탁해진 체액. ≒ 담음(痰飮)

담음(痰飮)【용어】여러 가지 원인으로 제대로 순환하지 못하고 일정한 부위에 정체되어서 탁해진 체액(體液).

담종(痰腫)【병명】담음(痰飮)이 한 곳에 몰려서 생긴 종기 혹은 종양.

담학(痰瘧)【용어】추웠다 더웠다 하는 학질의 하나로, 담음(痰飮)으로 인한 학질을 말한다.

당귀(當歸)【약재】미나릿과에 속하는 당귀의 뿌리.

대연교음(大連翹飮)【처방】태열을 치료하는 처방. 감초(甘草), 시호(柴胡), 황금(黃芩), 형개(荊芥), 연교(連翹), 차전자(車前子), 구맥(瞿麥), 활석(滑

石), 악실(惡實), 적작약(赤芍藥), 치자(梔子), 목통(木通), 당귀(當歸), 방풍
(防風), 선각(蟬殼), 죽엽(竹葉), 등심(燈心) 약재를 물로 달여 만든 약액을
복용한다.

대추(大椎)【혈명】뒷목에 위치한 혈.

독활(獨活)【약재】두릅나뭇과에 속하는 독활의 뿌리.

《동인경(銅人經)》【의서】중국 송나라 때 왕유일(王惟一)이 지은 침구법에
관한 의서.《동인수혈침구도경(銅人腧穴鍼灸圖經)》의 약칭이다.

두창(痘瘡)【병명】천연두.

《득효방(得效方)》【의서】중국 원나라 때 위역림(危亦林)이 지은 처방에 관
한 의서.《세의득효방(世醫得效方)》의 약칭이다.

등창【병명】등에 생기는 크기가 매우 큰 종기.

마황(麻黃)【약재】마황과에 속하는 마황의 가지.

만형자(蔓荊子)【약재】마편초과에 속하는 순비기나무의 열매.

목별자(木鼈子)【약재】호로과에 속하는 목별자의 종자.

몰약(沒藥)【약재】감람나뭇과에 속하는 몰약나무의 나무껍질에서 채취한
수지.

밀몽화(密蒙花)【약재】마전과에 속하는 밀몽나무의 꽃.

반총산(蟠葱散)【처방】냉기로 인한 산증이나 하복부의 통증을 치료하는
처방. 창출(蒼朮), 감초(甘草), 삼릉(三稜), 봉출(蓬朮), 백복령(白茯苓), 청피
(靑皮), 축사(縮砂), 정향(丁香), 빈랑(檳榔), 현호색(玄胡索), 육계(肉桂), 건
강(乾薑), 총백(葱白) 약재를 물로 달여 만든 약액을 복용한다.

발제(髮際)【용어】머리카락이 난 곳과 나지 않는 곳의 경계 부위.

백반(白礬) 【약재】 황산알루미늄칼륨($KAl(SO_4)_2 \cdot 12H_2O$). 썩은 살을 없애고 새살이 잘 돋게 한다.

백질려(白蒺藜) 【약재】 남가샛과에 속하는 남가새의 열매.

백출(白朮) 【약재】 삽주의 덩이줄기를 말린 약재.

백화사(白花蛇) 【약재】 살모사과에 속하는 오보사의 내장을 제거하여 건조한 것.

백회(百會) 【혈명】 정수리에 위치한 혈.

법지(法紙) 【용어】 약재 성분이 침투되도록 가공한 종이.

보원탕(保元湯) 【처방】 천연두를 앓을 때 환자가 흉증을 보이거나 환자의 체력이 떨어졌을 때 쓰는 처방. 인삼(人蔘), 황기(黃芪), 감초(甘草), 생강(生薑) 약재를 물로 달여 만든 약액을 복용한다.

복괴(腹塊) 【용어】 뱃속에서 만져지는 어떤 덩어리 혹은 복부에서 덩어리가 생기는 일체의 병증.

복토(伏兎) 【혈명】 허벅지에 위치한 혈.

《본초(本草)**》** 【의서】 약재에 관한 의서로, 가장 오래된 본초학 서적인《신농본초경(神農本草經)》을 말한다.

부골저(附骨疽) 【병명】 뼈의 한 부분이 썩어서 고름이 생기는 병. 늑 골수염, 골막염

《부인대전(婦人大全)**》** 【의서】 중국 송나라 때 진자명(陳自明)이 지은 부인병에 관한 의서.《부인대전양방(婦人大全良方)》의 약칭이다.

부자(附子) 【약재】 미나리아재빗과에 속하는 바꽃의 곁뿌리.

비상(砒霜) 【약재】 삼산화비소(As_2O_3).

사성회천탕(四聖回天湯) 【처방】 천연두를 앓을 때 나타나는 일체 흉증과 위급증에 사용한다. 인삼(人蔘), 황기(黃芪), 당귀(當歸) 약재를 물로 달인 약액에 석웅황(石雄黃)을 가루 내어 타서 복용한다.

사유환(蛇油丸) 【처방】 백화사의 기름으로 만든 환약으로, 멍울의 형태로 생기는 종기를 치료하는 처방.

삭맥(數脈) 【용어】 맥박수가 빠른 맥.

산증(疝症) 【병명】 고환이나 음낭이 커지면서 아프거나 아랫배가 당기면서 아픈 병증.

산치자산(山梔子散) 【처방】 담음으로 인해 가슴이 타는 듯한 통증이 생길 때 쓰는 처방. 치자(梔子)를 가루 내어 한 번에 4그램씩 끓인 물에 타서 복용한다.

산침(散鍼) 【용어】 환부의 여러 곳을 찌르기 위한 용도의 가는 침.

삼릉침(三稜鍼) 【용어】 출혈의 목적으로 사용하는 끝이 세모진 침.

상기(上氣) 【병명】 가슴이 답답하고 호흡이 힘든 증세가 나타나는 일체의 병. ≒ 심근경색증, 고혈압, 심근병증 환자에게서 나타날 수 있는 심부전 상태

상성(上星) 【혈명】 정수리 앞쪽에 위치한 혈.

석웅황(石雄黃) 【약재】 이황화비소(As_2S_2) 혹은 삼황화비소(As_2S_3)와 같은 비소 화합물.

선방활명음(仙方活命飮) 【처방】 종기의 초기에 독기를 잘 소멸시켜주는 처방. 대황(大黃), 금은화(金銀花), 당귀(當歸), 조각자(皂角刺), 진피(陳皮), 유향(乳香), 패모(貝母), 천화분(天花粉), 백지(白芷), 적작약(赤芍藥), 감초(甘

草), 방풍(防風), 몰약(沒藥), 천산갑(穿山甲) 약재를 좋은 술로 달여 만든 약액을 복용한다.

선전화독탕(仙傳化毒湯) 【처방】 여러 종류의 종기에 쓰여 독기를 사그라지게 해주는 처방. 금은화(金銀花), 천화분(天花粉), 방풍(防風), 황금(黃芩), 감초(甘草), 백작약(白芍藥), 적복령(赤茯苓), 패모(貝母), 연교(連翹), 백지(白芷), 반하(半夏), 유향(乳香), 몰약(沒藥) 약재를 술과 물을 절반씩 넣어 달여 만든 약액을 복용한다.

소독고(消毒膏) 【처방】 독기를 사그라뜨리는 고약. 당귀(當歸), 황기(黃芪), 천궁(川芎), 행인(杏仁), 백지(白芷), 백렴(白斂), 영릉향(零陵香), 괴백피(槐白皮), 유지(柳枝), 목별자(木鼈子), 감송(甘松), 유향(乳香), 몰약(沒藥), 경분(輕粉), 주사(朱砂), 사향(麝香), 황단(黃丹), 황랍(黃蠟) 약재에 참기름을 붓고 끓여 만든 고약을 환부에 바른다.

소독비방(消毒秘方) 【처방】 독기를 없애고 새살이 잘 생기게 해주는 처방. 백반(白礬), 유향(乳香), 몰약(沒藥), 해아다(孩兒茶), 담반(膽礬), 경분(輕粉), 웅황(雄黃), 황단(黃丹), 용뇌(龍腦), 호동루(胡桐淚), 사향(麝香) 약재를 가루 내어 환부에 바르거나 혹은 아교(阿膠)와 함께 빚어 길쭉한 모양으로 만든 후 환부 깊이 삽입한다.

소시호탕(小柴胡湯) 【처방】 간이나 간 경락에 생긴 일체 병증을 치료하는 처방. 시호(柴胡), 황금(黃芩), 인삼(人參), 반하(半夏), 감초(甘草), 생강(生薑), 대조(大棗) 약재를 물로 달여 만든 약액을 복용한다.

송진(松津) 【약재】 소나뭇과에 속하는 소나무의 나무껍질에서 채취한 수지. = 송지(松脂)

수도(水道) 【혈명】 아랫배에 위치한 혈.

수엽(收靨) 【용어】 천연두를 앓을 때 고름이 딱지가 되는 것.

수혈(兪穴) 【혈명】 각 오장육부의 기운과 밀접하게 연결되는 방광 경락상
의 혈. 등 쪽에 위치해 있다. 배수혈(背兪穴)이라고도 한다.

습담(濕痰) 【용어】 체액의 순환이 원활하지 못해 생긴 끈적끈적한 노폐물.

승마갈근탕(升麻葛根湯) 【처방】 두드러기, 홍역, 수두, 천연두와 같이 피부
에 생기는 일체 병증을 치료하는 처방. 갈근(葛根), 백작약(白芍藥), 승마
(升麻), 감초(甘草), 생강(生薑), 총백(葱白) 약재를 물로 달여 만든 약액을
복용한다.

시진탕(柴陳湯) 【처방】 담학(痰瘧)으로 인해 오한과 발열이 나타날 때 쓰는
처방. 시호(柴胡), 반하(半夏), 인삼(人參), 황금(黃芩), 진피(陳皮), 적복령
(赤茯苓), 감초(甘草), 생강(生薑), 대조(大棗) 약재를 물로 달여 만든 약액
을 복용한다.

시호(柴胡) 【약재】 미나릿과에 속하는 참시호의 뿌리.

시호양격산(柴胡凉膈散) 【처방】 간이나 간 경락에 생긴 열을 식혀주는 처
방. 시호(柴胡), 황금(黃芩), 인삼(人參), 반하(半夏), 감초(甘草), 연교(連翹),
대황(大黃), 망초(芒硝), 박하(薄荷), 치자(梔子), 생강(生薑), 대조(大棗) 약
재를 물로 달여 만든 약액을 복용한다.

시호청간탕(柴胡淸肝湯) 【처방】 간담(肝膽)이나 간담 경락이 흐르는 부위
에 생긴 종기를 치료하는 처방. 시호(柴胡), 치자(梔子), 황금(黃芩), 인삼
(人參), 천궁(川芎), 청피(靑皮), 연교(連翹), 길경(桔梗), 감초(甘草) 약재를
물로 달여 만든 약액을 복용한다.

시호향유음(柴胡香薷飮) 【처방】 여름철의 더위 먹은 병을 치료하는 처방. 향유(香薷), 후박(厚朴), 백편두(白扁豆), 인삼(人參), 진피(陳皮), 백출(白朮), 백복령(白茯苓), 황기(黃芪), 모과(木瓜), 감초(甘草), 시호(柴胡) 약재를 물로 달여 만든 약액을 복용한다.

식치(食治) 【용어】 음식으로 질병을 치료하거나 몸을 조리하는 방법.

신수(腎兪) 【혈명】 등에 위치한 혈.

십이경락(十二經絡) 【용어】 인체를 흐르는 열두 개의 경락.

아문(啞門) 【혈명】 뒷목에 위치한 혈.

아시혈(阿是穴) 【용어】 이미 정해진 혈이 아니라 병으로 인해 아픈 곳 또는 눌러서 아픈 곳.

악혈(惡血) 【용어】 혈관에서 나와 조직 사이에 몰려 있는 죽은 피. 어혈.

안종(眼腫) 【병명】 안구 주위에 생기는 종기, 혹은 안구 주위가 부은 상태.

약연(藥碾) 【용어】 약의 재료를 갈아 가루로 만들 때 사용하는 기구. 단단한 나무나 쇠, 돌 등으로 만든다.

양계(陽谿) 【혈명】 손목에 위치한 혈.

연교(連翹) 【약재】 목서과에 속하는 산개나리의 열매.

예막(瞖膜) 【병명】 붉은색, 푸른색 또는 흰색의 막이 눈동자를 덮는 눈병 혹은 그 막.

오두(烏頭) 【약재】 미나리아재빗과에 속하는 바꽃의 덩이뿌리.

오매(烏梅) 【약재】 장미과에 속하는 매실나무의 미성숙한 열매.

오장지수(五藏之兪) 【용어】 등에서 각 오장과 직접 이어지는 수혈(兪穴)이 위치한 곳.

옹(癰) 【병명】 몸의 겉층과 장부 등이 곪는 병증.

우황(牛黃) 【약재】 황소의 쓸개에 생긴 결석[담석]을 말린 것.

유도(乳道) 【용어】 젖을 주는 산모 혹은 유모가 병에 걸린 유아의 치료를 위해 약을 대신 복용하는 방법. 혹은 젖이 나오는 분비선.

유음(留飮) 【용어】 가슴 속에 위치한 담음(痰飮).

유향(乳香) 【약재】 감람나뭇과에 속하는 유향나무의 나무껍질에서 채취한 수지.

유황(硫黃) 【약재】 황(sulfur).

육혈(衄血) 【용어】 코피.

음문(陰門) 【용어】 여성의 질.

의창(意創) 【혈명】 백광현이 창안한 혈의 이름으로 배꼽의 정반대 쪽에 위치한 혈.

인후침(咽喉鍼) 【용어】 인후를 찌르기 위한 용도의 길쭉한 침.

자초고(紫草膏) 【처방】 피부에 생긴 일체 태열이나 발진을 치료하기 위한 고약. 자초(紫草), 황련(黃連), 황백(黃柏), 누로(漏蘆), 적소두(赤小豆), 녹두(菉豆) 약재를 가루 내어 돼지기름이나 참기름에 개어 환부에 바른다.

장담(腸覃) 【병명】 아랫배에 단단한 덩어리가 생기는 병증. ≒ 난소종양, 난소난관농양

장옹(腸癰) 【병명】 옹(癰)의 하나로 소장이나 대장에 생긴 옹을 통틀어 이르는 말이다. ≒ 급성충수염

전중(膻中) 【혈명】 가슴 한가운데에 위치한 혈.

점혈(點穴) 【용어】 침을 놓거나 뜸을 뜨기 위하여 혈의 위치를 정확히 찾

아 점을 찍어 표시하는 것.

정혈(精血) 【용어】 건강한 피.

제종(臍腫) 【병명】 배꼽에 생긴 종기 혹은 배꼽이 부은 상태.

족삼리(足三里) 【혈명】 정강이에 위치한 혈.

족소양담경(足少陽膽經) 【용어】 십이경락 중 담(膽)에 딸린 경락.

종침(腫鍼) 【용어】 종기를 쨀 때 사용하는 넓적하고 길쭉한 형태의 침.

중완(中脘) 【혈명】 명치와 배꼽 사이에 위치한 혈.

지룡(地龍) 【약재】 지렁잇과에 속하는 지렁이의 전체(全體).

지룡즙(地龍汁) 【약재】 살아 있는 지렁이를 채취하여 흙을 제거한 후 소금
을 뿌려두었을 때 생기는 물. 열독을 풀어준다.

《직지방(直指方)》 【의서】 중국 송나라 때 양사영(楊士瀛)이 지은 처방에 관
한 의서.《인재직지방(仁齋直指方)》의 약칭이다.

징가(癥瘕) 【병명】 여성의 아랫배 속에 덩어리가 생기는 병. ≒ 자궁근종,
자궁암

《찬도맥(纂圖脉)》 【의서】 중국 육조시대에 고양생(高陽牲)이 지은 진맥법에
관한 의서. 선조 대에 허준이 이 책을 교정하여《찬도방론맥결집성(纂圖
方論脈訣集成)》을 편찬했다.

창두(瘡頭) 【용어】 종기가 생겼을 때 가장 볼록하게 솟은 부위. 종기가 곪
게 되면 이곳으로 고름이 터져 나온다.

창만(脹滿) 【병명】 배가 몹시 불러 오르면서 속이 그득한 감을 주증상으로
하는 병증.

《창진집(瘡疹集)》 【의서】 조선 세조 때 임원준(任元濬)이 지은 홍역, 수두,

천연두의 치료에 관한 의서.

천돌(天突) 【혈명】 목과 가슴이 이어지는 부위에 위치한 혈.

천오(川烏) 【약재】 미나리아재빗과에 속하는 재배 바꽃의 원뿌리.

천추(天樞) 【혈명】 배꼽 좌우에 위치한 혈.

청근(靑筋) 【용어】 겉으로 두드러져 나온 정맥 혈관.

청열치독음(淸熱治毒飮) 【처방】 종기의 열기와 독기를 사그라뜨리는 처방.

초오(草烏) 【약재】 미나리아재빗과에 속하는 야생 바꽃의 원뿌리.

촌관척(寸關尺) 【용어】 손목에서 맥진을 하는 세 군데 부위.

촌부(寸部) 【용어】 손목에서 맥진을 하는 세 군데 부위 중 원위부(손가락과 가까운 부위)에 위치한 곳.

출두(出痘) 【용어】 천연두를 앓을 때 구슬이 볼록하게 생겨나는 것.

치종의(治腫醫) 【용어】 종기를 전문적으로 치료하는 의사.

탁리소독음(托裏消毒飮) 【처방】 종기가 터졌을 때 고름이 잘 나가고 새살이 잘 돋게 해주는 처방. 인삼(人參), 황기(黃芪), 백작약(白芍藥), 당귀(當歸), 백출(白朮), 백복령(白茯苓), 진피(陳皮), 연교(連翹), 금은화(金銀花), 백지(白芷), 감초(甘草) 약재를 물로 달여 만든 약액을 복용한다.

탈저(脫疽) 【병명】 신체 조직의 한 부분이 썩는 병. 주로 손과 발이 썩어서 떨어진다. ≒ 당뇨병성 괴저, 버거씨병(폐색성 혈전혈관염)

《**태산집요**(胎産集要)》 【의서】 태아와 부인의 치료에 관한 의서.

태충(太衝) 【혈명】 발등에 위치한 혈.

토사곽란(吐瀉霍亂) 【병명】 갑자기 토하고 설사하는 병증을 통틀어 이르는 말. 찬 것, 날것, 변질된 음식물을 잘못 먹어서 생긴다. ≒ 급체, 장염, 식

중독

통풍(痛風) 【병명】 팔다리 관절이 붓고 아픈 병.

파두(巴豆) 【약재】 대극과에 속하는 파두의 씨.

편태(偏胎) 【용어】 자궁의 위치 변이로 인해 임신 중 배가 한쪽으로 불러
오르는 것.

폐옹(肺癰) 【병명】 폐에 고름이 생긴 병증. ≒ 폐렴, 폐농양, 폐암

풍지(風池) 【혈명】 뒷목에 위치한 혈.

해계(解谿) 【혈명】 발목에 위치한 혈.

향유(香油) 【약재】 참깨로 짠 기름.

혈락(血絡) 【용어】 불거져 나온 정맥.

혈류(血瘤) 【병명】 혈관이 뭉쳐서 생긴 혹. ≒ 혈관종

형방패독산(荊防敗毒散) 【처방】 감기 혹은 오한과 발열을 동반하는 일체
피부질환에 쓰이는 처방. 강활(羌活), 독활(獨活), 시호(柴胡), 전호(前胡),
적복령(赤茯苓), 인삼(人參), 지각(枳殼), 길경(桔梗), 천궁(川芎), 형개(荊
芥), 방풍(防風), 감초(甘草) 약재를 물로 달여 만든 약액을 복용한다.

호박서각고(琥珀犀角膏) 【처방】 인후, 입 안, 혀가 헐었을 때 사용하는 처
방. 산조인(酸棗仁), 복신(茯神), 인삼(人參), 서각(犀角), 호박(琥珀), 주사
(朱砂), 용뇌(龍腦) 약재를 가루 내어 꿀에 반죽하여 계란 노른자 크기로
알약을 만든 후 맥문동(麥門冬) 약재를 달인 약액에 풀어서 복용한다.

홍삭(洪數) **맥** 【용어】 홍수처럼 크게 넘실대면서 동시에 빠른 맥.

화독탕(化毒湯) 【처방】 천연두가 생겼을 때 구슬이 잘 돋도록 해주는 처방.
자초(紫草), 승마(升麻), 감초(甘草), 나미(糯米) 약재를 물로 달여 만든 약

액을 복용한다.

화유석(花乳石) 【약재】 탄산칼슘 화합물(Ca₂CO₃).

《**화제방**(和劑方)》 【의서】 중국 송나라 때 황제의 명에 의해 편찬한 처방에
관한 의서. 《태평혜민화제국방(太平惠民和劑局方)》의 약칭이다.

《**화제지남**(和劑指南)》 【의서】 중국 송나라 때 황제의 명에 의해 편찬한 처
방에 관한 의서. 《태평혜민화제국방(太平惠民和劑局方)》의 부록인 《지남
총론(指南總論)》의 약칭이다.

환도(環跳) 【혈명】 엉덩이에 위치한 혈.

환약(丸藥) 【용어】 작고 동글동글하게 빚은 약.

활락단(活絡丹) 【처방】 통풍으로 인한 통증을 치료하는 처방.

활맥(滑脈) 【용어】 구슬이 흘러가는 듯한 느낌의 맥.

황단(黃丹) 【약재】 납을 가공하여 만든 사산화삼납(Pb₃O₄).

회음(會陰) 【혈명】 생식기 주위에 위치한 혈.

후종(喉腫) 【병명】 후두에 생긴 종기 혹은 후두가 부은 상태.

흑함(黑陷) 【용어】 천연두가 생겼을 때 구슬의 색깔이 검게 변하면서 푹 꺼
지는 증상.

본문에 나오는 혈자리

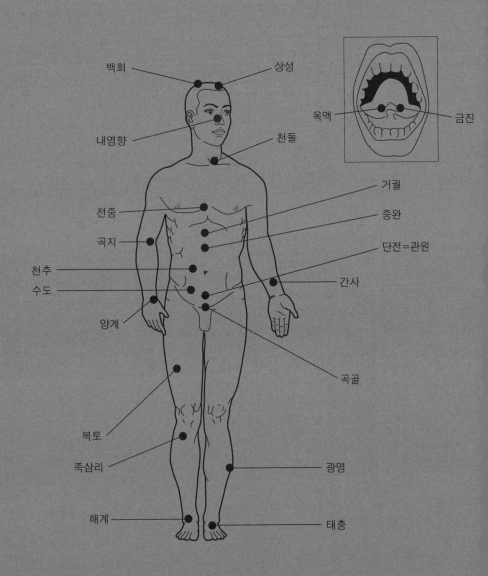